"시의 뉴 프런티어란 시가 필요 없는 곳이다."

—김수영

김수영

#金洙暎

디 에센셜
The essential

6

편집부 엮음

민음사

편집자의 말

2021년은 김수영 시인이 태어난 지 100년이 되는 해였습니다. 탄생 100년을 넘어섰다는 상징적 시간은 김수영이 한국문학사의 고전이 되기에 충분하다고 말하는 것 같습니다. 그러나 숫자가 말해 주는 시간이 고전을 증명하는 건 아닙니다. 고전을 위한 시간은 단선적으로 흐르지 않습니다. 그것은 차라리 두 개의 선율로 흐르는 이중주입니다. 보이는 시간 아래로 흐르는 보이지 않는 시간. 언제나 조금 앞서 있는 미래의 시간 같은 것 말입니다.

쓴 것은 모두 과거의 기록입니다. 그러나 아무리 먼 과거에 쓴 글이라 해도 미래를 보여 주는 글이 있습니다. 현재의 우리는 과거 김수영이 쓴 글을 읽으며 우리 자신의 미래를 수정합니다. 과거와 현재와 미래가 맞물리는 초월적 시간이 100년이라는 시간 아래로 흐릅니다. 두 개의 선율이 만들어 내는 이중의 합창을 고전이라 부를 때 김수영은 한국문학의 온전한 고전이자 완전한 고전입니다.

김수영은 소시민의 일상을 통해 비겁한 자신을 질책하는 한편 눈에 보이지 않는 적과 맞서기 위해 이를 악무는 시인이었습니다. 정신적 나태에 빠지지 않기 위해 끊임없이 전선을 확인하는 냉철함과 그러한 냉철함에서 비롯되는 긴장감을 일상적 소재에서 발견해 내는 독창적인 시인이기도 했습니다. 모든 것이 시가 될 수 있고 모든 것에 시가 있다는 것을 과감하고 전위적인 작법으로 보여 준 김수영으로부터 한국 현대시의 '모더니티'가 출발했다고 평가하는 이유일 것입니다.

한편 김수영의 시만큼이나 사랑받는 것이 김수영의 산문입니다. 혹자는 김수영의 산문이 없었다면 김수영의 시 또한 없었을 거라고 말하기도 합니다. 김수영에게 시는 지금까지 없었던 세계가 펼쳐지는 충격적 장소였습니다. 그렇다면 김수영의 산문은 지금까지 없었던 세계가 펼쳐지는 충격적 장소를 만들어 낼 수 있었던 그의 날카로운 현실 인식을 보여 주는 또 다른 장소가 아닐까요. 특히나 읽는 사람이 자신의 눈을 의심할 정도로 스스로를

까발리는 김수영의 솔직함은 그를 다른 모든 인간과
구분되는 단 한 명의 인간으로 비추는 환한 어둠입니다.

　『디 에센셜: 김수영』은 이토록 매력적인 김수영의 세계와
김수영이라는 세계를 잘 보여 주는 작품들을 선별해
엮은 '김수영 다이제스트'입니다. 교과서에 수록되며 필독
작품으로 알려진 시와 대중에 널리 알려져 있지는 않으나
김수영의 매력을 곱씹게 하는 작품들을 한눈에 볼 수 있는
희소하고도 희귀한 판본이기도 합니다. 김수영의 에센스를
흡수할 수 있는 집약적인 목록에 더해 수록 순서도
김수영을 한눈에 살필 수 있는 방식으로 구성했습니다.

　발표 연도를 기준으로 삼지 않고, 김수영이
시도한 다양한 스타일을 다채롭게 감상할 수 있도록
구성했습니다. 따라서 제목만 봐도 어느 구절이 떠오르는
반가운 시와 처음 보는 것 같지만 어쩐지 익숙한 시들을
함께 읽을 수 있습니다. 이는 세상과 자신을 향해 타협
없이 꾸짖다가도 골목과 아이와 마당에 대해 너털웃음을
보이는 시인의 모습을 닮았습니다. 김수영이 쓴 것을
김수영스럽게 읽는 것은 한 시인을 만나는 새로운 방법이
될 수 있을 것입니다.

'산문' 역시 그러한 기준을 따랐습니다. 정치 참여에 대해 일갈하고 문학에 대한 소신 발언을 쏟아내는 동시에 자신이 뱉는 이야기에 대해 스스로가 먼저 지킬 것을 밀어붙이고 몰아붙이는 양면의 노력이 김수영의 산문에는 있습니다. 바깥으로는 눈치 보지 않는 산문을 발표하면서 일기에는 더 소박하고 자연스러운 말을 적으려 했던 김수영의 독특한 매력을 함께 엿볼 수 있습니다.

이 책의 마지막 수록작은 그가 살아생전 완성하지 못한 장편소설입니다. 아직 끝나지 않은 그의 소설을 마지막으로 여전히 쓰고 있는 김수영을 상상하며 한 권의 김수영 읽기를 마쳤으면 하는 바람입니다. 미완성으로 끝나는 이 책이 여러분들에게 무한한 시작이기를 바라는 마음이기도 합니다.

『디 에센셜: 김수영』을 읽는 일이 정치적이고도 문학적인 시인, 지식인이자 생활인이었던 시인 김수영의 모든 것을 만나는 일인 동시에 기존의 김수영을 설명했던 이미지나 권위로부터 자유로운 상태에서 나만의 김수영을 만나는 일이 되었으면 좋겠습니다. 나만의 김수영을 만나는 일은 "내가 내 땅에 박는 거대한 뿌리"를 만나는 일이기도 할 것입니다.

차례

시

산문

일기

미완성 소설

시

달나라의 장난

팽이가 돈다
어린아해이고 어른이고 살아가는 것이 신기로워
물끄러미 보고 있기를 좋아하는 나의 너무 큰 눈 앞에서
아이가 팽이를 돌린다
살림을 사는 아해들도 아름다웁듯이
노는 아해도 아름다워 보인다고 생각하면서
손님으로 온 나는 이 집 주인과의 이야기도 잊어버리고
또 한번 팽이를 돌려 주었으면 하고 원하는 것이다
도회 안에서 쫓겨 다니는 듯이 사는
나의 일이며
어느 소설보다도 신기로운 나의 생활이며
모두 다 내던지고
점잖이 앉은 나의 나이와 나이가 준 나의 무게를
생각하면서

정말 속임 없는 눈으로
지금 팽이가 도는 것을 본다
그러면 팽이가 까맣게 변하여 서서 있는 것이다
누구 집을 가 보아도 나 사는 곳보다는 여유가 있고
바쁘지도 않으니
마치 별세계같이 보인다
팽이가 돈다
팽이가 돈다
팽이 밑바닥에 끈을 돌려 매이니 이상하고
손가락 사이에 끈을 한끝 잡고 방바닥에 내어던지니
소리 없이 회색빛으로 도는 것이
오래 보지 못한 달나라의 장난 같다
팽이가 돈다
팽이가 돌면서 나를 울린다
제트기 벽화 밑의 나보다 더 뚱뚱한 주인 앞에서
나는 결코 울어야 할 사람은 아니며
영원히 나 자신을 고쳐 가야 할 운명과 사명에 놓여 있는
이 밤에
나는 한사코 방심조차 하여서는 아니 될 터인데
팽이는 나를 비웃는 듯이 돌고 있다
비행기 프로펠러보다는 팽이가 기억이 멀고
강한 것보다는 약한 것이 더 많은 나의 착한 마음이기에

팽이는 지금 수천 년 전의 성인과 같이
내 앞에서 돈다
생각하면 서러운 것인데
너도 나도 스스로 도는 힘을 위하여
공통된 그 무엇을 위하여 울어서는 아니 된다는 듯이
서서 돌고 있는 것인가
팽이가 돈다
팽이가 돈다

가까이할 수 없는 서적

가까이할 수 없는 서적이 있다
이것은 먼 바다를 건너온
용이하게 찾아갈 수 없는 나라에서 온 것이다
주변 없는 사람이 만져서는 아니 될 책
만지면은 죽어 버릴 듯 말 듯 되는 책
캘리포니아라는 곳에서 온 것만은
확실하지만 누가 지은 것인 줄도 모르는
제2차 대전 이후의
긴긴 역사를 갖춘 것 같은
이 엄연한 책이
지금 바람 속에 휘날리고 있다
어린 동생들과의 잡담도 마치고
오늘도 어제와 같이 괴로운 잠을
이루울 준비를 해야 할 이 시간에

괴로움도 모르고
나는 이 책을 멀리 보고 있다
그저 멀리 보고 있는 것이 타당한 것이므로
나는 괴롭다
오—그와 같이 이 서적은 있다
그 책장은 번쩍이고
연해 나는 괴로움으로 어찌할 수 없이
이를 깨물고 있네!
가까이할 수 없는 서적이여
가까이할 수 없는 서적이여

웃음

웃음은 자기 자신이 만드는 것이라면 그것은 얼마나
서러운 것일까
푸른 목
귀여운 눈동자
진정 나는 기계주의적 판단을 잊고 시들어 갑니다.
마차를 타고 가는 사람이 좋지 않아요
웃고 있어요
그것은 그림
토막방 안에서 나는 우주를 잡을 듯이 날뛰고 있지요
고운 신(神)이 이 자리에 있다면
나에게 무엇이라고 하겠나요
아마 잘 있으라고 손을 휘두르고 가지요
문턱에서.
이보다 더 추운 날처럼 나는 여기서 겨울을 맞이하다가

오랜 시간이 경과된 후에도
이 웃음만은 흔적을 남기고 있을 것이라고 믿는 것은
어리석은 일
시간에 달린 기—다란 시간을 보시오
내가 어리다고 한탄하지 마시오
나는 내 가슴에
또 하나의 종지부를 찍어야 합니다.

금지의 날

너무나 잘 아는
순환의 원리를 위하여
나는 피로하였고
또 나는
영원히 피로할 것이기에
구태여 옛날을 돌아보지 않아도
설움과 아름다움을 대신하여 있는 나의 금지
오늘은 필경 금지의 날인가 보다

내가 살기 위하여
몇 개의 번개 같은 환상이 필요하다 하더라도
꿈은 교훈
청춘 물 구름
피로들이 몇 배의 아름다움을 가하여 있을 때도

나의 원천과 더불어
나의 최종점은 긍지
파도처럼 요동하여
소리가 없고
비처럼 퍼부어
젖지 않는 것

그리하여
피로도 내가 만드는 것
긍지도 내가 만드는 것
그러할 때면은 나의 몸은 항상
한 치를 더 자라는 꽃이 아니더냐
오늘은 필경 여러 가지를 합한 긍지의 날인가 보다
암만 불러도 싫지 않은 긍지의 날인가 보다
모든 설움이 합쳐지고 모든 것이 설움으로 돌아가는
긍지의 날인가 보다
이것이 나의 날
내가 자라는 날인가 보다

아버지의 사진

아버지의 사진을 보지 않아도
비참은 일찍이 있었던 것

돌아가신 아버지의 사진에는
안경이 걸려 있고
내가 떳떳이 내다볼 수 없는 현실처럼
그의 눈은 깊이 파지어서
그래도 그것은
돌아가신 그날의 푸른 눈은 아니오
나의 기아처럼 그는 서서 나를 보고
나는 모―든 사람을 또한
나의 처를 피하여
그의 얼굴을 숨어 보는 것이오

영탄(永嘆)이 아닌 그의 키와
저주가 아닌 나의 얼굴에서
오―나는 그의 얼굴을 따라
왜 이리 조바심하는 것이오

조바심도 습관이 되고
그의 얼굴도 습관이 되며
나의 무리하는 생에서
그의 사진도 무리가 아닐 수 없이

그의 사진은 이 맑고 넓은 아침에서
또 하나 나의 팔이 될 수 없는 비참이오
행길에 얼어붙은 유리창들같이
시계의 열두 시같이
재차는 다시 보지 않을 편력의 역사……

나는 모든 사람을 피하여
그의 얼굴을 숨어 보는 버릇이 있소

음악

음악은 흐르는 대로 내버려 두자
저무는 해와 같이
나의 앞에는 회색이 뭉치고
응결되고
또 주먹을 쥐어도 모자라는
이날 또 어느 날에
나는 춤을 추고 있었나 보다
불이 생기어도
어젯날의 환희에는 이기지 못할 것
누구에게 할 말이 꼭 있어야 하여도
움직이는 마음에
형벌은 없어져라
음악은 아주 험하게
흐르는구나

가슴과 가슴이 부딪치어도
소리는 나지 않을 것이다
단단한 가슴에 음악이 흐른다
단단한 가슴에서 가슴으로
다리도 없이
집도 없이
가느다란 곳에는 가시가 있고
살찐 곳에는 물이 고이는 것이다
나의 음악이여
지금 다시 저기로 흘러라
몸은 언제나 하나이었다
물은 나의 얼굴을 비추어 주었다
누구의 음악이 처참스러운지 모르지만
나의 설움만이 입체를 가지고
떨어져 나간다
음악이여

애정지둔(愛情遲鈍)

조용한 시절은 돌아오지 않았다
그 대신 사랑이 생기었다
굵다란 사랑
누가 있어 나를 본다면은
이것은 확실히 우스운 이야깃거리다
다리 밑에 물이 흐르고
나의 시절은 좁다
사랑은 고독이라고 내가 나에게 재긍정하는 것이
또한 우스운 일일 것이다

조용한 시절 대신 나의 백골이 생기었다
생활의 백골
누가 있어 나를 본다면은
이것은 확실히 무서운 이야깃거리다

다리 밑에 물이 마르고
나의 몸도 없어지고
나의 그림자도 달아난다
나는 나에게 대답할 것이 없어져도 쓸쓸하지 않았다

생활무한(生活無限)
고난돌기(苦難突起)
백골의복(白骨衣服)
삼복염천거래(三伏炎天去來)
나의 시절은 태양 속에
나의 사랑도 태양 속에 일식(日蝕)을 하고
첩첩이 무서운 주야(晝夜)
애정은 나뭇잎처럼 기어코 떨어졌으면서
나의 손 위에서 신음한다
가야만 하는 사람의 이별을 기다리는 것처럼
생활은 열도(熱度)를 측량할 수 없고
나의 노래는 물방울처럼 땅속으로 향하여 들어갈 것
애정지둔

여름 뜰

무엇 때문에 부자유한 생활을 하고 있으며
무엇 때문에 자유스러운 생활을 피하고 있느냐
여름 뜰이여
나의 눈만이 혼자서 볼 수 있는 주름살이 있다 굴곡이
있다
모—든 언어가 시에로 통할 때
나는 바로 일순간 전의 대담성을 잊어버리고
젖 먹는 아이와 같이 이지러진 얼굴로
여름 뜰이여
너의 광대한 손을 본다

"조심하여라! 자중하여라! 무서워할 줄 알아라!" 하는
억만의 소리가 비 오듯 내리는 여름 뜰을 보면서
합리와 비합리와의 사이에 묵연히 앉아 있는

나의 표정에는 무엇인지 우스웁고 간지럽고 서먹하고
쓰디쓴 것마저 섞여 있다
그것은 둔한 머리에 움직이지 않는 사념일 것이다

무엇 때문에 부자유한 생활을 하고 있으며
무엇 때문에 자유스러운 생활을 피하고 있느냐
여름 뜰이여
크레인의 강철보다 더 강한 익어 가는 황금빛을 꺾기
위하여
너의 뜰을 달려가는 조그마한 동물이라도 있다면
여름 뜰이여
나는 너에게 희생할 것을 준비하고 있노라

질서와 무질서와의 사이에
움직이는 나의 생활은
섧지가 않아 시체나 다름없는 것이다

여름 뜰을 흘겨보지 않을 것이다
여름 뜰을 밟아서도 아니 될 것이다
묵연히 묵연히
그러나 속지 않고 보고 있을 것이다

구슬픈 육체

불을 끄고 누웠다가
잊어지지 않는 것이 있어
다시 일어났다

암만 해도 잊어버리지 못할 것이 있어 다시 불을 켜고
앉았을 때는
이미 내가 찾던 것은 없어졌을 때

반드시 찾으려고 불을 켠 것도 아니지만
없어지는 자체를 보기 위하여서만 불을 켠 것도 아닌데
잊어버려서 아까운지 아까웁지 않은지 헤아릴 사이도
없이 불은 켜지고

나는 잠시 아름다운 통각(統覺)과 조화와 영원과 귀결을

찾지 않으려 한다

　어둠 속에 본 것은 청춘이었는지 대지의 진동이었는지
　나는 자꾸 땅만 만지고 싶었는데
　땅과 몸이 일체가 되기를 원하며 그것만을 힘삼고
있었는데

　오히려 그러한 불굴의 의지에서 나오는 것인가
　어둠 속에서 일순간을 다투며
　없어져 버린 애처롭고 아름답고 화려하고 부박한 꿈을
찾으려 하는 것은

　생활이여 생활이여
　잊어버린 생활이여
　너무나 멀리 잊어버려 천상의 무슨 등대같이 까마득히
사라져 버린 귀중한 생활들이여
　말 없는 생활들이여
　마지막에는 해저의 풀떨기같이 혹은 책상에 붙은
민민한 판때기처럼 무감각하게 될 생활이여

　조화가 없어 아름다웠던 생활을 조화를 원하는
가슴으로 찾을 것은 아니로나

조화를 원하는 심장으로 찾을 것은 아니로나

지나간 생활을 지나간 벗같이 여기고
해 지자 헤어진 구슬픈 벗같이 여기고
잊어버린 생활을 위하여 불을 켜서는 아니 될 것이지만
천사같이 천사같이 흘려 버릴 것이지만
아아 아아 아아
불은 켜지고
나는 쉴 사이 없이 가야 하는 몸이기에
구슬픈 육체여

더러운 향로

길이 끝이 나기 전에는
나의 그림자를 보이지 않으리
적진을 돌격하는 전사와 같이
나무에서 떨어진 새와 같이
적에게나 벗에게나 땅에게나
그리고 모든 것에서부터
나를 감추리

검은 철을 깎아 만든
고궁의 흰 지댓돌 위의
더러운 향로 앞으로 걸어가서
잃어버린 애아(愛兒)를 찾은 듯이
너의 거룩한 머리를 만지면서
우는 날이 오더라도

철망을 지나가는 비행기의
그림자보다는 훨씬 급하게
스쳐 가는 나의 고독을
누가 무슨 신기한 재주를 가지고
잡을 수 있겠느냐
향로인가 보다
나는 너와 같이 자기의 그림자를 마시고 있는 향로인가
보다

내가 너를 좋아하는 원인을
네가 지니고 있는 긴 역사였다고 생각한 것은 과오였다

길을 걸으면서 생각하여 보는
향로가 이러하고
내가 그 향로와 같이 있을 때
살아 있는 향로
소생하는 나
덧없는 나

이 길로 마냥 가면
이 길로 마냥 가면 어디인지 아는가

티끌도 아까운
더러운 것일수록 더한층 아까운
이 길로 마냥 가면 어디인지 아는가

더러운 것 중에도 가장 더러운
썩은 것을 찾으면서
비로소 마음 취하여 보는
이 더러운 길

네이팜 탄*

너를 딛고 일어서면
생각하는 것은 먼 나라의 일이 아니다
나의 가슴속에 흐트러진 파편들일 것이다

너의 표피의 원활과 각도에 이기지 못하고 미끄러지는
나의 발을
나는 미워한다
방향은 애정—

구름은 벌써 나의 머리를 스쳐 가고
설움과 과거는

＊   1950년대 미국에서 발명된 폭탄. 현재는 비인도적 무기로서 사용이
    금지되었다.

5천만분지 1의 부감도(俯瞰圖)보다도 더
조밀하고 망막하고 까마득하게 사라졌다
생각할 틈도 없이
애정은 절박하고
과거와 미래와 오류와 혈액들이
모두 바쁘다

너는 기류를 안고
나는 근지러운 나의 살을 안고

사성장군이 즐비한 거대한 파티 같은 풍성하고
너그러운 풍경을 바라보면서
나에게는 잔이 없다
투명하고 가벼웁고 쇠소리 나는 가벼운 잔이 없다
그리고 또 하나 지휘편(指揮鞭)이 없을 뿐이다

정치의 작전이 아닌
애정의 부름을 따라서
네가 떠나가기 전에
나는 나의 조심을 다하여 너의 내부를 살펴볼까
이브의 심장이 아닌 너의 내부에는
'시간은 시간을 먹는 듯이 바쁘기만 하다'는

기계가 아닌 자욱한 안개 같은
준엄한 태산 같은
시간의 퇴적뿐이 아닐 것이냐

죽음이 싫으면서
너를 딛고 일어서고
시간이 싫으면서
너를 타고 가야 한다

창조를 위하여
방향은 현대—

나의 가족

고색이 창연한 우리 집에도
어느덧 물결과 바람이
신선한 기운을 가지고 쏟아져 들어왔다

이렇게 많은 식구들이
아침이면 눈을 부비고 나가서
저녁에 들어올 때마다
먼지처럼 인색하게 묻혀 가지고 들어온 것

얼마나 장구한 세월이 흘러갔던가
파도처럼 옆으로
혹은 세대를 가리키는 지층의 단면처럼 억세고도
아름다운 색깔—

누구 한 사람의 입김이 아니라
모든 가족의 입김이 합치어진 것
그것은 저 넓은 문창호의 수많은
틈 사이로 흘러들어 오는 겨울바람보다도 나의 눈을
밝게 한다

조용하고 늠름한 불빛 아래
가족들이 저마다 떠드는 소리도
귀에 거슬리지 않는 것은
내가 그들에게 전령(全靈)을 맡긴 탓인가
내가 지금 순한 고개를 숙이고
온 마음을 다하여 즐기고 있는 서책은
위대한 고대 조각의 사진

그렇지만
구차한 나의 머리에
성스러운 향수(鄕愁)와 우주의 위대감을 담아 주는
삽시간의 자극을
나의 가족들의 기미 많은 얼굴에 비하여 보아서는 아니
될 것이다

제각각 자기 생각에 빠져 있으면서

그래도 조금이나 부자연한 곳이 없는
이 가족의 조화와 통일을
나는 무엇이라고 불러야 할 것이냐

차라리 위대한 것을 바라지 말았으면
유순한 가족들이 모여서
죄 없는 말을 주고받는
좁아도 좋고 넓어도 좋은 방 안에서
나의 위대의 소재(所在)를 생각하고 더듬어 보고 짚어
보지 않았으면

거칠기 짝이 없는 우리 집안의
한없이 순하고 아득한 바람과 물결—
이것이 사랑이냐
낡아도 좋은 것은 사랑뿐이냐

영롱한 목표

새로운 목표는 이미 나타나고 있었다

죽음보다도 엄숙하게

귀고리보다도 더 가까운 곳에

종소리보다도 더 영롱하게

나는 오늘부터 지리교사 모양으로 벽을 보고 있을

필요가 없고

노쇠한 선교사 모양으로 낮잠을 자지 않고도 견딜 만한

강인성을 가지고 있다

이러한 목표는 극장 의회 기계의 치차(齒車)

선박의 삭구(索具) 등을 주저(呪詛)*하지 않는다

사람이 지나간 자국 위에 서서 부르짖는 것은

개와 도회의 사기사(詐欺師)뿐이 아니겠느냐

*　저주(詛呪)의 뜻.

　모든 관념의 말단에 서서 생활하는 사람만이 이기는
법이다
　새로운 목표는 이미 작업을 시작하고 있었다
　역을 떠난 기차 속에서
　능금을 먹는 아이들의 머리 위에서
　설명이 필요하지 않은 희열 위에서
　40년간의 조판 경험이 있는 근시안의 노직공의
가슴속에서
　가장 심각한 나의 우둔 속에서
　새로운 목표는 이미 나타나고 있었다
　죽음보다도 엄숙하게
　귀고리보다도 더 가까운 곳에
　종소리보다도 더 영롱하게

너는 언제부터 세상과 배를 대고 서기 시작했느냐

너는 언제부터 세상과 배를 대고 서기 시작했느냐
너와 나 사이에 세상이 있었는지
세상과 나 사이에 네가 있었는지
너무 밝아서 나는 웃음이 나온다

그러나 결코 너를 격하고 있는 세상에게 웃는 것은
아니리
너를 보고
너의 곁에 애처로울 만치 바싹 다가서서
내가 웃는 것은 세상을 향하여서가 아니라
너를 보고 짓는 짓궂은 웃음인 줄 알아라

음탕할 만치 잘 보이는 유리창
그러나 나는 너를 통하여 아무것도

보지 않고 있는지도 모른다
두려운 세상과 같이 배를 대고 있는
너의 대담성—
그래서 나는 구태여 너에게로 더 한걸음 바싹 다가서서
그리움도 잊어버리고 웃는 것이다

부끄러움도 모르고
밝은 빛만으로 너는 살아왔고
또 너는 살 것인데
투명의 대명사 같은 너의 몸을
지금 나는 은폐물같이 생각하고
기대고 앉아서
안도의 탄식을 짓는다
유리창이여
너는 언제부터 세상과 배를 대고 서기 시작했느냐

연기

연기(煙氣)는 누구를 위하여 일을 하는 것도 아니다
해발 이천육백 척의 고지에서
지렁이같이 꿈틀거리는 바닷바람이 무섭다고
구름을 향하여 도망하는 놈
숫자를 무시하고 사는지
이미 헤아릴 수 없이 오래된 연기

자의식에 지친 내가 너를
막상 좋아한다손 치더라도
네가 나에게 보이고 있는 시간이란
네가 달아나는 시간밖에는 없다

평화와 조화를 원하는 것이
아닌 현실의 선수(選手)

백화가 만발한 언덕 저편에
부처의 심사(心思) 같은 굴뚝이 허옇고
그 위에서 내뿜는 연기는
얼핏 생각하면 우습기도 하다

연기의 정체는 없어지기 위한 것이다
그리고
하필 꽃밭 넘어서
짓궂게 짓궂게 없어져 보려는
심술맞은 연기도 있는 것이다

거리 2

돈을 버는 거리의 부인이여
잠시 눈살을 펴고
눈에서는 독기를 빼고
자유로운 자세를 취하여 보아라

여기는 서울 안에서도 가장 번잡한 거리의 한 모퉁이
나는 오늘 세상에 처음 나온 사람 모양으로 쾌활하다
피곤을 잊어버리게 하는 밝은 태양 밑에는
모든 사람에게 불가능한 일이 없는 듯하다
나폴레옹만 한 호기(豪氣)는 없어도
나는 거리의 운명을 보고
달콤한 마음에 싸여서
어디로 가야 할지 모르는 마음—
무한히 망설이는 이 마음은 어둠과 절망의 어제를

위하여
　　사는 것이 아니고
　　너무나 기쁜 이 마음은 무슨 까닭인지 알 수는 없지만
　　확실히 어리석음에서 나오는 것은
　　아닐 텐데
　　—극장이여
　　나도 지나간 날에는 배우를 꿈꾸고 살던 때가 있었단다
　　무수한 웃음과 벅찬 감격이여 소생하여라
　　거리에 굴러다니는 보잘것없는 설움이여
　　진시왕만큼은 강하지 않아도
　　나는 모든 사람의 고민을 아는 것 같다
　　어두운 도서관 깊은 방에서 육중한 백과사전을
농락하는 학자처럼
　　나는 그네들의 고민에 대하여만은 투철한 자신이 있다

　　지프차를 타고 가는 어느 젊은 사람이
　　유쾌한 표정으로 활발하게 길을 건너가는 나에게
　　인사를 한다
　　옛날의 동창생인가 하고 고개를 기웃거려 보았으나
　　그는 그 사람이 아니라
　　○○부의 어마어마한 자리에 앉은 과장이며
명사(名士)이다

사막의 한끝을 찾아가는 먼 나라의 외국 사람처럼 나는
어디로 가야 할지 모르겠다

지금은 이 번잡한 현실 위에 하나하나 환상을 붙여서
보지 않아도 좋다
꺼먼 얼굴이며 노란 얼굴이며 찌그러진 얼굴이며가 모두
환상과 현실의 중간에 서서 있기에
나는 식인종같이 잔인한 탐욕과 강렬한 의욕으로
그중의 하나하나를 일일이 뚫어져라 하고 들여다보는
것이지만
나의 마음은 달과 바람 모양으로 서늘하다

그네, 마지막으로
돈을 버는 거리의 부인이여
잠시 눈살을 펴고
찌그러진 입술을 펴라
그네의 얼굴이 나의 눈앞에서
어린아이들이 가지고 노는 도르라미* 모양으로 세찬
바람에 맴을 돌기 전에

*   바람개비.

도회의 흑점—

오늘은 그것을 운운할 날이 아니다

나는 오늘 세상에 처음 나온 사람 모양으로 쾌활하다

—코에서 나오는 쇠 냄새가 그리웁다

내가 잠겨 있는 정신의 초점은 감상과 향수가 아닐

것이다

정적(靜寂)이 나의 가슴에 있고

부드러움이 바로 내가 따라가는 것인 이상

나의 긍지는 애드벌룬보다는 좀 더 무거울 것이며

예지는 어느 연통(煙筒)보다도 훨씬 뾰죽하고 날카로울

것이다

암흑과 맞닿는 나의 생명이여

거리의 생명이여

거만과 오만을 잊어버리고

밝은 대낮에라도 겸손하게 지내는 묘리를 배우자

여기는 좁은 서울에서도 가장 번거로운 거리의 한

모퉁이

우울 대신에 수많은 기폭을 흔드는 쾌활

잊어버린 수많은 시편(詩篇)을 밟고 가는 길가에

영광의 집들이여 점포여 역사여
바람은 면도날처럼 날카로울건만
어디까지 명랑한 나의 마음이냐
구두여 양복이여 노점상이여
인쇄소여 입장권이여 부채(負債)여 여인이여
그리고 여인 중에도 가장 아름다운 그네여
돈을 버는 거리의 부인들의 어색한 모습이여

바뀌어진 지평선

뮤즈여
용서하라
생활을 하여 나가기 위하여는
요만한 경박성이 필요하단다
시간의 표면에
물방울을 풍기어 가며
오늘을 울지 않으려고
너를 잊고 살아야 하는 까닭에
로날드 콜맨의 신작품을
눈여겨 살펴보며
피우기 싫은 담배를 피워 본다

어느 매춘부의 생활같이
다소곳한 분위기 안에서

오늘이 봄인지도 모르고
그래도 날개 돋친 마음을 위하여 너와 같이 걸어간다

흐린 봄철 어느 오후의 무거운 일기(日氣)처럼
그만한
우울이 또한 필요하다
세상을 속지 않고 걸어가기 위하여
나는 담배를 끄고
누구에게든지 신경질을 피우고 싶다

물에 빠지지 않기 위한
생활이 비겁하다고 경멸하지 말아라
뮤즈여
나는 공리적인 인간이 아니다
내가 괴로워하기보다도
남이 괴로워하는 양을 보기 위하여서도
나에게는 약간의 경박성이 필요한 것이다
지혜의 왕자처럼
눈 하나 까딱하지 아니하고
도사리고 앉아서
나의 원죄와 회한을 생각하기 전에
너의 생리부터 해부하여 보아야겠다

뮤즈여

클라크 게이블
그리고 너절한 대중잡지
타락한 오늘을 위하여서는
내가 '오늘'보다 더 깊이 떨어져야 할 것이다
그러나 사람들이 웃을까 보아
나는 적당히 넥타이를 고쳐 매고 앉아 있다
뮤즈여
너는 어제까지의 나의 세력
오늘은 나의 지평선이 바뀌어졌다

물은 물이고 불은 불일 것이지만
어제와 오늘이 다르고
오늘과 내일의 차이를 정시하기 위하여
하다못해 이와 같이 타락한 신문기자의
탈을 쓰고 살고 있단다

솔직한 고백을 싫어하는
뮤즈여
투기(妬忌)와 경쟁과 살인과 간음과 사기에 대하여서는
너에게 이야기하지 않으리라

적당한 음모는 세상의 것이다
이 어지러운 세상을 살아가기 위하여
나에게는 약간의 경박성이 필요하다
물 위를 날아가는 돌팔매질—
아슬아슬하게
세상에 배를 대고 날아가는 정신이여
너무나 가벼워서 내 자신이
스스로 무서워지는 놀라운 육체여
배반이여 모험이여 간악이여
간지러운 육체여
표면에 살아라
뮤즈여
너의 복부를랑 하늘을 바라보게 하고—

그러면
아름다움은 어제부터 출발하고
너의 육체는
오늘부터 출발하게 되는 것이다

콜맨, 게이블, 레이트, 디보스,
매리지,
하우스펠 에어리어

— (영국인들은 호스피탈 에어리어?)

뮤즈여
시인이 시의 뒤를 따라가기에는 싫증이 났단다
고갱, 녹턴 그리고
물새

모두 다 같이 나가는 지평선의 대열
뮤즈는 조금쯤 걸음을 멈추고
서정시인은 조금만 더 속보로 가라
그러면 대열은 일자(一字)가 된다

사과와 수첩과 담배와 같이
인간들이 걸어간다
뮤즈여
앞장을 서지 마라
그리고 너의 노래의 음계를 조금만
낮추어라
오늘의 우울을 위하여
오늘의 경박을 위하여

폭포

폭포는 곧은 절벽을 무서운 기색도 없이 떨어진다

규정할 수 없는 물결이
무엇을 향하여 떨어진다는 의미도 없이
계절과 주야를 가리지 않고
고매한 정신처럼 쉴 사이 없이 떨어진다

금잔화도 인가도 보이지 않는 밤이 되면
폭포는 곧은 소리를 내며 떨어진다

곧은 소리는 소리이다
곧은 소리는 곧은
소리를 부른다

번개와 같이 떨어지는 물방울은
취할 순간조차 마음에 주지 않고
나타(懶惰)*와 안정을 뒤집어 놓은 듯이
높이도 폭도 없이
떨어진다

＊　나태(懶怠)와 같은 말.

수난로

견고한 것을 좋아하는 사람들이
팔을 고이고 앉아서 창을 내다보는
수난로(水煖爐)는 문명의 폐물(廢物)

삼월도 되기 전에
그의 내부에서는 더운 물이 없어지고
어둠이 들어앉는다

나는 이 어둠을 신이라고 생각한다

이 어두운 신은 밤에도 외출을 못하고 자기의 영토를
지킨다
　―유일한 희망은 겨울을 기다리는 것이다

그의 가치는
왼손으로 글을 쓰는 소녀만이 알고 있다
그것은 그의 둥근 호흡기가 언제나 왼쪽에 달려 있기
때문이다

그러나 어디를 가 보나
그의 머리 위에 반드시 창이 달려 있는 것은
죄악이 아니겠느냐

공원이나 휴식이 필요한 사람들이
여름이면 그의 곁에 와서
곧잘 팔을 고이고 앉아 있으니까
그는 인간의 비극을 안다

그래서 그는 낮에도 밤에도
어둠을 지니고 있으면서
어둠과는 타협하는 법이 없다

꽃 2

꽃은 과거와 또 과거를 향하여
피어나는 것
나는 결코 그의 종자(種子)에 대하여
말하고 있는 것은 아니다
또한 설움의 귀결을 말하고자 하는 것도 아니다
오히려 설움이 없기 때문에 꽃은 피어나고

꽃이 피어나는 순간
푸르고 연하고 길기만 한 가지와 줄기의 내면은
완전한 공허를 끝마치고 있었던 것이다

중단과 계속과 해학이 일치되듯이
어지러운 가지에 꽃이 피어오른다
과거와 미래에 통하는 꽃

견고한 꽃이
공허의 말단에서 마음껏 찬란하게 피어오른다

여름 아침

여름 아침의 시골은 가족과 같다
햇살을 모자같이 이고 앉은 사람들이 밭을 고르고
우리 집에도 어저께는 무씨를 뿌렸다
원활하게 굽은 산등성이를 바라보며
나는 지금 간밤의 쓰디쓴 후각과 청각과 미각과
통각(統覺)마저 잊어버리려고 한다

물을 뜨러 나온 아내의 얼굴은
어느 틈에 저렇게 검어졌는지 모르나
차차 시골 동리 사람들의 얼굴을 닮아 간다
뜨거워질 햇살이 산 위를 걸어 내려온다
가장 아름다운 이기적인 시간 위에서
나는 나의 검게 타야 할 정신을 생각하며
구별을 용사(容赦)*하지 않는

밭고랑 사이를 무겁게 걸어간다

고뇌여

강물은 도도하게 흘러내려 가는데
천국도 지옥도 너무나 가까운 곳

사람들이여
차라리 숙련이 없는 영혼이 되어
씨를 뿌리고 밭을 갈고 가래질을 하고 고물개질을 하자

여름 아침에는
자비로운 하늘이 무수한 우리들의 사진을 찍으리라
단 한 장의 사진을 찍으리라

---

*   용서하여 놓아 준다는 뜻.

기자의 정열

    4면의 신문 위에 6호 활자가 몇천 개 박혀 있는지
모르지만 너의 상상에서는 실제의 수십 배는 담겨
있으리라
    이 무수한 활자 가운데에
    신문기자인 너의 기사도
    매일 조금씩은 끼이게 되는데
    큰 아름드리나무에 박힌 옹이처럼 너는 네가 한 신문
기사를 매일 아침 게시판 위에서 찾아보는 버릇이 너도
모르게 어느덧 생기고 말았다
    생각하면 그것은 둥근 옹이같이 어지러웁기만 한
일이지만
    거기에는 초점이 없지도 않다
    그러나 이 초점을 바라고 보는 것이 아니다
    낭만적 위대성을 잊어버린 지 오랜 네가 인류를 위하여

산다는 것도 거짓말에 가까운 것이지만

　그래도 누가 읽어 줄지 모르는 신문 한구석에 너의 피가
어리어 있는 것이 반가워서 보고 있는 것인가

　기사라 하지만 네가 썼다고 알아주는 사람이 있어도
좋고 없어도 가히 무관한 것

　그렇기에 한결 가벼운 휴식의 마음으로 쓰고 있을 수
있었던 것

　오랜 피곤도 고통도 인내도 잊어버리고

　새 사람 아닌 새 사람이 되어

　아무도 모르고 너 혼자만이 아는

　네가 쓴 기사 위에

　황홀히 너를 찾아보는 아침이여

　번개같이 가슴을 울리고 가는 묵은 생명과 새 희망의
무수한 충돌 충돌……

　누구의 힘보다 강하다고 믿어 오던

　무색(無色)의 생활자가 네가 아니던가

　자유여

　아니 휴식이여

　어려운 휴식이여

　부르기 힘든 사람의 이름들

　눈에는 보이지 않는 너무나 무거운

너의 짐

그리고 일락(逸樂), 안이, 허위……

모두 다 잊어버리고 나와서

태양의 다음가는 자유

자유의 다음가는 게시판

너무나 어려운 휴식이여

눈물이 흘러나올 여유조차 없는

게시판과 너 사이에

오늘의 생활이 있을진대

달관한 신문기자여

생각하지 말아라

"결혼 윤리의 좌절

　—행복은 어디에 있나?—"

이것이 어제 오후에 써 놓은 기사 대목으로

　내일 조간분 사회면의 표독한 타이틀이 될 것이라고

해서

　네가 이 두 시간의 중간 위에 서 있는 것이라고 해서

　어려운 휴식

　참으로 어려운

　얻기 어려운 휴식

　너의 긴 시간 속에 언제고 내포되어 있는 휴식

　그러한 휴식이 찬란한 아침 햇빛 비치는 게시판 위에서

떠돌아다니면서
　희한한 상상과 무수한 활자를
　너에게 눌러 주는 지금 이 순간에도
　너는 아예 놀라지 말아라
　너는 아예 놀라지 말아라

반주곡

일어서 있는 너의 얼굴
일어서 있는 너의 얼굴
악골(顎骨)에서 내려가는 너의 경련
—이것이 생활이다

나의 여자들의 더러운 발은 생활의 숙제

온돌 위에 서 있는 빌딩
하늘 위에 서 있는 꽃 위에로
하늘에서 내려오는 연령의 여유
시도 그런 여유에는 대항할 수 없고
지혜는 일어서 있는 너의 얼굴

종교의 연필 자국이 두드러진

청춘의 붉은 희롱?

"고맙습니다, 고맙습니다"
역사의 숙제, 발을 벗는 일,
연결의 '사도(使徒)'—일어선 것과 앉은 것의
불가사의에 신음하는 나

"고맙습니다, 고맙습니다"
서양과 동양의 차이
나는 여유 있는 시인—쉬페르비엘이
물에 빠진 뒤에 나는 젤라틴을 통해서
시의 진지성을 본다

내용은 술집, 내용은 나, 내용은 도시,
내용은 그림자,
그림자의 비밀
종교의 획득은 종교를 잃었을 때부터 시작되었고
나는 그때부터 차차 늙어 가는 탈을 썼다

"고맙습니다, 고맙습니다"
일어서 있는 너의 얼굴은
오늘 밤의

앉아 있는 내 방의 촛불 같은 재산, 보석이여

구름의 파수병

만약에 나라는 사람을 유심히 들여다본다고 하자
　그러면 나는 내가 시와는 반역된 생활을 하고 있다는
것을 알 것이다

먼 산정에 서 있는 마음으로
나의 자식과 나의 아내와
그 주위에 놓인 잡스러운 물건들을 본다

그리고
나는 이미 정하여진 물체만을 보기로 결심하고 있는데
만약에 또 어느 나의 친구가 와서
나의 꿈을 깨워 주고
나의 그릇됨을 꾸짖어 주어도 좋다

함부로 흘리는 피가 싫어서
이다지 낡아 빠진 생활을 하는 것은 아니리라
먼지 낀 잡초 위에
잠자는 구름이여
고생도 마음대로 할 수 없는 세상에서는
철 늦은 거미같이 존재 없이 살기도 어려운 일

　방 두 칸과 마루 한 칸과 말쑥한 부엌과 애처로운 처를
거느리고
　외양만이라도 남들과 같이 살아간다는 것이 이다지도
쑥스러울 수가
　있을까

　시를 배반하고 사는 마음이여
　자기의 나체를 더듬어 보고
　살펴볼 수 없는 시인처럼
　비참한 사람이 또 어디 있을까
　거리에 나와서 집을 보고
　집에 앉아서 거리를 그리던 어리석음도 이제는 모두
사라졌나 보다
　날아간 제비와 같이

날아간 제비와 같이 자국도 꿈도 없이
어디로인지 알 수 없으나
어디로이든 가야 할 반역의 정신

나는 지금 산정에 있다—
시를 반역한 죄로
이 메마른 산정에서 오랫동안 꿈도 없이 바라보아야 할
구름
그리고 그 구름의 파수병인 나

예지

바늘구멍만 한 예지(叡智)를 바라면서 사는 자의
설움이여
너는 차라리 부정한 자가 되라
오늘
이 헐벗은 거리에 가슴을 대고
뒤집어진 부정이 정의가 되지 않더라도

그러면 너의 벗들과
너의 이웃 사람들의 얼굴이
바늘구멍 저쪽에 떠오르리라
축소와 확대의 중간에 선 그들의 얼굴
강력과 기도가 일체가 되는 거리에서
너는 비로소 겸허를 배운다

바늘구멍만 한 예지의 저쪽에서 사는 사람들이여
나의 현실의 메트르*여
어제와 함께 내일에 사는 사람들이여
강력한 사람들이여……

---

*   maître. 주인, 선생, 지배자라는 뜻의 프랑스어.

눈

눈은 살아 있다
떨어진 눈은 살아 있다
마당 위에 떨어진 눈은 살아 있다

기침을 하자
젊은 시인이여 기침을 하자
눈 위에 대고 기침을 하자
눈더러 보라고 마음 놓고 마음 놓고
기침을 하자

눈은 살아 있다
죽음을 잊어버린 영혼과 육체를 위하여
눈은 새벽이 지나도록 살아 있다

기침을 하자
젊은 시인이여 기침을 하자
눈을 바라보며
밤새도록 고인 가슴의 가래라도
마음껏 뱉자

서시

나는 너무나 많은 첨단의 노래만을 불러왔다
나는 정지의 미에 너무나 등한하였다
나무여 영혼이여
가벼운 참새같이 나는 잠시 너의
흉하지 않은 가지 위에 피곤한 몸을 앉힌다
성장은 소크라테스 이후의 모든 현인들이 하여 온 일
정리는
전란에 시달린 20세기 시인들이 하여 놓은 일
그래도 나무는 자라고 있다 영혼은
그리고 교훈은 명령은
나는
아직도 명령의 과잉을 용서할 수 없는 시대이지만
이 시대는 아직도 명령의 과잉을 요구하는 밤이다
나는 그러한 밤에는 부엉이의 노래를 부를 줄도 안다

지지한 노래를
더러운 노래를 생기 없는 노래를
아아 하나의 명령을

영교일(靈交日)

나는 젊은 사나이의 그 눈초리를 보았다
흔들리는 자동차 속에서 창밖의 풍경이 흔들리듯
그의 가장 깊은 영혼이 흔들리는 것을 보았다

바람도 불지 않는 나무에서 열매가 떨어지듯 나의
마음에서 수없이 떨어져 내리는 휴식의 열매
뒷걸음질치는 것은 분격(憤激)인가 조소인가 회한인가
무수한 궤도여

위안이 되지 않는 시를 쓰는 시인을 건져 주기 전에
신이여
그 사나이의 눈초리를 보셨나요
잊어버려야 할 그 눈초리를

굵은 밧줄 밑에 뒹구는
구렁이가 악몽이 될 수 있겠나요
무수한 공허 밑에 살찌는 공허보다
더 무서운 악몽이 있나요
시내 위에 떨어지는 빗방울을 보셨나요
그것보다도 흔적이 더 없는 내어버린 자아도
하하! 우주의 비밀을
아니
비밀은 비밀을 먹는 것인가요
하하하……

광야

이제 나는 광야에 드러누워도
시대에 뒤떨어지지 않는 나를 발견하였다
　　　　　　시대의 지혜
너무나 많은 나침반이여
밤이 산등성이를 넘어 내리는 새벽이면
모기의 피처럼
시인이 쏟고 죽을 오욕의 역사
　　　　　　　그러나 오늘은 산보다도
　　　　　　　그것은 나의 육체의 융기

이제 나는 광야에 드러누워도
공동의 운명을 들을 수 있다
　　　　　　피로와 피로의 발언
시인이 황홀하는 시간보다도 더 맥없는 시간이 어디

있느냐
　도피하는 친구들
　양심도 가지고 가라 휴식도—
　우리들은 다 같이 산등성이를 내려가는 사람들
　　　　　　그러나 오늘은 산보다도
　　　　　　그것은 나의 육체의 융기

　광야에 와서 어떻게 드러누울 줄을 알고 있는
　나는 너무나도 악착스러운 몽상가
　　　　　　조잡한 천지(天地)여
　간디의 모방자여
　여치의 나래 밑의 고단한 밤잠이여
　"시대에 뒤떨어지는 것이 무서운 게 아니라
　어떻게 뒤떨어지느냐가 무서운 것"이라는 죽음의
잠꼬대여
　　　　　　그러나 오늘은 산보다도
　　　　　　그것은 나의 육체의 융기

봄밤

애타도록 마음에 서둘지 말라
강물 위에 떨어진 불빛처럼
혁혁한 업적을 바라지 말라
개가 울고 종이 들리고 달이 떠도
너는 조금도 당황하지 말라
술에서 깨어난 무거운 몸이여
오오 봄이여

한없이 풀어지는 피곤한 마음에도
너는 결코 서둘지 말라
너의 꿈이 달의 행로와 비슷한 회전을 하더라도
개가 울고 종이 들리고
기적 소리가 과연 슬프다 하더라도
너는 결코 서둘지 말라

서둘지 말라 나의 빛이여
오오 인생이여

재앙과 불행과 격투와 청춘과 천만인의 생활과
그러한 모든 것이 보이는 밤
눈을 뜨지 않은 땅속의 벌레같이
아둔하고 가난한 마음은 서둘지 말라
애타도록 마음에 서둘지 말라
절제여
나의 귀여운 아들이여
오오 나의 영감(靈感)이여

비

비가 오고 있다
여보
움직이는 비애를 알고 있느냐

명령하고 결의하고
'평범하게 되려는 일' 가운데에
해초처럼 움직이는
바람에 나부껴서 밤을 모르고
언제나 새벽만을 향하고 있는
투명한 움직임의 비애를 알고 있느냐
여보
움직이는 비애를 알고 있느냐

순간이 순간을 죽이는 것이 현대

현대가 현대를 죽이는 '종교'
현대의 종교는 '출발'에서 죽는 영예(榮譽)
그 누구의 시처럼

　　그러나 여보
　　비 오는 날의 마음의 그림자를
　　사랑하라
　　너의 벽에 비치는 너의 머리를
　　사랑하라
비가 오고 있다
움직이는 비애여

결의하는 비애
변혁하는 비애……
현대의 자살
그러나 오늘은 비가 너 대신 움직이고 있다
무수한 너의 '종교'를 보라

계사(鷄舍) 위에 울리는 곡괭이 소리
동물의 교향곡
잠을 자면서 머리를 식히는 사색가
—모든 곳에 너무나 많은 움직임이 있다

여보
비는 움직임을 제(制)하는 결의
움직이는 휴식

여보
그래도 무엇인가가 보이지 않느냐
그래서 비가 오고 있는데!

사치

　어둠 속에 비치는 해바라기와…… 주전자와…… 흰
벽과……
　불을 등지고 있는 성황당이 보이는
　그 산에는 겨울을 가리키는 바람이 일기 시작하네

　나들이를 갔다 온 씻은 듯한 마음에 오늘 밤에는 아내를
껴안아도 좋으리
　밋밋한 발회목에 내 눈이 자꾸 가네
　내 눈이 자꾸 가네

　새로 파논 우물전에서 도배를 하고 난 귀얄*을 씻고 간
두붓집 아가씨에게
　무어라고 수고의 인사를 해야 한다지
　나들이를 갔다가 아들놈을 두고 온 안방 건넌방은 빈집

같구나

　문명(文明)된 아내에게 '실력을 보이자면' 무엇보다도
먼저

　발이라도 씻고 보자

　냉수도 마시자

　맑은 공기도 마시어 두자

　자연이 하라는 대로 나는 할 뿐이다

　그리고 자연이 느끼라는 대로 느끼고

　나는 실망하지 않을 것이다

　의지의 저쪽에서 영위하는 아내여

　길고 긴 오늘 밤에 나의 사치를 받기 위하여

　어서어서 불을 끄자

　불을 끄자

밤

부정한 마음아

밤이 밤의 창을 때리는구나

너는 이런 밤을 무수한 거부 속에 헛되이 보냈구나

또 지금 헛되이 보내고 있구나

하늘 아래 비치는 별이 아깝구나

사랑이여

무된 밤에는 무된 사람을 축복하자

생활

시장 거리의 먼지 나는 길 옆의
좌판 위에 쌓인 호콩 마마콩 멍석의
호콩 마마콩이 어쩌면 저렇게 많은지
나는 저절로 웃음이 터져 나왔다

모든 것을 제압하는 생활 속의
애정처럼
솟아오른 놈

(유년의 기적을 잃어버리고
얼마나 많은 세월이 흘러갔나)

여편네와 아들놈을 데리고
낙오자처럼 걸어가면서

나는 자꾸 허허…… 웃는다

무위와 생활의 극점을 돌아서
나는 또 하나의 생활의 좁은 골목 속으로
들어서면서
이 골목이라고 생각하고 무릎을 친다

생활은 고절(孤絶)이며
비애였다
그처럼 나는 조용히 미쳐 간다
조용히 조용히……

거미잡이

폴리호(號) 태풍이 일기 시작하는 여름밤에
아내가 마루에서 거미를 잡고 있는
꼴이 우습다

하나 죽이고
둘 죽이고
넷 죽이고
......

야 고만 죽여라 고만 죽여
나는 오늘 아침에 서약한 게 있다니까
남편은 어제의 남편이 아니라니까
정말 어제의 네 남편이 아니라니까

달밤

언제부터인지 잠을 빨리 자는 습관이 생겼다
밤거리를 방황할 필요가 없고
착잡한 머리에 책을 집어들 필요가 없고
마지막으로 몽상을 거듭하기도 피곤해진 밤에는
시골에 사는 나는―
달 밝은 밤을
언제부터인지 잠을 빨리 자는 습관이 생겼다

이제 꿈을 다시 꿀 필요가 없게 되었나 보다
나는 커단 서른아홉 살의 중턱에 서서
서슴지 않고 꿈을 버린다

피로를 알게 되는 것은 과연 슬픈 일이다
밤이여 밤이여 피로한 밤이여

사령(死靈)

……활자는 반짝거리면서 하늘 아래에서
간간이
자유를 말하는데
나의 영(靈)은 죽어 있는 것이 아니냐

벗이여
그대의 말을 고개 숙이고 듣는 것이
그대는 마음에 들지 않겠지
마음에 들지 않아라

모두 다 마음에 들지 않아라
이 황혼도 저 돌벽 아래 잡초도
담장의 푸른 페인트빛도
저 고요함도 이 고요함도

그대의 정의도 우리들의 섬세도
행동이 죽음에서 나오는
이 욕된 교외에서는
어제도 오늘도 내일도 마음에 들지 않아라

그대는 반짝거리면서 하늘 아래에서
간간이
자유를 말하는데
우스워라 나의 영은 죽어 있는 것이 아니냐

꽃

심연은 나의 붓끝에서 퍼져 가고
나는 멀리 세계의 노예들을 바라본다
진개(塵芥)와 분뇨를 꽃으로 마구 바꿀 수 있는 나날
그러나 심연보다도 더 무서운 자기 상실에 꽃을 피우는
것은 신이고

나는 오늘도 누구에게든 얽매여 살아야 한다

돼지우리에 새가 날고
국화꽃은 밤이면 더한층 아름답게 이슬에 젖는데
올겨울에도 산 위의 초라한 나무들을 뿌리만 간신히
남기고 샅샅이 잘라 갈 동네 아이들……
손도 안 씻고
쥐똥도 제멋대로 내버려 두고

닭에는 발등을 물린 채
나의 숙제는 미소이다
밤과 낮을 건너서 도회의 저편에
영영 저물어 사라져 버린 미소이다

파리와 더불어

다병(多病)한 나에게는
파리도 이미 어제의 파리는 아니다

이미 오래전에 일과를 전폐해야 할
문명이
오늘도 또 나를 이렇게 괴롭힌다

싸늘한 가을바람 소리에
전통은
새처럼 겨우 나무 그늘 같은 곳에
정처를 찾았나 보다

병을 생각하는 것은
병에 매어달리는 것은

필경 내가 아직 건강한 사람이기 때문이리라
거대한 비애를 갖고 있는 사람이기 때문이리라
거대한 여유를 갖고 있는 사람이기 때문이리라

저 광막한 양지 쪽에 반짝거리는
파리의 소리 없는 소리처럼
나는 죽어 가는 법을 알고 있는 사람이기 때문이리라

파밭 가에서

삶은 계란의 껍질이
벗겨지듯
묵은 사랑이
벗겨질 때
붉은 파밭의 푸른 새싹을 보아라
얻는다는 것은 곧 잃는 것이다

먼지 앉은 석경 너머로
너의 그림자가
움직이듯
묵은 사랑이
움직일 때
붉은 파밭의 푸른 새싹을 보아라
얻는다는 것은 곧 잃는 것이다

새벽에 준 조로의 물이
대낮이 지나도록 마르지 않고
젖어 있듯이
묵은 사랑이
뉘우치는 마음의 한복판에
젖어 있을 때
붉은 파밭의 푸른 새싹을 보아라
얻는다는 것은 곧 잃는 것이다

하······ 그림자가 없다

우리들의 적은 늠름하지 않다
우리들의 적은 커크 더글러스나 리처드 위드마크
모양으로 사나웁지도 않다
그들은 조금도 사나운 악한이 아니다
그들은 선량하기까지도 하다
그들은 민주주의자를 가장하고
자기들이 양민이라고도 하고
자기들이 선량이라고도 하고
자기들이 회사원이라고도 하고
전차를 타고 자동차를 타고
요릿집엘 들어가고
술을 마시고 웃고 잡담하고
동정하고 진지한 얼굴을 하고
바쁘다고 서두르면서 일도 하고

원고도 쓰고 치부도 하고
시골에도 있고 해변가에도 있고
서울에도 있고 산보도 하고
영화관에도 가고
애교도 있다
그들은 말하자면 우리들의 곁에 있다

우리들의 전선(戰線)은 눈에 보이지 않는다
그것이 우리들의 싸움을 이다지도 어려운 것으로
만든다
우리들의 전선은 된케르크*도 노르망디도
연희고지**도 아니다
우리들의 전선은 지도책 속에는 없다
그것은 우리들의 집안 안인 경우도 있고
우리들의 직장인 경우도 있고
우리들의 동리인 경우도 있지만……
보이지는 않는다

우리들의 싸움의 모습은 초토작전이나

* 프랑스 북부의 도시. 제2차 세계대전 당시 연합군의 유명한 철수 작전이 있었던 곳.
** 한국전쟁 당시 격전이 벌어진 곳.

「건 힐의 혈투」*모양으로 활발하지도 않고 보기 좋은
것도 아니다
　그러나 우리들은 언제나 싸우고 있다
　아침에도 낮에도 밤에도 밥을 먹을 때에도
　거리를 걸을 때도 환담을 할 때도
　장사를 할 때도 토목 공사를 할 때도
　여행을 할 때도 울 때도 웃을 때도
　풋나물을 먹을 때도
　시장에 가서 비린 생선 냄새를 맡을 때도
　배가 부를 때도 목이 마를 때도
　연애를 할 때도 졸음이 올 때도 꿈속에서도
　깨어나서도 또 깨어나서도 또 깨어나서도……
　수업을 할 때도 퇴근시에도
　사이렌 소리에 시계를 맞출 때도 구두를 닦을 때도……
　우리들의 싸움은 쉬지 않는다

　우리들의 싸움은 하늘과 땅 사이에 가득 차 있다
　민주주의의 싸움이니까 싸우는 방법도 민주주의식으로
싸워야 한다
　하늘에 그림자가 없듯이 민주주의의 싸움에도 그림자가

　　*　존 스터지스 감독의 1959년 작 서부영화.

없다

하…… 그림자가 없다

하…… 그렇다……

하…… 그렇지……

아암 그렇구말구…… 그렇지 그래……

응응…… 응…… 뭐?

아 그래…… 그래 그래.

푸른 하늘을

푸른 하늘을 제압하는
노고지리가 자유로웠다고
부러워하던
어느 시인의 말은 수정되어야 한다

자유를 위해서
비상하여 본 일이 있는
사람이면 알지
노고지리가
무엇을 보고
노래하는가를
어째서 자유에는
피의 냄새가 섞여 있는가를
혁명은

왜 고독한 것인가를

혁명은
왜 고독해야 하는 것인가를

"김일성만세(金日成萬歲)"

"김일성만세"
한국의 언론 자유의 출발은 이것을
인정하는 데 있는데

이것만 인정하면 되는데

이것을 인정하지 않는 것이 한국
언론의 자유라고 조지훈이란
시인이 우겨 대니

나는 잠이 올 수밖에

"김일성만세"
한국의 언론 자유의 출발은 이것을

인정하는 데 있는데

이것만 인정하면 되는데

이것을 인정하지 않는 것이 한국
정치의 자유라고 장면이란
관리가 우겨 대니

나는 잠이 깰 수밖에

그 방을 생각하며

혁명은 안 되고 나는 방만 바꾸어 버렸다
그 방의 벽에는 싸우라 싸우라 싸우라는 말이
헛소리처럼 아직도 어둠을 지키고 있을 것이다

나는 모든 노래를 그 방에 함께 남기고 왔을 게다
그렇듯 이제 나의 가슴은 이유 없이 메말랐다
그 방의 벽은 나의 가슴이고 나의 사지일까
일하라 일하라 일하라는 말이
헛소리처럼 아직도 나의 가슴을 울리고 있지만
나는 그 노래도 그 전의 노래도 함께 다 잊어버리고
말았다

혁명은 안 되고 나는 방만 바꾸어 버렸다
나는 인제 녹슬은 펜과 뼈와 광기—

실망의 가벼움을 재산으로 삼을 줄 안다
이 가벼움 혹시나 역사일지도 모르는
이 가벼움을 나는 나의 재산으로 삼았다

혁명은 안 되고 나는 방만 바꾸었지만
나의 입속에는 달콤한 의지의 잔재 대신에
다시 쓰디쓴 담뱃진 냄새만 되살아났지만

방을 잃고 낙서를 잃고 기대를 잃고
노래를 잃고 가벼움마저 잃어도

이제 나는 무엇인지 모르게 기쁘고
나의 가슴은 이유 없이 풍성하다

눈

요 시인
이제 저항시는
방해로소이다
이제 영원히
저항시는
방해로소이다
저 펄 펄
내리는
눈송이를 보시오
저 산허리를
돌아서
너무나도 좋아서
하늘을
묶는

허리띠 모양으로
맴을 도는
눈송이를 보시오
눈

요 시인
용감한 시인
—소용 없소이다
산 너머 민중이라고
산 너머 민중이라고
하여 둡시다
민중은 영원히 앞서 있소이다
웃음이 나오더라도
눈 내리는 날에는
손을 묶고 가만히
앉아 계시오
서울서
의정부로
뚫린
국도에
눈 내리는 날에는
'빅'차도

지프차도
파발이 다 된
시골 버스도
맥을 못 추고
맴을 도는 판이니
답답하더라도
답답하더라도
요 시인
가만히 계시오
민중은 영원히 앞서 있소이다
요 시인
용감한 착오야
그대의 저항은 무용(無用)
저항시는 더욱 무용
막대한
방해로소이다
까딱 마시오 손 하나 몸 하나
까딱 마시오
눈 오는 것만 지키고 계시오……

연꽃

종이를 짤라 내듯
긴장하지 말라구요
긴장하지 말라구요
사회주의 동지들
　연꽃이 있지 않어
　두통이 있지 않어
　흙이 있지 않어
　사랑이 있지 않어

뚜껑을 열어제치듯
긴장하지 말라구요
긴장하지 말라구요
사회주의 동지들
　형제가 있지 않어

아주머니가 있지 않어
아들이 있지 않어

벌레와 같이
눈을 뜨고 보라구요
아무것도 안 보이는
긴장하지 말라구요
내가 겨우 보이는
긴장하지 말라구요
　사회주의 동지들
　사랑이 있지 않어
　작란이 있지 않어
　냄새가 있지 않어
　해골이 있지 않어

'4.19' 시

나는 하필이면
왜 이 시(詩)를
잠이 와
잠이 와
잠이 와 죽겠는데
왜
지금 쓰려나
이 순간에 쓰려나
죄수들의 말이
배고픈 것보다도
잠 못 자는 것이
더 어렵다고 해서
그래 그러나
배고픈 사람이

하도 많아 그러나
시 같은 것
시 같은 것
안 쓰려고 그러나
더구나
'4·19' 시 같은 것
안 쓰려고 그러나
껌벅껌벅
두 눈을
감아 가면서
아주
금방 곯아떨어질 것
같은데
밥보다도
더 소중한
잠이 안 오네
달콤한
달콤한
잠이 안 오네
보스토크*가

---

*   Vostok. 구소련이 발사한 세계 최초 1인승 인공위성.

돌아와 그러나
세계정부 이상(理想)이
따분해 그러나
이 나라
백성들이
너무 지쳐 그러나
별안간
빚 갚을 것
생각나 그러나
여편네가
짜증 낼까
무서워 그러나
동생들과
어머니가
걱정이 돼 그러나
참았던 오줌 마려
그래 그러나

시 같은 것
시 같은 것
써 보려고 그러나
'4·19' 시 같은 것

써 보려고 그러나

시

어서 일을 해요 변화는 끝났소
어서 일을 해요
미지근한 물이 고인 조그마한 논과
대숲 속의 초가집과
나무로 만든 장기와
게으르게 움직이는 물소와
(아니 물소는 호남 지방에서는 못 보았는데)
덜컥거리는 수레와

어서 또 일을 해요 변화는 끝났소
편지 봉투 모양으로 누렇게 결은
시간과 땅
수레를 털털거리게 하는 욕심의 돌
기름을 주라

어서 기름을 주라
털털거리는 수레에다는 기름을 주라
욕심은 끝났어
논도 얼어붙고
대숲 사이로 침입하는 무자비한 푸른 하늘

쉬었다 가든 거꾸로 가든 모로 가든
여기서 또 가요 기름을 발랐으니 어서 또 가요
타마구*를 발랐으니 어서 또 가요
미친 놈 본으로 어서 또 가요 변화는 끝났어요
어서 또 가요
실 같은 바람 따라 어서 또 가요

더러운 일기는 찢어 버려도
짜장** 재주를 부릴 줄 아는 나이와 시
배짱도 생겨 가는 나이와 시
정말 무서운 나이와 시는
동그랗게 되어 가는 나이와 시
사전을 보며 쓰는 나이와 시

---

   *   아스팔트 도로 포장에 사용되는 아스콘을 일컬었던 말.
   **   진짜.

사전이 시 같은 나이의 시
사전이 앞을 가는 변화의 시
감기가 가도 감기가 가도
줄곧 앞을 가는 사전의 시
시

전향기(轉向記)

일본의 '진보적' 지식인들은 소련한테는
욕을 하지 않는다고 한다 나도 얼마 전까지는
흰 원고지 뒤에 낙서를 하면서
그것이 그럴듯하게 생각돼서
소련을 내심으로도 입 밖으로도 두둔했었다
— 당연한 일이다

소련을 생각하면서 나는 치질을 앓고 피를 쏟았다
일주일 동안 단식까지 했다
단식을 하고 나서 죽을 먹고
그다음에 밥을 떡국을 먹었는데
새삼스럽게 소화불량증이 생겼다
— 당연한 일이다

나는 지금 일본 시인들의 작품을 읽으면서
내가 너무 자연스러운 전향을 한 데 놀라면서
이 이유를 생각하려 하지만
그 이유는 시가 안 된다
아니 또 시가 된다
— 당연한 일이다

히시야마 슈조*의 낙엽이 생활인 것처럼
5·16 이후의 나의 생활도 생활이다
복종의 미덕!
사상까지도 복종하라!
일본의 '진보적' 지식인들이 이 말을 들으면 필시 웃을
것이다
— 당연한 일이다

지루한 전향의 고백
되도록 지루할수록 좋다
지금 나는 자고 깨고 하면서 더 지루한
중공(中共)의 욕을 쓰고 있는데
치질도 낫기 전에 또 술을 마셨다

* 일본의 시인.

—당연한 일이다

장시 1

겨자씨같이 조그맣게 살면 돼
복숭아 가지나 아가위 가지에 앉은
배부른 흰 새 모양으로
잠깐 앉았다가 떨어지면 돼
연기 나는 속으로 떨어지면 돼
구겨진 휴지처럼 노래하면 돼

가정을 알려면 돈을 떼여 보면 돼
숲을 알려면 땅벌에 물려 보면 돼
잔소리 날 때는 슬쩍 피하면 돼
—채귀(債鬼)*가 올 때도—
버스를 피해서 길을 건너서는 어린놈처럼

* 악착같이 이자를 받고 빚 갚기를 졸라 대는 빚쟁이를 이르는 말.

선뜻 큰길을 건너서면 돼
장시(長詩)만 장시만 안 쓰려면 돼

*

오징어발에 말라붙은 새처럼 꼬리만 치지 않으면 돼
입만 반드르르하게 닦아 놓으면 돼
아버지 할머니 고조할아버지 때부터
어물전 좌판 밑바닥에서 결어 있던 것이면 돼
유선(有線) 합승자동차에도 양계장에도 납공장에도
미곡창고 지붕에도 달려 있는
썩은 공기 나가는 지붕 위의 지붕만 있으면 돼
'돼'가 긍정에서 의문으로 돌아갔다
의문에서 긍정으로 또 돌아오면 돼
이것이 몇 바퀴만 넌지시 돌면 돼
해바라기 머리같이 돌면 돼

깨꽃이나 샐비어나 마찬가지 아니냐
내일의 채귀를
죽은 뒤의 채귀를 걱정하는
장시만 장시만 안 쓰려면 돼
샐비어 씨는 빨갛지 않으니까

장시만 장시만 안 쓰려면 돼
영원만 영원만 고민하지 않으면 돼
오징어에 말라붙은 새처럼 오월이 와도
구월이 와도 꼬리만 치지 않으면 돼

트럭 소리가 나면 돼
아카시아 잎을 이기는 소리가 방바닥 밑까지 울리면 돼
라디오 소리도 거리의 풍습대로 기를 쓰고 크게만 틀어
놓으면 돼
겨자씨같이 조그맣게 살면서
장시만 장시만 안 쓰면 돼
오징어발에 말라붙은 새처럼 꼬리만 치지 않으면 돼
트럭 소리가 나면 돼
아카시아 잎을 이기는 소리가 방바닥 밑까지 콩콩
울리면 돼
흙 묻은 비옷이 이십사 시간 걸려 있으면 돼
정열도 예측 고함도 예측 장시도 예측
경솔도 예측 봄도 예측 여름도 예측
범람도 예측 범람은 화려 공포는 화려
공포와 노인은 동일 공포와 노인과 유아는 동일……
예측만으로 그치면 돼
모자라는 영원이 있으면 돼

채귀가 집으로 돌아가면 돼
성당으로 가듯이
채귀가 어젯밤에 나 없는 사이에 돌아갔으면 돼
장시만 장시만 안 쓰면 돼

거대한 뿌리

나는 아직도 앉는 법을 모른다
어쩌다 셋이서 술을 마신다 둘은 한 발을 무릎 위에 얹고
도사리지 않는다 나는 어느새 남쪽식으로
도사리고 앉았다 그럴 때는 이 둘은 반드시
이북 친구들이기 때문에 나는 나의 앉음새를 고친다
8·15 후에 김병욱이란 시인은 두 발을 뒤로 꼬고
언제나 일본 여자처럼 앉아서 변론을 일삼았지만
그는 일본 대학에 다니면서 4년 동안을 제철회사에서
노동을 한 강자(強者)다

나는 이사벨라 버드 비숍* 여사와 연애하고 있다 그녀는
1893년에 조선을 처음 방문한 영국 왕립지학협회

---

*   Isabella Bird Bishop. 영국의 여행가, 작가, 지리학자.

회원이다

　그녀는 인경전*의 종소리가 울리면 장안의
　남자들이 모조리 사라지고 갑자기 부녀자의 세계로
　화하는 극적인 서울을 보았다 이 아름다운 시간에는
　남자로서 거리를 무단통행할 수 있는 것은 교군꾼**,
　내시, 외국인의 종놈, 관리들뿐이었다 그리고
　심야에는 여자는 사라지고 남자가 다시 오입을 하러
　활보하고 나선다고 이런 기이한 관습을 가진 나라를
　세계 다른 곳에서는 본 일이 없다고
　천하를 호령한 민비는 한번도 장안 외출을 하지
못했다고……

　전통은 아무리 더러운 전통이라도 좋다 나는 광화문
　네거리에서 시구문의 진창을 연상하고 인환(寅煥)네
　처갓집 옆의 지금은 매립한 개울에서 아낙네들이
　양잿물 솥에 불을 지피며 빨래하던 시절을 생각하고
　이 우울한 시대를 파라다이스처럼 생각한다
　버드 비숍 여사를 안 뒤부터는 썩어 빠진 대한민국이
　괴롭지 않다 오히려 황송하다 역사는 아무리

　*　　보신각의 다른 이름.
　**　　가마꾼.

더러운 역사라도 좋다
진창은 아무리 더러운 진창이라도 좋다
나에게 놋주발보다도 더 쨍쨍 울리는 추억이
있는 한 인간은 영원하고 사랑도 그렇다

비숍 여사와 연애를 하고 있는 동안에는 진보주의자와
사회주의자는 네에미 씹이다 통일도 중립도 개좋이다
은밀도 심오도 학구도 체면도 인습도 치안국
으로 가라 동양척식회사, 일본영사관, 대한민국 관리,
아이스크림은 미국놈 좆대강이나 빨아라 그러나
요강, 망건, 장죽, 종묘상, 장전, 구리개 약방, 신전,
피혁점, 곰보, 애꾸, 애 못 낳는 여자, 무식쟁이,
이 모든 무수한 반동이 좋다
이 땅에 발을 붙이기 위해서는
—제3인도교의 물속에 박은 철근 기둥도 내가 내 땅에
박는 거대한 뿌리에 비하면 좀벌레의 솜털
내가 내 땅에 박는 거대한 뿌리에 비하면

괴기 영화의 맘모스를 연상시키는
까치도 까마귀도 응접을 못하는 시꺼먼 가지를 가진
나도 감히 상상을 못하는 거대한 거대한 뿌리에
비하면……

장시 2

시금치밭에 거름을 뿌려서 파리가 들끓고
이틀째 흐린 가을날은 무더웁기만 해
가까운 데에서 나는 인성(人聲)도 옛날이야기처럼
멀리만 들리고
눈은 왜 이리 소경처럼 어두워만 지나
먼 데로 던지는 기적 소리는
하늘 끝을 때리고 돌아오는 고무공
그리운 것은 내 귓전에 붙어 있는 보이지 않는
젤라틴지(紙)
　──나에게 남아 있는 유일한 재산처럼
외계의 소리를 여과하고 채색해서
숙제처럼 나를 괴롭히고 보호한다

머리가 누렇게 까진 땅주인은 어디로 갔나

여름 저녁을 어울리지 않는 지팡이를 들고
이방인처럼 산책하던 땅주인은
―나도 필경 그처럼 보이지 않는 누구인가를
항시 괴롭히고 있는 보이지 않는 고문인(拷問人)
시대의 숙명이여
숙명의 초현실이여
나의 생활의 정수(定數)는 어디에 있나

혼미하는 아내며
날이 갈수록 간격이 생기는 골육들이며
새가 아직 모여들 시간이 못 된 늙은 포플러나무며
소리없이 나를 괴롭히는
그들은 신의 고문인인가
―어른이 못 되는 나를 탓하는
구슬픈 어른들
나에게 방황할 시간을 다오
불만족의 물상(物象)을 다오
두부를 엉기게 하는 따뜻한 불도
졸고 있는 잡초도
이 무감각의 비애가 없이는 죽은 것

술 취한 듯한 동네 아이들의 함성

미쳐 돌아가는 역사의 반복
나무뿌리를 울리는 신의 발자국 소리
가난한 침묵
자꾸 어두워 가는 백주의 활극
밤보다도 더 어두운 낮의 마음
시간을 잊은 마음의 승리
환상이 환상을 이기는 시간
— 대시간(大時間)은 결국 쉬는 시간

사랑

어둠 속에서도 불빛 속에서도 변치 않는
사랑을 배웠다 너로 해서

그러나 너의 얼굴은
어둠에서 불빛으로 넘어가는
그 찰나에 꺼졌다 살아났다
너의 얼굴은 그만큼 불안하다

번개처럼
번개처럼
금이 간 너의 얼굴은

깨꽃

나는 잠자는 일
잠 속의 일
쫓기어 다니는 일
불같은 일
암흑의 일
깨꽃같이 작고 많은
맨 끝으로 신경이 가는 일
암흑에 휘날리고
나의 키를 넘어서—
병아리같이 자는 일

눈을 뜨고 자는 억센 일
단명(短命)의 일
쫓기어 다니는 일

불같은 불같은 일

깨꽃같이 작은 자질구레한 일

자꾸자꾸 자질구레해지는 일

불같이 쫓기는 일

쫓기기 전 일

깨꽃 깨꽃 깨꽃이 피기 전 일

성장(成長)의 일

죄와 벌

남에게 희생을 당할 만한
충분한 각오를 가진 사람만이
살인을 한다

그러나 우산대로
여편네를 때려눕혔을 때
우리들의 옆에서는
어린놈이 울었고
비 오는 거리에는
40명가량의 취객들이
모여들었고
집에 돌아와서
제일 마음에 꺼리는 것이
아는 사람이

이 캄캄한 범행의 현장을
보았는가 하는 일이었다
— 아니 그보다도 먼저
아까운 것이
지우산*을 현장에 버리고 온 일이었다

*   종이우산.

우리들의 웃음

나는 아이들을 가르치면서
우리나라가 종교국이라는 것에 대한 자신을 갖는다
절망은 나의 목뼈는 못 자른다 겨우 손마디뼈를
새벽이면 하프처럼 분질러 놓고 간다
나의 아들이 머리가 나빠서가 아니다
머리가 나쁜 것은 선생, 어머니, IQ다
그저께 나는 파스칼이 "머리가 나쁜 것은 나"라고 하는
말을 들었다

나는 아이들을 가르치면서
우리나라가 종교국이라는 것에 대한 자신을 갖는다
마당에 서리가 내린 것은 나에게 상상을 그치라는
신호다
그 대신 새벽의 꿈은 구체적이고 선명하다

꿈은 상상이 아니지만 꿈을 그리는 것은 상상이다
술이 상상이 아니지만 술에 취하는 것이 상상인 것처럼
오늘부터는 상상이 나를 상상한다

이제는 선생이 무섭지 않다
모두가 거꾸로다
선생과 나는 아이를 가르치는 것이 아니라 아이들을
가르치고 있기 때문이다
종교와 비종교, 시와 비시의 차이가 아이들과 아이의
차이이다
그러니까 종교도 종교 이전에 있다 우리나라가
종교국인 것처럼
새의 울음소리가 그 이전의 정적이 없이는 들리지 않는
것처럼……
모두가 거꾸로다
— 태연할 수밖에 없다 웃지 않을 수밖에 없다
조용히 우리들의 웃음을 웃지 않을 수 없다

강가에서

저이는 나보다 여유가 있다
저이는 나보다도 가난하게 보이는데
저이는 우리 집을 찾아와서 산보를 청한다
강가에 가서 돌아갈 차비만 남겨 놓고 술을 사 준다
아니 돌아갈 차비까지 다 마셨나 보다
식구가 나보다도 일곱 식구나 더 많다는데
일요일이면 빼지 않고 강으로 투망을 하러 나온다고
한다
그리고 반드시 4킬로가량을 걷는다고 한다

죽은 고기처럼 혈색 없는 나를 보고
얼마 전에는 애 업은 여자하고 오입을 했다고 한다
초저녁에 두 번 새벽에 한 번
그러니 아직도 늙지 않지 않았느냐고 한다

그래도 추탕을 먹으면서 나보다도 더 땀을 흘리더라만
신문지로 얼굴을 씻으면서 나보고도
산보를 하라고 자꾸 권한다

그는 나보다도 가난해 보이는데
남방셔츠 밑에는 바지에 혁대도 매지 않았는데
그는 나보다도 가난해 보이고
그는 나보다도 짐이 무거워 보이는데
그는 나보다도 훨씬 늙었는데
그는 나보다도 눈이 들어갔는데
그는 나보다도 여유가 있고
그는 나에게 공포를 준다

이런 사람을 보면 세상 사람들이 다 그처럼 살고 있는 것
같다
나같이 사는 것은 나밖에 없는 것 같다
나는 이렇게도 가련한 놈 어느 사이에
자꾸자꾸 소심해져만 간다
동요도 없이 반성도 없이
자꾸자꾸 소인이 돼 간다
속돼 간다 속돼 간다
끝없이 끝없이 동요도 없이

X에서 Y로

전등에서 소등(消燈)으로
소음에서 라디오의 중단으로
모조품 은단(銀丹)에서 인단(仁丹)으로
남의 집에서 내 방으로
노동에서 휴식으로
휴식에서 수면으로
신축공장이 아교공장의 말뚝처럼 일어서는
시골에서
새까만 발에 샌들을 신은 여자의 시골에서
무식하게 사치스러운 공허의 서울의
간선도로를 지나
아직도 얼굴의 윤곽이 뚜렷하지 않은
발목이 굵은 여자들이 많이 사는 나의 마을로
지구에서 지구로   나는   왔다

나는 왔다　　억지로　왔다

현대식 교량

현대식 교량을 건널 때마다 나는 갑자기 회고주의자가
된다
이것이 얼마나 죄가 많은 다리인 줄 모르고
식민지의 곤충들이 24시간을
자기의 다리처럼 건너다닌다
나이 어린 사람들은 어째서 이 다리가
부자연스러운지를 모른다
그러니까 이 다리를 건너갈 때마다
나는 나의 심장을 기계처럼 중지시킨다
(이런 연습을 나는 무수히 해 왔다)

그러나 문제는 이러한 반항에 있지 않다
저 젊은이들의 나에 대한 사랑에 있다
아니 신용이라고 해도 된다

"선생님 이야기는 20년 전 이야기이지요"
할 때마다 나는 그들의 나이를 찬찬히
소급해 가면서 새로운 여유를 느낀다
새로운 역사라고 해도 좋다

이런 경이는 나를 늙게 하는 동시에 젊게 한다
아니 늙게 하지도 젊게 하지도 않는다
이 다리 밑에서 엇갈리는 기차처럼
늙음과 젊음의 분간이 서지 않는다
다리는 이러한 정지의 증인이다
젊음과 늙음이 엇갈리는 순간
그러한 속력과 속력의 정돈 속에서
다리는 사랑을 배운다
정말 희한한 일이다
나는 이제 적을 형제로 만드는 실증(實證)을
똑똑하게 천천히 보았으니까!

적 1

우리는 무슨 적이든 적을 갖고 있다
적에는 가벼운 적도 무거운 적도 없다
지금의 적이 제일 무거운 것 같고 무서울 것 같지만
이 적이 없으면 또 다른 적—내일
내일의 적은 오늘의 적보다 약할지 몰라도
오늘의 적도 내일의 적처럼 생각하면 되고
오늘의 적도 내일의 적처럼 생각하면 되고

오늘의 적으로 내일의 적을 쫓으면 되고
내일의 적으로 오늘의 적을 쫓을 수도 있다
이래서 우리들은 태평으로 지낸다

적 2

제일 피곤할 때 적에 대한다
바위의 아량이다
날이 흐릴 때 정신의 집중이 생긴다
신의 아량이다

그는 사지의 관절에 힘이 빠져서
특히 무릎하고 대퇴골에 힘이 빠져서
사람들과
특히 그가 가장 사랑하는 사람과의 관련을 해체시킨다

시(詩)는 쨍쨍한 날씨에 청랑한 들에
환락의 개울가에 바늘 돋친 숲에
버려진 우산
망각의 상기(想起)다

성인(聖人)은 처(妻)를 적으로 삼았다
이 한국에서도 눈이 뒤집힌 사람들
틈에 끼여 사는 처와 처들을 본다
오 결별의 신호여

이조 시대의 장안에 깔린 기왓장 수만큼
나는 많은 것을 버렸다
그리고 가장 피로할 때 가장 귀한
것을 버린다

흐린 날에는 연극은 없다
모든 게 쉰다
쉬지 않는 것은 처와 처들뿐이다
혹은 버림받은 애인뿐이다
버림받으려는 애인뿐이다
넝마뿐이다

제일 피곤할 때 적에 대한다
날이 흐릴 때면 너와 대한다
가장 가까운 적에 대한다
가장 사랑하는 적에 대한다

우연한 싸움에 이겨 보려고

시

신앙이 동하지 않는 건지 동하지 않는 게
신앙인지 모르겠다

나비야 우리 방으로 가자
어제의 시를 다시 쓰러 가자

절망

풍경이 풍경을 반성하지 않는 것처럼
곰팡이 곰팡을 반성하지 않는 것처럼
여름이 여름을 반성하지 않는 것처럼
속도가 속도를 반성하지 않는 것처럼
졸렬과 수치가 그들 자신을 반성하지 않는 것처럼
바람은 딴 데에서 오고
구원은 예기치 않은 순간에 오고
절망은 끝까지 그 자신을 반성하지 않는다

어느 날 고궁을 나오면서

왜 나는 조그마한 일에만 분개하는가
저 왕궁 대신에 왕궁의 음탕 대신에
50원짜리 갈비가 기름 덩어리만 나왔다고 분개하고
옹졸하게 분개하고 설렁탕집 돼지 같은 주인년한테
욕을 하고
옹졸하게 욕을 하고

한번 정정당당하게
붙잡혀 간 소설가를 위해서
언론의 자유를 요구하고 월남 파병에 반대하는
자유를 이행하지 못하고
20원을 받으러 세 번씩 네 번씩
찾아오는 야경꾼들만 증오하고 있는가

옹졸한 나의 전통은 유구하고 이제 내 앞에 정서(情緒)로
가로놓여 있다
이를테면 이런 일이 있었다
부산에 포로수용소의 제14야전병원에 있을 때
정보원이 너스들과 스펀지를 만들고 거즈를
개키고 있는 나를 보고 포로경찰이 되지 않는다고
남자가 뭐 이런 일을 하고 있느냐고 놀린 일이 있었다
너스들 옆에서
지금도 내가 반항하고 있는 것은 이 스펀지 만들기와
거즈 접고 있는 일과 조금도 다름없다
개의 울음소리를 듣고 그 비명에 지고
머리에 피도 안 마른 애놈의 투정에 진다
떨어지는 은행나무잎도 내가 밟고 가는 가시밭

아무래도 나는 비켜서 있다 절정 위에는 서 있지
않고 암만해도 조금쯤 옆으로 비켜서 있다
그리고 조금쯤 옆에 서 있는 것이 조금쯤
비겁한 것이라고 알고 있다!

그러니까 이렇게 옹졸하게 반항한다
이발쟁이에게
땅주인에게는 못하고 이발쟁이에게

구청 직원에게는 못하고 동회 직원에게도 못하고
야경꾼에게 20원 때문에 10원 때문에 1원 때문에
우습지 않으냐 1원 때문에

모래야 나는 얼마큼 적으냐
바람아 먼지야 풀아 나는 얼마큼 적으냐
정말 얼마큼 적으냐……

눈

눈이 온 뒤에도 또 내린다

생각하고 난 뒤에도 또 내린다

응아 하고 운 뒤에도 또 내릴까

한꺼번에 생각하고 또 내린다

한 줄 건너 두 줄 건너 또 내릴까

폐허에 폐허에 눈이 내릴까

H

H는 그전하곤 달라졌어
내가 K의 시 얘기를 했더니 욕을 했어
욕을 한 건 그것뿐이었어
그건 그의 인사였고 달라지지 않은 것은 그것뿐
그밖에는 모두가 좀 달라졌어

우리는 격하지 않고 얘기할 수 있었어
훌륭하게 훌륭하게 얘기할 수 있었어
그의 약간의 오류는 문제가 아냐
그의 오류는 꽃이야
이 무엇이라고 말할 수 없는 나라의 수도의
한복판에서

우리는 그 또 한복판이 되구 있어

그도 이 관용을 알고 이 마지막 관용을 알고 있지만

음미벽(吟味癖)이 있는 나보다는 덜 알고 있겠지

그러니까 그가 나보다도 아직까지는 더 순수한 폭도 되고

우리는 월남의 중립 문제니 새로 생긴다는 혁신정당 얘기를

하고 있었지만

아아 비겁한 민주주의여 안심하라

우리는 정치 얘기를 하구 있었던 게 아니야

우리는 조금도 흥분하지 않았고

그는 그전처럼 욕도 하지 않았고

내 찻값까지 합해서 100원을 치르고 나가는

그의 표정을 보고

나는 그가 필시 속으로는 나를 포기하고

있다는 것을 알았어

그는 그전하곤 달라졌어

그는 이제 조용하게 나를 경멸할 줄 알아

석 달 전에 결혼한 그는 그전하곤 모두가 좀 달라졌어

그리고 그가 경멸하고 있는 건 나의

정치 문제뿐이 아냐

엔카운터지(誌)

빌려 드릴 수 없어. 작년하고도 또 틀려.
눈에 보여. 냉면집 간판 밑으로—육개장을 먹으러—
들어갔다가 나왔어—모밀국수 전문집으로 갔지—
매춘부 젊은 애들, 때 묻은 발을 꼬고 앉아서
유부우동을 먹고 있는 것을 보다가 생각한 것
아냐. 그때는 빌려 드리려고 했어. 관용의 미덕
그걸 할 수 있었어. 그것도 눈에 보였어. 엔카운터
속의 이오네스코까지도 희생할 수 있었어. 그게
무어란 말야. 나는 그 이전에 있었어. 내 몸. 빛나는
몸.

그렇게 매일을 믿어 왔어. 방을 이사를 했지. 내
방에는 아들놈이 가고 나는 식모아이가 쓰던 방으로
가고. 그런데 큰놈의 방에 같이 있는 가정 교사가 내

기침 소리를 싫어해. 내가 붓을 놓는 것까지
자리에서 일어나는 것까지 문을 여는 것까지 알고
방어 작전을 써. 그래서 안방으로 다시 오고, 내가
있던 기침 소리가 가정 교사에게 들리는 방은 도로
식모아이한테 주었지. 그때까지도 의심하지 않았어.
책을 빌려 드리겠다고. 나의 모든 프라이드를
재산을 연장을 내드리겠다고.
그렇게 매일을 믿어 왔는데, 갑자기 변했어.
왜 변했을까. 이게 문제야. 이게 내 고민야.
지금도 빌려줄 수는 있어. 그렇지만 안 빌려줄 수도
있어. 그러나 너무 재촉하지 마라. 이 문제가 해결
되기까지 기다려 봐. 지금은 안 빌려주기로 하고
있는 시간야. 그래야 시간을 알겠어. 나는 지금 시간
과 싸우고 있는 거야. 시간이 있었어. 안 빌려주
게 됐다. 시간야. 시간을 느꼈기 때문야. 시간이
좋았기 때문야.

시간은 내 목숨야. 어제하고는 틀려졌어. 틀려
졌다는 것을 알았어. 틀려져야겠다는 것을 알
았어. 그것을 당신한테 알릴 필요가 있어. 그것
이 책보다 더 중요하다는 걸 모르지. 그것을
이제부터 당신한테 알리면서 살아야겠어—그게

될까? 되면? 안 되면? 당신! 당신이 빛난다.
우리들은 빛나지 않는다. 어제도 빛나지 않고,
오늘도 빛나지 않는다. 그 연관만이 빛난다.
시간만이 빛난다. 시간의 인식만이 빛난다.
빌려주지 않겠다. 빌려주겠다고 했지만
빌려주지 않겠다. 야한 선언을
하지 않고 우물쭈물 내일을 지내고
모레를 지내는 것은 내가 약한 탓이다.
야한 선언은 안 해도 된다. 거짓말을 해도
된다.

안 빌려주어도 넉넉하다. 나도 넉넉하고,
당신도 넉넉하다. 이게 세상이다.

설사의 알리바이

설파제를 먹어도 설사가 막히지 않는다

하룻동안 겨우 막히다가 다시 뒤가 들먹들먹한다

꾸루룩거리는 배에는 푸른색도 흰색도 적(敵)이다

배가 모조리 설사를 하는 것은 머리가 설사를

시작하기 위해서다 성(性)도 윤리도 약이

되지 않는 머리가 불을 토한다

여름이 끝난 벽 저쪽에 서 있는 낯선 얼굴

가을이 설사를 하려고 약을 먹는다

성과 윤리의 약을 먹는다 꽃을 거두어들인다

문명의 하늘은 무엇인가로 채워지기를 원한다

나는 지금 규제로 시를 쓰고 있다 타의의 규제

아슬아슬한 설사다

언어가 죽음의 벽을 뚫고 나가기 위한

숙제는 오래된다 이 숙제를 노상 방해하는 것이

성의 윤리와 윤리의 윤리다 중요한 것은

괴로움과 괴로움의 이행이다 우리의 행동

이것을 우리의 시로 옮겨 놓으려는 생각은

단념하라 괴로운 설사

괴로운 설사가 끝나거든 입을 다물어라 누가

보았는가 무엇을 보았는가 일절 말하지 말아라

그것이 우리의 증명이다

VOGUE야

VOGUE야 넌 잡지가 아냐
섹스도 아냐 유물론도 아냐 선망조차도
아냐―선망이란 어지간히 따라갈 가망성이 있는
상대자에 대한 시기심이 아니냐, 그러니까 너는
선망도 아냐

마룻바닥에 깐 비닐 장판에 구공탄을 떨어뜨려
탄 자국, 내 구두에 묻은 흙, 변두리의 진흙,
그런 가슴의 죽음의 표식만을 지켜 온,
밑바닥만을 보아 온, 빈곤에 마비된 눈에
하늘을 가리켜 주는 잡지
VOGUE야

신성을 지키는 시인의 자리 위에 또 하나

넓은 자리가 있었던 것을 자식한테
가르쳐 주지 않은 죄―그 죄에 그렇게
오랜 시간을 시달리면서도 그것을 몰랐다
VOGUE야 너의 세계에 스크린을 친 죄,
아이들의 눈을 막은 죄―그 죄의 앙갚음
VOGUE야

그리고 아들아 나는 아직도 너에게 할 말이
왜 없겠는가 그러나 안 한다
안 하기로 했다 안 해도 된다고
생각했다 안 해야 한다고 생각했다
너에게도 엄마에게도 모든
아버지보다 돈 많은 사람들에게도
아버지 자신에게도

미농인찰지(美濃印札紙)*

우리 동네엔 미대사관에서 쓰는 타이프 용지가 없다우
편지를 쓰려고 그걸 사 오라니까 밀용인찰지를 사
왔드라우
(밀용인찰지인지 밀양인찰지인지 미룡인찰지인지
사전을 찾아보아도 없드라우)
편지지뿐만 아니라 봉투도 마찬가지지 밀용지 넉 장에
봉투 두 장을 4원에 사가지고 왔으니 알지 않겠소
이것이 편지를 쓰다 만 내력이오— 꽉 막히는구려

꽉 막히는 이것이 나의 생활의 자연의 시초요
바다와 별장과 용솟음치는 파도와 조니 워커와

---

* 미농지는 닥나무 껍질로 만든 질기고 얇은 종이고, 인찰지는 흔히 공
   문서를 작성하는 데 쓰이는 괘선지를 말한다.

조크와 미인과 패티 김과 애교와 호담(豪談)과
남자와 포부의 미련에 대한
편지는 못 쓰겠소 매부 돌아오는 길에
차창에서 내다본 중앙선의 복선 공사에 동원된
갈대보다도 더 약한 소년들과 부녀자들의
노동의 참경(慘景)에 대한 편지도 못 쓰겠소 매부

이 인찰지와 이 봉투지로는 편지는 못 쓰겠소
더위도 가시고 오늘은 하루 종일 일도
안 하고 있지만 밀용인찰지의 나의 생활을
당신한테 보일 수는 없소 이제는
편지를 안 해도 한 거나 다름없고 나는
조금도 미안하지 않소 매부의 태산 같은
친절과 친절의 압력에 대해서 미안하지 않소

당신이 사 준 북어와 오징어와 이등차표와
경포대의 선물과 도리스 위스키와 라즈베리 잼에 대해서
미안하지 않소 당신의 모든 행복과 우리들의 바닷가의
행복의 모든 추억에 대해서 미안하지 않소
살아 있던 시간에 대해서 미안하지 않소
나와 나의 아내와 우리 집의 온 가옥의 무게를 다
합해서

밀양에서 온 식모의 소박과 원한까지를 다 합해서
미안하지 않소— 만 다만 식모를 부르는 소리가
좀 단호해셨을 뿐이오 미안할 정도로 좀—

사랑의 변주곡

욕망이여 입을 열어라 그 속에서
사랑을 발견하겠다 도시의 끝에
사그러져 가는 라디오의 재잘거리는 소리가
사랑처럼 들리고 그 소리가 지워지는
강이 흐르고 그 강 건너에 사랑하는
암흑이 있고 삼월을 바라보는 마른 나무들이
사랑의 봉오리를 준비하고 그 봉오리의
속삭임이 안개처럼 이는 저쪽에 쪽빛
산이

사랑의 기차가 지나갈 때마다 우리들의
슬픔처럼 자라나고 도야지우리의 밥찌끼
같은 서울의 등불을 무시한다
이제 가시밭, 덩쿨장미의 기나긴 가시 가지

까지도 사랑이다

왜 이렇게 벅차게 사랑의 숲은 밀려닥치느냐
사랑의 음식이 사랑이라는 것을 알 때까지

난로 위에 끓어오르는 주전자의 물이 아슬
아슬하게 넘지 않는 것처럼 사랑의 절도(節度)는
열렬하다
간단(間斷)도 사랑
이 방에서 저 방으로 할머니가 계신 방에서
심부름하는 놈이 있는 방까지 죽음 같은
암흑 속을 고양이의 반짝거리는 푸른 눈망울처럼
사랑이 이어져 가는 밤을 안다
그리고 이 사랑을 만드는 기술을 안다
눈을 떴다 감는 기술—불란서 혁명의 기술
최근 우리들이 4·19에서 배운 기술
그러나 이제 우리들은 소리 내어 외치지 않는다

복사씨와 살구씨와 곶감씨의 아름다운 단단함이여
고요함과 사랑이 이루어 놓은 폭풍의 간악한
신념이여
봄베이도 뉴욕도 서울도 마찬가지다

신념보다도 더 큰
내가 묻혀 사는 사랑의 위대한 도시에 비하면
너는 개미이냐

아들아 너에게 광신을 가르치기 위한 것이 아니다
사랑을 알 때까지 자라라
인류의 종언의 날에
너의 술을 다 마시고 난 날에
미대륙에서 석유가 고갈되는 날에
그렇게 먼 날까지 가기 전에 너의 가슴에
새겨 둘 말을 너는 도시의 피로에서
배울 거다
이 단단한 고요함을 배울 거다
복사씨가 사랑으로 만들어진 것이 아닌가 하고
의심할 거다!
복사씨와 살구씨가
한번은 이렇게
사랑에 미쳐 날뛸 날이 올 거다!
그리고 그것은 아버지 같은 잘못된 시간의
그릇된 명상이 아닐 거다

꽃잎

1

누구한테 머리를 숙일까
사람이 아닌 평범한 것에
많이는 아니고 조금
벼를 터는 마당에서 바람도 안 부는데
옥수수잎이 흔들리듯 그렇게 조금

바람의 고개는 자기가 일어서는 줄
모르고 자기가 가 닿는 언덕을
모르고 거룩한 산에 가 닿기
전에는 즐거움을 모르고 조금
안 즐거움이 꽃으로 되어도
그저 조금 꺼졌다 깨어나고

언뜻 보기엔 임종의 생명 같고
바위를 뭉개고 떨어져 내릴
한 잎의 꽃잎 같고
혁명 같고
먼저 떨어져 내린 큰 바위 같고
나중에 떨어진 작은 꽃잎 같고
나중에 떨어져 내린 작은 꽃잎 같고

2

꽃을 주세요 우리의 고뇌를 위해서
꽃을 주세요 뜻밖의 일을 위해서
꽃을 주세요 아까와는 다른 시간을 위해서

노란 꽃을 주세요 금이 간 꽃을
노란 꽃을 주세요 하얘져 가는 꽃을
노란 꽃을 주세요 넓어져 가는 소란을

노란 꽃을 받으세요 원수를 지우기 위해서
노란 꽃을 받으세요 우리가 아닌 것을 위해서

노란 꽃을 받으세요 거룩한 우연을 위해서

꽃을 찾기 전의 것을 잊어버리세요
　　　꽃의 글자가 비뚤어지지 않게
꽃을 찾기 전의 것을 잊어버리세요
　　　꽃의 소음이 바로 들어오게
꽃을 찾기 전의 것을 잊어버리세요
　　　꽃의 글자가 다시 비뚤어지게

내 말을 믿으세요 노란 꽃을
못 보는 글자를 믿으세요 노란 꽃을
떨리는 글자를 믿으세요 노란 꽃을
영원히 떨리면서 빼먹은 모든 꽃잎을 믿으세요
보기 싫은 노란 꽃을

3

순자야 너는 꽃과 더워져 가는 화원의
초록빛과 초록빛의 너무나 빠른 변화에
놀라 잠시 찾아오기를 그친 벌과 나비의
소식을 완성하고

우주의 완성을 건 한 자(字)의 생명의
귀추를 지연시키고
소녀가 무엇인지를
소녀는 나이를 초월한 것임을
너는 어린애가 아님을
너는 어른도 아님을
꽃도 장미도 어제 떨어진 꽃잎도
아니고
떨어져 물 위에서 썩은 꽃잎이라도 좋고
썩는 빛이 황금빛에 닮은 것이 순자야
너 때문이고
너는 내 웃음을 받지 않고
어린 너는 나의 전모를 알고 있는 듯
야아 순자야 깜찍하고나
너 혼자서 깜찍하고나

네가 물리친 썩은 문명의 두께
멀고도 가까운 그 어마어마한 낭비
그 낭비에 대항한다고 소모한
그 몇 갑절의 공허한 투자
대한민국의 전 재산인 나의 온 정신을

너는 비웃는다

너는 열네 살 우리 집에 고용 을 살러 온 지
3일이 되는지 5일이 되는지 그러나 너와 내가
접한 시간은 단 몇 분이 안 되지 그런데
어떻게 알았느냐 나의 방대한 낭비와 난센스와
허위를
나의 못 보는 눈을 나의 둔갑한 영혼을
나의 애인 없는 더러운 고독을
나의 대대로 물려받은 음탕한 전통을

꽃과 더워져 가는 화원의
꽃과 더러워져 가는 화원의
초록빛과 초록빛의 너무나 빠른 변화에
놀라 오늘도 찾아오지 않는 벌과 나비의
소식을 더 완성하기까지

캄캄한 소식의 실낱같은 완성
실낱같은 여름날이여
너무 간단해서 어처구니없이 웃는
너무 어처구니없이 간단한 진리에 웃는
너무 진리가 어처구니없이 간단해서 웃는

실낱같은 여름 바람의 아우성이여
실낱같은 여름 풀의 아우성이여
너무 쉬운 하얀 풀의 아우성이여

여름밤

지상의 소음이 번성하는 날은
하늘의 소음도 번쩍인다
여름은 이래서 좋고 여름밤은
이래서 더욱 좋다

소음에 시달린 마당 한구석에
철 늦게 핀 여름 장미의 흰 구름
소나기가 지나고 바람이 불듯
하더니 또 안 불고
소음은 더욱 번성해진다

사람이 사람을 아끼는 날
소음이 더욱 번성하다 남은 날
사람이 사람을 사랑하던 날

소음이 더욱 번성하기 전날
우리는 언제나 소음의 2층

땅의 2층이 하늘인 것처럼
이렇게 인정(人情)의 하늘이 가까워진
일이 없다 남을 불쌍히 생각함은
나를 불쌍히 생각함이라
나와 또 나의 아들까지도

사람이 사람을 사랑하다 남은 날
땅에만 소음이 있는 줄 알았더니
하늘에도 천둥이, 우리의 귀가
들을 수 없는 더 큰 천둥이 있는 줄
알았다 그것이 먼저 있는 줄 알았다

지상의 소음이 번성하는 날은
하늘의 천둥이 번쩍인다
여름밤은 깊을수록
이래서 좋아진다

의자가 많아서 걸린다

의자가 많아서 걸린다 테이블도 많으면
걸린다 테이블 밑에 가로질러 놓은
엮음대가 걸리고 테이블 위에 놓은
미제 자기(磁器) 스탠드가 울린다

마루에 가도 마찬가지다 피아노 옆에 놓은
찬장이 울린다 유리문이 울리고 그 속에
넣어둔 노리다케 반상 세트와 글라스가
울린다 이따금씩 강 건너의 대포 소리가

날 때도 울리지만 싱겁게 걸어갈 때
울리고 돌아서 걸어갈 때 울리고
의자와 의자 사이로 비집고 갈 때
울리고 코 풀 수건을 찾으러 갈 때

삼팔선을 돌아오듯 테이블을 돌아갈 때
걸리고 울리고 일어나도 걸리고
앉아도 걸리고 항상 일어서야 하고 항상
앉아야 한다 피로하지 않으면

울린다 시를 쓰다 말고 코를 풀다 말고
테이블 밑에 신경이 가고 탱크가 지나가는
연도(沿道)의 음악을 들어야 한다 피로하지
않으면 울린다 가만히 있어도 울린다

미제 도자기 스탠드가 울린다
방정맞게 울리고 돌아오라 울리고
돌아가라 울리고 닿는다고 울리고
안 닿는다고 울리고

먼지를 꺼내는데도 책을 꺼내는 게 아니라
먼지를 꺼내는데도 유리문을 열고
육중한 유리문이 열릴 때마다 울리고
울려지고 돌고 돌려지고

닿고 닿아지고 걸리고 걸려지고

모서리뿐인 형식뿐인 격식뿐인
관청을 우리 집은 닮아 가고 있다
철조망을 우리 집은 닮아 가고 있다

바닥이 없는 집이 되고 있다 소리만
남은 집이 되고 있다 모서리만 남은
돌음길만 남은 난삽한 집으로
기꺼이 기꺼이 변해 가고 있다

풀

풀이 눕는다
비를 몰아오는 동풍에 나부껴
풀은 눕고
드디어 울었다
날이 흐려서 더 울다가
다시 누웠다

풀이 눕는다
바람보다도 더 빨리 눕는다
바람보다도 더 빨리 울고
바람보다 먼저 일어난다

날이 흐리고 풀이 눕는다
발목까지

발밑까지 눕는다
바람보다 늦게 누워도
바람보다 먼저 일어나고
바람보다 늦게 울어도
바람보다 먼저 웃는다
날이 흐리고 풀뿌리가 눕는다

~~~~~~

산문

~~~~~~

내가 겪은 포로 생활*

　세계의 그 어느 사람보다도 비참한 사람이 되리라는
나의 욕망과 철학이 나에게 있었다면 그것을 만족시켜
준 것이 이 포로 생활이었다고 생각한다. 이야기책에서
읽고 간혹 활동사진에서 볼 정도인 포로 생활에 아무
예비지식도 없이 끌려들어 가게 한 것도 6·25 동란이
시킨 일이었지만 6·25 동란이 일찍이 우리 민족사상에
드문 일이었다면 이 위대한 50여 개 국의 소위 UN
포로로서 인간의 권리와 의무를 버리고 제네바 협정의
통치 구역으로 용감무쌍하게 몸을 던지게 되었다는 것은
나의 일생을 통하여 결코 잊어버릴 수 없는 지나친 괴변의
하나임에 틀림없는 일이었다.

---

　*　《해군》 1953년 6월호에 「시인이 겪은 포로 생활」이라는 제목으로
　　발표되었다. 현재의 제목으로 쓴 것으로 추정해서 고쳤다.

　그러면서도 나는 꼼짝달싹할 수 없는 순간순간을 별로 놀라는 마음도 없이 꾸준히 지내 왔다. 나는 벌써 인간이 아니었고 내일을 기약할 수 없는 포로의 신세가 되었다는 것, 포로는 생명이 없는 것이라는 것, 아니 그보다도 포로가 되었길래 망정이지 그렇지 않았던들 지금쯤은 이북 땅 어느 논두렁에서 구르고 있는 허다한 시체 속에 끼어 고향을 등지고 이름도 없이 구르고 있을지도 모른다는 비참한 안도감, 이러한 평범한 인식들은 나로 하여금 아슬아슬한 고비를 눈 하나 깜짝하지 않고 태연자약하게 넘어가게 하는 기술을 가르쳐 주고 남음이 있는 것이었다.

　단기 4283년 11월 11일 수천 명의 포로가 부산 거제리 제14야전병원으로 이송되었다. 나도 다리에 부상을 당하고 이들 수많은 인간 아닌 포로 틈에 끼여 이리로 이송되었다. 들것 위에 드러누워 사방을 바라보니 그것은 새로 설립 중인 포로 병원임에 틀림없었다. 미인*들과 몸이 성한 포로들이 순식간에 천막을 세우는 광경은 몸이 아파 모든 것이 경황이 없는 마음에 스며들어 씁쓸한 진통제를 먹고 난 후같이 얼떨떨한 인상밖에는 주지 않았다.

　모든 현상이 그러하였다.

＊　미국인을 뜻한다.

얼이 빠질 대로 빠지고 나면 무엇인지 스며드는 쓸쓸한 것이 있었다.

요컨대 운수가 나빴던 것이다.

이태원 육군 형무소에서 인천 포로수용소로, 인천 포로수용소에서 부산 서전병원으로, 부산 서전병원에서 거제리 제14야전병원으로—가족 친구 다 버리고 왜 나만 홀로 포로가 되었는가!

그리하여 이렇게 떳떳하지 않은 여행을 하여야 하게 되었는가!

요컨대 운수가 나빴던 것이다.

나는 이러한 자탄을 하루에도 몇십 번씩 하지 않을 수 없었다.

꿈나라로 실려 들어오는 것같이 어떻게 생각하면 우연하게 들어온 이 거제리 수용소에서 나는 3년이라는 긴 세월을 지내게 되었다.

세계의 그 어느 사람보다도 비참한 사람이 되리라는 나의 숙망을 만족시켜 줄 수 있는 곳이 바로 여기 산 밑 경사진 논판을 펀펀히 메우고 일어선 포로 병원이 될 줄이야! 몸에다 모포를 두르고 일을 시작하게 된 것은 크리스마스를 지내서 3, 4일 후, 상처는 아직 완치되지 않았지만 나는 더 이상 암담한 병상에 드러누워서 신음하는 데 싫증이 났다. 바깥에 나가서 햇빛을 쬐고 나도

남같이 벅찬 현실에 부닥쳐 보고 싶은 의욕이 용솟음치는
것이었다. 수동적으로 불안을 받아들이느니보다는 불안
속에 뛰어 들어가 불안과 운명을 같이하는 것이 괴로움이
적은 일이요 떳떳한 일같이 생각이 들었다.

물을 길어 오고 환자들의 변기를 닦고 약품을 날라
오고 소제를 하고 밥을 메고 오고 환자들을 시중하고
이러한 일을 힘 자라는 대로 아무것이나 가리지 않고
다 하였다. 별별 사람들이 다 모여 있는 곳이다. 위에는
검사, 판사, 신문 기자, 예술가로부터 밑에는 중학생,
농부, 노동자에 이르기까지 별별 성격의 사람들이 주위
4000미터의 철조망 속에 한데 갇혀 있는 곳이다. 서로
싸우고 으르렁거리고 조금이라도 더 잘 먹고 남보다 잘
지내려고—나는 내가 받아야 할 배급 물품도 제대로 받지
못하였다.

옷이나 담배나 군화 같은 것이 나와도 나는 맨 꼬래비로
받아야 하거나 그렇지 않으면 못 쓰게 된 파치만이 나의
차례에 돌아오고는 하였다.

그래도 이북에 끌려가서 방공호 아닌 굴 속에서 내 땅
아닌 의붓자식 같은 설움을 먹으며 열대여섯 살밖에는
먹지 않은 괴뢰군 분대장들에게 욕설을 듣고 낮이고
밤이고 할 것 없이 산마루를 넘어서 통나무를 지어
나르던 생각을 하면 포로수용소에서 받는 고민 같은

것은 아무것도 아니라고 믿었기 때문에 나는 모—든 것과
모—든 사람에게 감사하는 마음으로 전신이 굳어지는 것
같은 충동을 수없이 느꼈다. 그러나 괴뢰군의 분대장들이
여기도 산더미같이 따라와 있는 것이다.

여기는 포로수용소다!

중성 하나짜리니 중성 둘짜리니 하는 괴뢰군 장교들도
있다는 소식이 들려온다. 그들은 대개가 수용소 안에서는
자기의 계급을 감추고 있는 것이다. 심사를 받을 때에
귀찮다는 이유도 있다. 그들은 포로수용소 안에서까지
적기가(赤旗歌)를 부르고 공산주의의 이론을 설파하고
선전하고 한다. 그것은 적이 우스꽝스러운 일이었다.
하나에서부터 열까지 공산주의자의 하는 일이 옳고
훌륭하고 신성하고 미군이 하는 일은 무엇이든지 나쁘고
잘못하는 일이라고 흉을 본다. 페니실린이나 마이신
같은 정도의 약품은 자기 나라나 소련에서도 얼마든지
만들고 있고 병원 시설이나 대우도 문제가 되지 않는다고
고집을 피우면서 억설을 한다. 밤이면 이 천막 저 천막에서
괴뢰군의 군가가 들려온다.

원던이라는 평안북도 선천 아이가 내 옆에서 자고
있었는데 이 아이마저 이럴 때면 덩달아서 어쩔 줄을
모르고 내 얼굴을 보고 망설거리다가는 밖으로
뛰어가는 것이었다. 홍일점이라는 말이 있지만 나는

정말 백일점이었다. 나만 빼놓고 일천 육백 명 제3수용소 전체가 적색분자 같은 생각이 들었다. 그러한 시달림 속에서 날이 지나는 동안 가족에의 애착도 옛날 친구들의 기억도 어느덧 마비되어 버렸다.

도대체 가족이나 친구들의 생사를 알 도리가 없었다. 또 알고 싶은 생각도 편지를 쓰고 싶은 마음도 일찍이 나 본 일이 없었다. 나는 밤이면 가시 철망 가에 걸상을 내다 놓고 멀리 보이는 인가와 사람들의 모습을 한없이 바라다보고 있는 것만으로 충분히 행복하였다. 내가 살고 있는 새로운 세상의 새로운 사람들 중에서 나는 브라우닝 대위를 발견하였다. 나는 그처럼 아름다운 여자를 본 일이 없다고 생각하였다. 나는 그를 위하여서는 나의 목숨이라도 바칠 수 있다고 믿었던 것이다. 미인들은 아침 여덟 시에 수용소에 출근하여 저녁 다섯 시까지 근무하고 돌아갔다. 그 이외의 근무원으로는 한국인 의사와 한국인 간호사들이 있었다. 그들의 대부분은 피난민이었다.

포로들에게 있어서 인간들에 대한 존경과 신망은 확실히 정상 상태를 넘어서 병적인 정도에까지 이르는 수가 많았던 것이다. 그들은 자유를 가지고 있다는 것, 피난민이건 어린아이건 노인이건 거러지건 아니 수용소 철망 밖에 있는 것이라면 소나 망아지 같은 짐승까지 포로들에게 있어서는 황홀하고 행복스러운 구경거리였다.

한 걸음이라도 좋으니 철창 밖에 나가 보았으면! 이것이
포로들의 24시간을 통하여 잊혀지지 않는 몸에 박힌
염원이요 기도였다.

나는 브라우닝 대위를 통하여 임 간호원을 알게 되었고
임 간호원이라는 30을 훨씬 넘은 인텔리 여성을 통하여
사회 소식을 듣게 되었다. 임 간호원은 아침마다 흰 수건에
계란을 싸 가지고 오든지 김밥 같은 것을 싸 가지고 와서
사람들의 눈을 피하여 넌지시 나의 호주머니에 넣어 주는
것이다. 그렇게 연애를 하여 보려고 해도 연애를 죽어도
못하던 내가 이 포로수용소 지옥 같은 곳에서 진정하고
영원한 사랑을 얻게 될 줄이야!

나는 틈만 있으면 성서를 읽었다. 인민재판이 수용소
안에서 벌어지고 적색 환자까지 떼를 모아 일어나서
반공청년단을 해산하라는 요구를 들고 날뛰던 날 밤
나는 열한 사람의 동지들과 이 수용소를 탈출하여 가지고
거제도로 이송되어 갔다.

거제도에 가서도 나는 심심하면 돌벽에 기대어서 성서를
읽었다. 포로 생활에 있어서 거제리 제14야전병원은 나의
고향 같은 것이었다. 거제도에 와서 보니 도무지 살 것 같은
마음이 들지 않는다. 너무 서러워서 뼈를 어이는 설움이란
이러한 것일까! 아무것도 의지할 곳이 없다는 느낌이
심하여질수록 나는 진심을 다하여 성서를 읽었다.

성서의 말씀은 주 예수 그리스도의 말씀인 동시에 임
간호원의 말이었고 브라우닝 대위의 말이었고 거제리를
탈출하여 니 올 때 구제하지 못한 채로 남겨 두고 온 젊은
동지의 말들이었다.

나는 참다 참다 못해서 탄식을 하고 가슴이 아프다는
핑계로 다시 입원을 하여 거제리 병원으로 돌아올 수가
있었다. 내가 다시 돌아왔다는 소식을 듣고 임 간호원이 비
오는 날 오후에 브라우닝 대위를 데리고 찾아왔다. 나는
울었다. 그들도 울었다. 남겨 놓고 간 동지들은 모조리 적색
포로들에게 학살을 당하였다는 소식을 듣고 나는 아주
병이 들어 자리를 눕게 되었다.

이 원수를 갚아야 한다고 나는 미인들에게 응원을
간청하였으나 그들은 상부의 지시가 없이는 독단으로는
허락할 수 없는 일이라고 하면서 고개를 옆으로 흔들었다.
나는 국군 낙오병 포로로 명망이 높은 반공 투사요
우국지사인 황 중위를 찾아가 보고 비밀 선봉대를
조직하려고 결심하였다. 나는 이리하여 시작하였던
것이다. 실로 기구한 투쟁이었다. 그러나 옳은 것을
위하여는 싸워야 한다.

나의 시(詩)는 이때로부터 변하여졌다. 나의 뒤만
따라오는 시가 이제는 나의 앞을 서서 가게 되는 것이다.
생각하면 모두가 무서운 일이요. 꿈결같이 허무하고도

설운 일뿐이었다. 이것이 온전히 연소되어 재가

되기까지는 아직도 먼 세월이 필요한 것같이 느껴진다.

《해군》(1953. 6.)

나는 이렇게 석방되었다

　모두가 생각하면 꿈같은 일이다. 다시 광명을 찾아온
지 그 후 어언간 반(半)성상(星霜)*의 사바(裟婆)의 생활,
이것이 새벽의 꿈이라면 6·25 사변 이후 사실보다도 몇십
배나 길고 긴 것같이 생각이 드는 억류 생활은 심야의
꿈이다. 나의 기억은 막 잠에서 깨어난 어린아이처럼
얼떨떨하기만 하다. 잔등이와 젖가슴과 무르팍과 엉덩이의
네 곳에는 P.W(PRISONER OF WAR: 포로라는 의미)라는
여덟 개의 활자를 찍고 암흑의 비애를 먹으면서 살아온
것이 도무지 나라고는 실감이 들지 않는다. 6·25 사변이
일어나서 석 달 사흘의 앞을 보지 못하였던 까닭에 나는
8월 3일 소위 의용군에 붙들려 평안남도 북원리까지 갔다.
9월 28일 훈련소를 탈출하여 가지고 순천(順天)을 앞두고

　＊　성상은 햇수를 비유적으로 나타내는 말로, 반년을 뜻함.

오다가 중서면에서 체포되어 다시 훈련소에 투입당하였다.

10월 11일 국제연합군이 순천에 낙하산으로
돌입하였다는 벼락같은 정보를 듣고 재차 훈련소를
탈출하여 산을 넘고 봉고(鳳庫)에서 하룻밤을
야숙(野宿)하고 그 이튿날 설사를 하면서 순천까지 왔다.
순천에서 C.I.C 통행 증명서를 맡아 가지고 평양까지 왔다.

평양에 와서 비로소 이승만 대통령이 국군 장병에게
보내는 치하문을 길가에서 읽고 나는 눈물을 흘리었다.
음산한 공설시장에 들어가서 멸치 150원어치를 사
가지고 등에 멘 쌀 보따리 속에 꾸려 넣고 대동강 다리가
반 이상이나 복구되어 가는 것을 보면서 60원씩 받는
나룻배를 타고 유유히 강을 건넜다. 강을 넘어서니 인제는
살았다는 감이 든다. 아픈 발을 채찍질하여 남으로
남으로 나는 내려왔다. 신을 벗고 보니 엄지발이 까맣게
죽어 있다. 신을 벗어 들고 걸었다. 5리(五里)도 못 가서
발바닥이 돌에 찔려 가지고 피가 난다. 다시 신을 신고
걷는다. 새끼로 신을 칭칭 동여매고 걸어 본다. 이리하여
황주(黃州)를 넘어서서 신막(愼幕)까지 왔다. 신막에서 미군
트럭을 탔다.

트럭 위에 남으로 나오는 피난민 부부와 아해들, 그리고
경상도 방언을 쓰는 국군이 네다섯 명 타고 있었다. 차는
순식간에 개성을 지나서 서울까지 들어왔다. 서대문

네거리에서 나는 차를 내리었다. 그 차는 김포비행장으로 간다고 아현동 쪽으로 달아나 버리고 말았다. 10월 28일 저녁 여섯 시경이있다.

서울의 거리는 살벌하였다. 6·25 전의 서울, 그 호화로웠던 서울은 아니었으나, 그래도 직장에서 파해 나오는 사무원 같은 선남선녀들의 몸맵시에는 내가 오래 굶주리고 있던 서울의 냄새가 담겨 있었다.

살고 싶다는 의욕과 인제는 살 가망이 드디어 없어졌다는 새로운 절망의 인식이 동시에 직감적으로 나의 가슴을 찌르고 지나간다.

공연히 서울에 돌아왔다는 후회조차 드는 것이었다. 적십자병원 앞을 지나가는 수인(囚人)의 대열— 적구(赤狗)*다. 나는 몸이 오싹 추워졌다. 벌벌 떨리었다. 수인의 대열은 포탄에 얽은 이 빠진 가옥을 배경으로 영천(靈泉) 쪽으로 걸어간다. 나는 눈을 지그시 감았다. 다시 눈을 떠서 하늘을 보았다. 옛날 그 어느 순간과도 같은 착각의 불꽃이 이상야릇한 방면으로 머리를 스쳐 간다. 지나가는 사람들이 나를 치어다본다. 남루한 한복, 길게 자란 수염, 짧게 깎은 머리, 1500리 길을 오는 동안에 온몸에 배인 먼지, 나는 의심을 받을 수 있는 모든 조건을

---

*   적구. 빨갱이.

구비하고 서울로 돌아왔다. 아니 나를 죽여 주십시오 하고
돌아온 사람이나 마찬가지다. 나는 적십자병원 맞은쪽
과실 가게 옆에 임시로 만들어 놓은 파출소로 들어갔다.

나는 모든 것을 고백하였다. "그러나 한 가지 부탁이
있습니다. 집의 식구들이 어떻게 되었는지 궁금하니
집에까지 가서 한 번만이라도 보고 왔으면 고맙겠습니다."
하고 마지막으로 간청을 하니 내 이야기를 듣고
있던 순경은 "그러나 지금 통행금지 시간이 넘어서
충무로까지는 갈 수 없소이다." 하고 "내일 아침에 보러
가시오. 지금 가다가는 또 도중에 잡힐 터이니까."라고
말한다. 이미 나는 나의 운명을 결정하고 있었다. 나는
이대로 무사할 수 없다는 것을 충분히 느끼었다. 절망이
완전히 그의 테두리를 만들기까지의 시간이라는 것은
비할 수 없는 위험한 요동의 시간이기도 하였다. 불안한
어머니의 얼굴, 불안에의 신앙, 가족에의 신앙, 눈물이
나올 여유조차 없는 절망, 그래도 가족을 만나고 싶었다.
어머니만 만나면 무슨 좋은 지혜가 생길 것도 같았다.
기어코 순경의 충고를 어기고 억지로 나는 서대문
파출소를 나왔다. 어둠이 내리는 거리는 나의 심장을
앗아갈 듯이 섧기만 하였다. 이대로 어디로 달아나 버릴
수 없는가. 이런 무서운 생각조차 들었다. 조선호텔 앞을

지나서 동화백화점을 지나 해군본부 앞을 지났을 때에
지프차 옆에서 땀에 흠뻑 젖어 있는 나의 얼굴을 향하여
플래시의 광선이 날아왔다.

"어디로 가시오?"

"집에 갑니다."

나는 천연스럽게 대답하였다.

"어디서 오시오?"

"북에서 옵니다."

"무엇을 하는 사람이오?"

나는 한 발 쭈욱 앞으로 다가서서 나지막한 목소리로

"사실은 의용군에 잡혀갔다가 달아나와 지금 집으로
돌아가는 길입니다. 우리 집은 바로 요 앞이올시다.
방금 서대문 파출소에 들려서 자초지종을 고백하고
오는 길입니다. 집에 가서 한번 가족들 얼굴이나 보고
자수하겠습니다."

라고 애걸하였다.

"응 그러면 당신은 '빨치산'이로구료."

그는 대뜸 이렇게 말을 하고 권총을 꺼내 들었다. 나는
기계적으로 번쩍 손을 들 수밖에 없었다.

이태원 육군형무소로부터 인천포로수용소에 이송되어
나는 머리를 깎고 처음 P.W가 찍힌 미군 작업복을 입은

포로들이 철망 앞에 웅기중기 모여 있는 것을 보고 내가
인제 포로가 된 것이라고 깨달았다. 트로이의 목마같이
우뚝 선 수용소 대문 앞에는 G.I 포로 감시원 그리고
포로통역 비슷한 콧날이 오똑 선 청년들이 서로 웃고
놀리고 서서 있었으며 그들은 신 포로가 들어올 때마다
"인제는 살았으니 안심하라"고 격려의 말을 해 주는
것이었다. 그것은 공산주의자들이 그들의 소위 동무들끼리
주고받고 하는 그러한 격려의 말이 아니었다. 거기에는
어디인지 시정적(市井的)인 건달들이 쓰는 구수한 의리의
한 어감이 다분히 포함되어 있는 그러한 말이었다. 나는
포로수용소의 질서가 어떠한 형태로 어떠한 정도로 잡혀
있느냐 하는 것을 순간적으로 감득할 수 있었다.

　내가 드러눕혀 있는 곳은 어느 학교 강당의 2층 같은
곳이었다. 여기는 모두가 환자뿐이었다. 여기저기서
무서운 신음 소리가 끊일 사이 없이 들려온다. 약 5,
60명가량 되는 부상당한 포로들이었다. 어느 사람은 팔을,
어느 사람은 다리를 절단하고 드러누웠고 어느 사람은
상반신을 석고로 만든 기물(器物)을 입고 앉아 있는 것이
마치 양장점의 마네킹을 연상시켜서 서러웠다.
　쉴 사이 없이 그들은 물을 찾고 변기를 주문한다. 그럴
때마다 물이 오고 변기가 대령되는 것이다. 수족을 절단한

환자가 자꾸 물을 청구한다. 그러면 옆에 누운 환자가
물을 찾는 환자를 타박을 한다. 새 환자들이 심심치 않을
정도로 남녀 안내원 같은 사람에게 인도되어 올라온다.
온전한 자세로 온전한 표정으로 걸어 올라오는 환자는
하나도 없다. 그 뒤로 앞서거니 뒤서거니 담(擔)까*가
중환자를 싣고 올라온다.

　거의 여백이 없이 꽉 틀어박힌 마룻바닥에 억지로
부챗살 오그리드키 틈을 만들어 담까를 놓고 환자를 옮겨
내려놓으려고 하면은 환자는 틀림없이 외마디 소리를
지르는 것이었다. 사회인 의사와 사회인 간호원이 차례차례
회진을 하면서 돌아다닌다. 그러면 환자들은 갖은 투정을
다 한다. 아파서 죽겠으니 몽혼주사를 놓아 달라느니
고름이 많이 나오니 페니실린을 놓아 달라느니 솜을 더
갖다 달라느니 하고 형형색색의 강청(強請)을 한다. 나는
밥을 못 먹으니 사과나 술을 사다 달라고 버티는 환자도
있다. 회진이 끝이 나면 시약(施藥)과 주사를 놓으러 두세
명의 여간호원들이 올라온다.

　“주사 맞으세요.”

　“나예요?”

하고 나는 고개를 번쩍 든다.

　　*　　들것.

"아까 의사 선생님보고 고름이 나온다고 그러셨지요?"

"네, 고름이 상당히 나옵니다."

"엎드려 누우세요."

"돌아눕지를 못합니다. 다리를 부상당했기 때문에……"

"그러면 팔을 걷으세요."

나는 아래층에서 들어올 때 타 입은 푸른 리넨 내의 소매를 걷어 올린다.

주사를 놓는 여간호원의 앞으로 한 가닥 흘러내려 온 머리카락을 본다. 그리고 나는 깊은 고독에 빠져 버린다. 모든 것과 격리당하고 말았다. 나는 인제 사회인이 아니다. 나는 포로다. 포로 포로…… 포로…… 포로.

얼마 동안인지 눈을 감고 그대로 잠이 들어 버린 나의 어깨를 흔드는 소리가 들린다. 눈을 떠 본다. 여기 들어올 때 처음 심사를 하던 27, 8세가량 되는 미군 군복을 말쑥하게 입은 청년이다. 포로 심사관이다.

"어디서 포로가 되었소?"

"서울입니다."

"어디를 부상당했지요?"

"양쪽 다리올시다."

"무엇에 부상당했지요?"

나는 무엇이라고 대답해야 옳을지 주저할 수밖에 없었다.

"총상이요? 파편상이요?"

그는 재우쳐 묻는다.

사실 나는 어떻게 부상을 당했는지 그에 대한 기억이
확실하지 않았다. 언제 의식을 잃었는지는 도무지 알 수가
없었다. 내가 정신이 났을 때는 내 옆에 얼굴이 예쁘장한
여자같이 생긴 젊은 군의관이 한 손에 주사기를 들고 내
얼굴을 들여다보고 빵끗이 웃으면서 무엇이라고 위안을
하여 주던 때였다.

"여기는 대한민국이야! 다 같이 인제 명랑하게 살자우.
여러분은 인제 오늘부터 대한민국 사람이란 말야!"
하고 말하는 그의 목소리가 그의 얼굴에 비해서는
동떨어지게 굵은 목소리였다는 것만이 이상하게도 기억에
뚜렷할 뿐 그 후에 오는 나의 기억도 간간이 흐르는 먹구름
모양으로 끊어졌다 이어졌다 하는 것이었다.

심사관은 내가 대답이 없는 것을 보고 "어디 상처를
봅시다" 하고 다리에 걸친 모포를 젖힌다. 고름 냄새가 휙
하고 코에 풍긴다. 그는 살그머니 모포를 다시 덮고 나서
나의 얼굴을 보더니,

"고향이 어디요!"
하고 묻는다.

"서울에 있었어요."

"그러면 의용군에 나갔구료."

하고 그는 하얀 카드에다가 무엇이라고 두어 자
쓰적거린다.

"선생님! 아까 의사 선생님이 보시더니 한쪽 발은 잘라야
하겠다고 그러시던데요."
하고 얼토당치도 않은 질문을 하는 나에게 그는 대답 대신
손에 쥐고 있던 하얀 카드를 나의 오른편 머리맡에다 놓고
일어서서 다음 차례 환자에게 옮겨 간다.

나는 조금 아까 간호병이 놓고 간 담배에 불을 당겨 피워
물고 고개를 돌려 하얀 카드를 들여다보았다.

거기에는 내 이름이 영자로 횡서되어 있었으며 포로
번호라고 인쇄된 줄에는 一〇三六五五라는 번호가 적혀
있었다.

그 이튿날 오후에 나는 적십자 군용 병원열차를 타고
부산 서전병원으로 이송되었다.

이렇게 하여 나는 작년 11월 28일 충청남도 온양 온천
한복판에 홀립(屹立)한 국립구호병원에서부터 석방되는
200명 남짓한 민간 억류인 환자의 틈에 끼여서 25개월
동안의 수용소 생활을 뒤로 하고 비로소 자유의 천지로
가벼운 발을 내디딜 수 있었던 것이다. 너무 기뻐서
나는 집으로 돌아갈 생각도 잘 할 수 없었다. 길거리—
오래간만에 보는 길거리에는 도처에 아이젠하워 장군의

환영 '포스터'가 첩부(貼付)되어 있었다. 나는 그의 빙그레
웃고 있는 얼굴을 10분이고 20분이고 얼빠진 사람처럼
들여다보고 서 있었다. 12시 20분 천안으로 가는 기차를
타고 가야 할 것을 다음 차로 미루고 나는 온천 거리를
자유의 몸으로 지향(指向)없이 걸어 다니었다.

《희망》 3권 8호(1953. 8.)

낙타 과음

Y여, 내가 어째서 그렇게 과음을 하였는지 모르겠다. 예수교 신자도 아닌 내가 무슨 독실한 신앙심에서 성탄제를 축하하기 위하여, 술을 마신 것도 아니겠고, 단순한 고독과 울분에서 마신 것도 아니다. 어쨌든 근 두 달 동안이나 술을 마시지 않다가 별안간에 마신 과음이 나의 마음과 몸을 완전히 허탈한 것으로 만들고 말았다.

나는 지금 낙타산이, 멀리 겨울의 햇빛을 받고 알을 낳는 암탉 모양으로 유순하게 앉아 있는 것이 무척이나 아름다워 보이는 다방의 창 앞에서 이 글을 쓰고 있다.

Y여, 어저께는 자네 집 아틀리에서 춤을 추고 미친 지랄을 하고 나서 어떻게 걸어 나왔는지 전혀 기억이 없다.

어떤 자동차 운전수하고 싸움을 한 모양이다. 눈자위와 이마와 손에 상처가 나고 의복이 말이 아니다.

오늘 아침에 일어나 보니 내가 누워 있는 곳은 나의

집이 아니라 동대문 안에 있는 고모의 집이었고 목도리도
모자도 어디서 어떻게 잃어버렸는지 기억이 전혀 없다.
머리가 무겁고 오장이 뒤집힐 듯 메스꺼워서 오정(午正)이
지나고 한참 후에까지 누워 있었다.

옷이 이렇게 전부 흙투성이가 되었으니 중앙지대의
번화한 다방에는 나갈 용기가 아니 나고 나가기도 싫고
몸도 피곤하여 여기 이 외떨어진 다방에나 잠시 앉았다가
집으로 들어갈 작정이다.

인제는 궁둥이를 붙이고 있는 데가 내 고장이라고
생각한다. 어디를 가서 어떻게 앉아 있어도 쓸쓸하지 않다.
그러면서도 이렇게 몹시 쓸쓸하다.

B양의 생각이 난다. B양이 어저께 무슨 까닭으로
참석하지 않았는지? 그러고 보니 나는 어제 억병이 된
취중에도 B양을 보러 갔던가? 그렇다면 이렇게* 이
외떨어진 다방에 고독하게 앉아서 넋 없이 글을 쓰고 있는
것도 B양에 대한 그리움이 시키는 것일지도 모른다.**

B양의 눈맵시, 그리고 그 유니크하게 생긴 입에 칠한
루주가 주마등과 같이 나의 가슴을 스쳐간다.

Y여, 그리고 자네의 애인인 림 양이 춤을 추다 말고

---

* 뼈가 말신말신하도록 술을 마시지 않으면 아니 된 것도 B양이 오지 않
  은 외로움에 못 이겨 무의식중에 저지른 일종의 발악이었던가.(원주)
** 아무튼 나는 나 자신이 우습다. 한없이 우습기만 하다.(원주)

나와서 외투와 핸드백을 집어 들고 B를 부르러 간 것도
아주 먼 옛날에 일어난 일같이 술이 완전히 깨지 않은
이 머리 안에서 마치 안개 속에 숨은 불빛같이 애절하게
꺼졌다가는 사라진다.

나는 지금 무엇에 홀린 사람 모양으로 이 목적 없는 글을
쓰고 있다.

이 무서운 고독의 절정 위에서 사람들의 모습이 얼마나
아름다운지 알겠나?

자네의 모습이며 림 양의 모습이며 B양의 모습이 연황색
혹은 연옥색 대리석으로 조각을 해 놓은 것처럼 신선하고
아름답고 부드러워 보인다.

이 아름다움으로 사람에게 느끼는 아름다운 냄새를
나는 어떻게 처리하여야 좋을지 모르겠다.

사람에게 환멸과 절망을 느낄수록 사람이 더
그리워지고 끊임없는 열렬한 애정이 솟아오르기만 하는
것이 이상하다.

갈 데가 없으니 다방에라도 가서, 여기가 세상을
내어다보는 유일한 나의 창이거니 생각하고 앉아 있는
것인데, 내가 앉아 있는 테이블은 언제나 사람들이
꾸역꾸역 모여 있는 난로 가장자리는 아니고, 몸이 좀
춥더라도 구석 쪽 외떨어진 자리를 오히려 택하여 앉기를
즐겨하는 나다. 이렇게 앉아서 고드름이 얼어붙은 창을

어린아이같이 내다보는 것이다.

창을 내다보며 공상을 하는 것이 아니다. 무슨 무기체와 같이 그냥 앉아 있는 것이다.

지금 내가 앉아 있는 창밖에는 희고 노란빛을 띤 낙타산이 바라보인다.*

지금 내 몸은 전부가 공상의 덩어리가 되어 있다. 내가 나의 작은 머리를 작용시켜서 공상을 하는 것이 아니고 전신이 그대로 공상이 되어 있는 것이다. 이런 거추장스러운 말을 하지 않으면 아니 되는 것이 사실인즉 미안하지만 자네는 이 마음을 알아줄 것이다.

목적이 없는 글이니 목적이 없는 정서를 써 보아도 좋을 것이라고 나는 스스로 자인한다.

어느 거리, 어느 다방에서도 흔히 볼 수 있는 계집아이들. 붉은 양단 저고리에 비로드 검정 치마를 아껴 가며 입고 있는 계집아이들. 내가 이 아이들을 볼 때는 무심하고

---

*   낙타산은 나와는 인연이 두터운 곳이다. 낙타산 밑에서 사귄 소녀가 있었다. 나는 그 소녀를 따라서 지금으로부터 약 10년 전에 동경으로 갔었다. 내가 동경으로 가서 얼마 아니 되어 그 여자는 서울로 다시 돌아왔고, 내가 오랜 방랑을 끝마치고 서울로 돌아왔을 때 그는 미국으로 가 버렸다. 지금 그 여자는 미국 태평양 연안의 어느 대도시에서 결혼 생활을 하고 있다, 영원히 이곳에는 돌아오지 않겠다는 편지가 그의 오빠에게로 왔다 한다. 나와 그 여자의 오빠는 죽마지우이다.(원주)

범연하게 보고 있지만 이 아이들이 생각에 잠겨 있는
지금의 나를 볼 때는 여간 이상하게 보이지 않을 걸세.

이런 생각을 할 때마다 나는 공연히 엄숙한 마음이 드네.
그리고 그들이 스치고 가는 치맛바람에서 나는 온 인간의
비애를 느끼고 가슴이 뜨거워지네.

술이 깰 때 기진맥진한 이 경지가 나는 세상에서 둘도
없이 좋으이.

이것은 내가 '안다는' 것보다도 '느끼는' 것에 굶주린
탓이라고 믿네.

즉 생활에 굶주린 탓이고 애정에 기갈을 느끼고 있는
탓이야.

그러나 나는 이 고독의 귀결을 자네에게 이야기하지
않으려네.

거기에는 너무 참혹한 귀결만이 기다리고 있는 것만
같아! 나 자신에게 고백하기도 무서워. 이를테면 죽음이
아니면 못된 약의 중독 따위일 것이니까.

자네는 나를 「잃어버린 주말」*에 나오는 레이 밀랜드
같다고 놀리지만 정말 자네 말대로 되어 가는 것 같아.

운명이란 우스운 것이야.

---

  * 「잃어버린 주말」은 1945년 미국 영화이다. 과음하는 한 작가에 대
     한 이야기를 다룬다.

나도 모르게 내가 빠지는 것이고, 또 내가 빠져 있는 것이고 한 것이 운명이야.

실로 운명이란 대단한 것이 아니야. 그것은 말할 수 없이 가벼운 것이고 연약한 것이야.

Y여, 자네의 집에서 열린 간밤의 성탄제 잔치는 화려한 것은 아니었지만 단아하고 구수한 것이었어.

나는 이대로 죽어도 원이 없을 것 같으이. 이것은 결코 단순한 비관이 아닐세.

낙타산에 붙어 있던 햇빛이 없어지고 하늘은 금시 눈이라도 내릴 것같이 무거우이.

Y여, 나의 가슴에도 언제 눈이 오나?

새해에는 나의 가슴에도 눈이 올까?

서러운 눈이 올까?

머릿속은 방망이로 얻어맞는 것같이 지끈지끈 아프고 늑골 옆에서는 철철거리며 개울물 내려가는 소리가 나네.

이렇게 고통스러운 순간이 다닥칠 때 나라는 동물은 비로소 생명을 느낄 수 있고, 설움의 물결이 이 동물의 가슴을 휘감아 돌 때 암흑에 가까운 낙타산의 원경이 황금빛을 띠고 번쩍거리네.

나는 확실히 미치지 않은 미친 사람일세그려.

아름다움으로 병든 미친 사람일세.

1953. 12.

가냘픈 역사

남이 좋다고 하니까 나도 좋다고 믿어 버리는 따위의 그 습관이라기보다는 생활의 우둔이라고 할까 이러한 것이 어느덧 좋아지게 된 것도 나이가 시키는 일일 것인데, 내가 말하는 나이는 반드시 늙었다는 의미에서 보다는 이러한 경우에는 오히려 청춘의 저항을 의미하는 것이라고 현명한 독자는 이해할 수 있을 것이다. 혹은 태만의 저항일는지 하여간 그 정도의 감정인 것이다.

파카 만년필을 나는 두 번 가져 보았다. 아니 잘 생각하여 보면 그 이상 가져 봤는지도 모르지만 나의 기억의 뚜렷한 범위 내에 있는 것은 두 번. 한 번은 나의 애인이 사 준 것이다. 그 애인은 연령 35세. 아이가 셋이나 있었다. 내가 포로수용소 안에 억류되어 있을 때 그 여자는 포로인 나에게 반했었고 나도 물론 그 여자에게 반하였다. 우리들은 그 속에서 2년 동안 억류된 사랑을 하였다.

안타까웁고 말할 수 없이 슬픈 사랑이었으나 우리들은
겉으로는 너무나 태연하게 참고 있었다. 중년의 지혜가
시켜서 된 일이 아닐 것이다.

　우리들은 오히려 그처럼 강렬한 사랑의 인내 속에서
무한의 행복을 느끼고 있었는지도 모른다. 포로 생활도
해가 바뀌고 나서 내일이 3월 1일이라는 날 밤 나는
소위 인민재판이라는 것을 받고 거제도로 쫓겨 가게
되었다. 그때 이 여자가 파카 21을 나에게 주었다.
성서와 파카 만년필이 없었던들 나는 거제도에서
설움에 박혀 죽었으리라. 그러던 여자가 내가 거제도에
있다 못해서 3일간을 단식하며 한병환자(恨病患者)가
되어 거제리병원으로 다시 돌아와 보니 그러던 그 님은
그날의 그 '님'이 아니었더라. 한 달도 못 된 사이에 새
임자가 나타나서……. 나는 파카 21을 정중하게 돌려보내
주었다. 그것을 돌려주고 나니 눈이 하나 더 새로이 생긴
듯 심봉사가 눈을 뜰 때도 이것보다 더 밝지는 않았을
것이라고 생각하였다.

　두 번째 가진 것은 사회에 나와서 맨 첫 번 월급다운
월급을 받았을 때이다.

　글을 쓰는 것이 나의 천직이니까 좋은 만년필을 갖고
싶은 것이 단순하고 자연스러운 욕망이 아닐 수 없었다.
나는 파카 21을 샀다. 51호짜리를 사려고 하였으나 역시

21을 샀다.

　그 후 며칠 동안 나는 나의 책상 위에 이 새로운
만년필을 놓고 밤늦게까지 바라보고 있었다. 그러던
것이 비 오는 어느 날 친구 K시인의 결혼식에 가게 되어,
우중(雨中)을 무릅쓰고 우산도 없이 연회에까지 가서
의례히 술을 마시게 되어, 술을 마시던 예전에 없던
버릇으로 주정이 심심(甚深)하게도 한심하게도 늘어 가는
나는 그날 밤에도 연회가 끝나기 전에 벌써 실혼(失魂)
상태에 빠져 버리고 그 이튿날 친구들을 만나서 부끄러워
감히 얼굴을 들지 못할 정도의 행패를 한 모양이다.

　이튿날 아침에 뼈가 녹아날 듯한 몸을 일으켜서
살펴보니 왼쪽 손가락 인지와 중지 두 개가 부상, 그리고
소지품 일체 분실, 누워 있는 데는 내가 존경하고 있는
평론가 R씨의 병원 2층.

　제일 아픈 것이 제2 국민병 수첩과 신분증명서의 분실.
둘째가 신주같이 위하는 만년필. 셋째가 손가락.

　2층 장지를 열고 바깥을 내다보니 여전히 비는 그칠
줄을 모르고 내리고 있었으며 나의 옷은 피와 개흙투성이.
나는 친구의 빈 안방에서 한껏 울 수밖에 없었다. 파카
만년필을 산 것을 후회하였다. 오히려 그 돈으로 고생하는
어머니에게 효도라도 하였더라면 이런 천벌은 받지
않았으려니 생각이 들고 도대체 문학을 한다고 하는

그 자체부터가 애초부터 비뚤어진 일같이 새삼스러이 느껴지고……. 아아! 나는 언제나 "너는 더 타락하여라. 더 타락하여라." 하는 소리를 듣고 있으며 또 그 소리의 의미를 믿고 있다.

나는 반드시 낭만주의자가 아니다. 타락이 낭만적인 것이기 때문에 타락하는 것도 아니며 선천적으로 낭만적인 성격이 남보다 많아서 그렇게 되는 것도 아니다. 나는 요사이 비로소 비정(非情)이라는 말의 진미를 알았다. 두 번째 파카를 잃어버리고 나서부터는 어쩐지 옛날 파카를 주던 여자의 모습이 부지불각(不知不覺)으로 다시 뇌리를 스쳐 가며 나를 괴롭힌다. 호주머니가 궁해지면 애인의 생각이 심해지는 것은 나만이 가지고 있는 괴상한 심리 작용인지 모르겠다.

세 번째 파카를 사기 위하여 나는 맹렬히 발분(發奮)하였다. 싼 만년필은 사기 싫고 파카를 살 만한 모내기 돈은 생기지 않은 채 지옥 같은 며칠이 지났다. 손을 부상당한 것에 대하여 만나는 친구마다 인사를 받지 않으면 아니 되었다. 나는 부랴부랴 제2 국민병 수첩 분실계를 냈다. 친구가 있는 신문사로 뛰어가서 분실 광고를 내었다. 광고비 500환은 외상. 자기 월급에서 제하게 하겠노라고 울상을 하는 가난하고 고마운 신문사 친구 G에게 나는 어쩌자고 점심까지 외상으로 빼앗아

먹고 헤어졌다.

오늘은 세상없어도 시민증 분실 증명원을 하겠노라고
그에 필요한 보증인 세 명을 구하러 남포동으로
어슬렁어슬렁 걸어 나갔다. 사실은 어디서 잃어버렸는지
그것도 확실하지 않았다. 제2 국민병 수첩 분실계에는
그 분실 장소 난에 초량(草梁)이라고 해 놓고 시민증 분실
증명원에는 버스 안에서 도난을 당했다고 적어 놓았다.
어떻게 없어졌는지도 모른다.

날이 지날수록 어렴풋이 떠오르는 환상은 있었다.
그러나 그것도 번개 같은 것이다. 어쩌면 술이 취했다고
이렇게 모를 수가 있는가? 그것은 술이 취했던 것이 아니라
죽었다 살아난 것이 틀림없었다. 인제 와서는 잃어버린
것은 할 수 없는 일이라 하더라도 어떻게 없어졌으며
어디서 없어졌는지 다만 그것이나마 알고 싶었다. 해답은
의외로 빨리 나왔다. 보증인 3명을 구하여 남포동으로
어슬렁어슬렁 걸어 나가서 하루에 한 번씩은 반드시
들러야 하는 나의 일과 같은 S잡지사에 들러 P를 만났다.
P를 만나 보니 또 술 생각이 난다. 그것은 우리의 의무
같은 것이다. 둘은 행길로 나왔다. 그때 누가 뒤에서
부르는 소리가 들려온다. 부르는 사람은 S잡지사 아래층
다방의 심부름을 하고 있는 놈이다.

그는 나를 보고 "아, 요전에 약주 취하시고 신분증

잃어버리지 않으셨어요?" 한다. 그렇다고 하니까 사실은
그 신분증명서는 이 거리 거지들이 가지고 있는데 그것을
찾으려면 돈을 내야 한다고. 돈이 얼마냐고 하니 가격은
그것을 가지고 있는 거지놈에게 물어보지 않으면 확실한
것은 모르나 아마 800환가량이면 내어놓을 듯하다고
한다. 꿈같은 이야기다. 아주 잃어버린 줄 알았던 것이
나왔다는 것이 꿈같고 그것도 초량이니 동대신동이니
하고 암중모색하던 곳과는 얼토당치도 않은 바로
내 집같이 매일 드나 다니던 이 S잡지사 아래층에서
발견되었다는 것도 꿈같고 만년필이니 가죽 지갑이니
값어치 나가는 것만을 싹 빼고 팔아야 서푼 짜리도 안
나가는 신분증명서만은 모두 분실인에게 되팔아먹자는
것으로, 보아 한즉 한 번 두 번이 아닌 것 같은 그들의
마(魔)의 수법의 주밀성이 또한 꿈같다. 나는 어안이
벙벙하여 말이 얼른 나오지 않았다.

    겁이 많은 나는 어쩌면 무서운 생각조차 들었다. 내 대신
P가 나의 스포크스맨(Spokesman)이 되어서
    "이 새끼들 지금 곧 안 가져오면 경찰서에 말해서
기관총으로 드르륵 쏘아 죽여 버릴 테야!" 하고 소위
공갈을 때렸다. 나는 그가 과연 소설가로구나 하고 속으로
흐뭇이 만족하였다. 효과는 직효였다. 나는 400환을 주고
증명서를 샀다. 지갑은 나의 지갑이 아니었으나 속에

증명서, 수첩 등은 고대로 다 들어 있다.

　나는 세 번째 파카를 사는 대신에 고식(古式) 에보나이트 금촉이 박힌 배때기가 우둥퉁한 왜식 만년필을 산 지 얼마 되지 않는다. 확실히 고식이다. 값도 파카보다 훨씬 싸다. 파카같이 가냘프지 않고 아무렇게 굴려도 좋다. 잉크도 유리 튜브로 되어서 집어넣어야 한다.

　배꼽을 햇볕에 요리조리 굴리면서 보니 가느다랗게 '히로라'니, 뭐니 써 있다. 중고품이다.

《신태양》(1954. 1.)

나에게도 취미가 있다면

어수선하고 산란한 요즘의 삶 가운데서 구태여
나에게도 취미가 있다면 외국 잡지의 겉뚜껑을 바라보고
있는 일이다.

외국 잡지를 사서 본다 해도 나의 성격이나 처지로서는
외국에다 직접 주문을 하여서 사 들여다보는 것이 아니요
또 피엑스*나 유에스아이에스** 같은 곳에 오는 것을
구해다 보는 것도 아니다.

사실인즉슨 을지로 네거리나 남대문통 상업은행
뒷담에서 판자 위에 놓고 파는 노점 상인의 것을 사서 보는
것이 나의 구미에 똑 알맞은 일이라고 생각하기 때문에
나는 잔돈푼을 아까운 줄 모르고 이것을 사 보는 버릇이

---

*   PX. 군부대 내의 상점. Post Exchange의 약자.
** USIS. 미국문화원. United States Information Service의 약자.

여지껏 남아 있다.

하기는 저 거대하고 찬란한 외국 문화를 나에게 소개해 주는 유일한 중개인이 우리나라에 있어서는 이 가난한 노점 상인들밖에는 없구나 생각하면 어이가 없어지다 못해 웃음까지 나오는 일이 있지만 또한 이것도 멋이라고 생각하면 멋있는 일이 아닐 수 없으리라.

서적 장사들이 나를 부르는 별명이 있으니 그것은 '애틀랜틱'(미국 월간 잡지 이름)이다. 내가 언제나 물어보는 것이 《애틀랜틱》 나왔느냐는 말이요, 그들의 대답은 한사코 없다는 것인데 "왜 밤낮 그 구하기 어려운 애틀랜틱만 찾으시오? 다른 것도 좋은 게 많은데" 하면서 《애틀랜틱》이나 《하퍼스》* 같은 것밖에는 눈이 돌아가지 않고 일본 월간 잡지는 값이 분에 넘쳐서 사지를 못하고 시무룩한 표정을 한 채 번번이 그냥 빈손으로 돌아가는 나를 보고 그들이 붙인 별명이 '애틀랜틱'이었다.

그렇다고 내가 이 미국 고급 잡지를 구하여 가지고 집에 돌아와 이 내용을 알알이 다 읽어 치우느냐 하면 그렇지는 않다. 기껏 봐야 소설이나 시 정도이며 그것도 사전을 찾기가 싫어서 눈으로만 읽어 치우는 정도인데 이 성실성이 없는 안독(眼讀, 이런 말을 붙일 수가 있다면)도 생활에

---

*   Harper's Magazine.

시달리거나 사색에 피곤하거나 하는 날이 많고 그렇지
않더라도 단행본을 읽거나 하고 있는 때는 자연 소원하게
되어서 사다만 놓고 들여다보지 않은 채 깔아 놓은 책이
적지 않은 것이다.

　이렇게 어수선한 나의 생활에서도 탐탁하게 읽지는
아니할망정 한 달 내지 석 달이나 뒤늦어 나오는 외국
잡지를 나는 무슨 의무 모양으로 사들여 오지 않고서는
마음이 놓이지 않고 어쩌다가 한 달쯤 늦게 나오는 잡지를
보면 (이렇게 일찍이 나오는 것은 여간해서 구하기 어렵기 때문에)
너무 반가워서 코에다 들이대고 냄새라도 맡아 보고 싶은
반가움과 승리감을 느끼는 것이다.

　친구들 중에는 이러한 나를 보고 사대사상이니
감각적이니 하고 비웃을 사람도 있겠지만 생활을 찾지
못하고 아직도 허덕거리고만 있는 불쌍한 나 같은
사람에게는 이만한 위안이라도 없으면 정말 질식을 하여
죽어 버릴 것 같은 생각이 든다. 정말 사람이 고독하게
되면 벌레 소리 하나에서도 우주의 진리를 찾아낸다고
하지 않느냐.

　내가 외국 서적이나 외국 신문을 좋아하는 것은
멀리 여행을 하고 싶은 억누른 정열의 어찌할 수 없는
최소한도의 미립자적 표정인지도 모른다.

　정말 여행을 하고 싶다. 모든 귀찮은 세상일 다 벗어

버리고. 벌써 여행을 하고 싶다는 솔직한 감정을 숨기고
눌러 오고 속여 온 지가 나만 해도 꼭 10년이 되어 온다.
그리고 이러한 먼 여수(旅愁)에 대한 동경은 나뿐만이
느끼는 일이 아닐 것이기에 사실은 이렇게 나만이 느끼는
것처럼 큰소리 치고 쓰기도 죄송하고 미안한 일이지만
적막한 방 안에 홀로 드러누워 밖에서 새어 들어오는 무슨
소리든 듣고 있으면 '아—저 소리가 어디 먼 외국의 여관방
같은 데서 듣는 소리라면 오죽이나 나의 생명의 양식을
풍부하게 해 줄 소리일까!' 하는 한탄이 저절로 나온다.

　말하자면 나의 생활은 절망 위를 걷고 있는 생활인
것이다. 그리고 누가 무엇이라고 나를 놀리거나 욕하거든
간에 나의 유일한 생활은 이 절망의 생활밖에는 없는
것이다. 이 안에만은 자유가 있기 때문이다.

　외국 잡지의 겉뚜껑이 아무리 아름다운 것이든 그것은
나에게 관계될 것이 없다. 그저 내가 가진 이러한 눈으로
이러한 잡지 위에 그린 아련한 그림이거니 그리고 이것은
우리나라에서 발간되는 월간 잡지의 표지보다는 조금
보기 좋은 것이거니 그저 이러한 정도로 보고 있으면 되는
것이다.

　이 안에 모든 나의 황홀감이 사무쳐 있는 것이며 이것은
결코 거짓말이 아니다.

　《하퍼스》7월호에는 표지의 바탕이 황색에다가 육각형

안경을 쓴 현대식 미국 신사가 스프링코트 같은 것을
오른손에 끼고 정면에 서 있고 그 신사의 배경을 장식하는
그림은 발사크의 소설에 나오는 것 같은 18세기 서양
귀족 사회의 풍속을 펜화로 그린 것이다. 앞에 선 현대
청년은 이마가 훨씬 넓고 입매는 복잡한 미소를 띠우고
왼편 새끼손가락에는 굵은 반지를 끼고 있는 것인데
이것을 그야말로 엑스퍼트(expert)다운 세련된 필치와
농담(濃淡)을 가지고 흑색으로 그려 세워 놓고 그 배후의
일세기 전 풍경은 농담을 무시한 적황색 일색의 펜화로서
한쪽으로 치켜 지은 별장 아래에서 세 사람의 중노인들이
술잔을 들고 있는 것이 보이며 그 세 사람이 앉아 있는
고원에서 멀리 바라다보이는 산 아래 벌판을 여객을
만재한 역마차가 고을을 향하여 들어오는 것이 보인다.
언뜻 보면 앞에 선 청년이 그의 뒤에서 돌아오는 역마차를
기다리고 있는 것처럼 보이지만 사실은 앞의 청년과 뒤의
역마차와는 시대가 다르다. 청년 오른편 어깨 위에 있는
역마차가 지나가는 가느다란 길 앞으로부터 이쪽은 밭이
아니면 풀이 무성한 평야인데 이 평야의 한구석에 말의
동상이 서 있고 그 동상의 정면에는 'GOLDEN CALF'라는
횡자(橫字)가 새겨 있다.

　나는 아직 이 잡지의 내용을 읽어 보지 않았으니까 이
표지에 있는 청년이 누구인지를 모르겠다. 무슨 실업가

같기도 하며 어디 과학자 같기도 하다. 모자는 쓰지 않았지만 내 생각 같아서는 금방 어떤 비행장에서 먼 여행을 끝마치고 내려선 사람 같다.

이 청년이 살고 있는 현대란 돈으로 취(取)할 수 없는 세상이지만 그의 배후에 있는 지나간 세기는 황금으로 취할 수 있는 세상이었다고 나는 공상해 본다. 심히 깔깔한 듯한 청년의 표정에 비해 뒤에서 술을 마시고 있는 세 사람의 모습은 졸음이 올 만큼 평화스럽고 유하다.

그러나 나는 이번에는 그림 속에 있는 청년과 그림 밖에 있는 나와를 비교해 본다. 이 표지의 청년을 현실 사회에 실재하고 있는 인물이라고 보고 나 자신을 꿈속에서 혹은 죽음 속에서 헤매고 있는 것이라고 볼 때 나의 얼굴이 마치 악마의 얼굴같이밖에는 보이지 않으며 나는 별안간 사지가 꼿꼿하여지지 않을 수 없다.

나는 절망 위에 산다―. 나는 죽음 위에 산다―. 이러한 신념 없이는 나는 이 좁은 세상을 단 1분간도 자유로이 살 수가 없는 것이다.

외국 잡지의 겉뚜껑을 바라보고 있는 것이, 이 보잘것없는 초라한 취미가 정말 나의 것인지 아닌지, 그것조차 분간할 수 없을 만큼 어수선한 생활을 하고 있는 나다. 눈을 바로 뜨고 조용히 생각하면 나의 취미인 것도 같지만 그러나 역시 취미라고 하기에는 너무나

무의식적이고 값없고 하염없는 것.

　나 자신의 존재와 같이 나의 취미도 이렇게 보일락 말락 하면시 이디까지니 무기력한 것이 섭고도 괴로운 일이기는 하지만 할 수 있는 일과 할 수 없는 일에 대한 분간을 나의 힘으로서가 아니라 나이의 힘으로서 느즈막이나마 깨닫게 되는 것이 생각하면 신기하기도 한 것이다.

　이대로 외국 잡지의 겉뚜껑이나 보고 죽을 때까지 한 번도 여행일랑 하지 말고 너는 죽어라 하고 하느님이 게으른 나에게 가혹한 심판을 내리신다 해도 "네 그렇게 하지요." 하고 나는 그야말로 신을 벗어서 이마에 대고 평심서기*하고 백배사례할 것이다.

《민주경찰》 47호(1955. 1. 15.)

---

*　　마음을 평온하게 하다.

무제*

　자식을 길러 보지 않고서야 어린아이 귀한 줄 모른다는
것을 요즈음에 와서 나는 절실히 느끼게 되는데, 동시에
자기의 자식을 알려면 자기 자식만 보고 있어서는 아니
되겠다는 것도 사실인 것 같다. 자기의 골육이나 자기
자식이 사랑스럽고 귀엽지 않은 사람이 어디 있겠는가.
동물적인 본능을 대수롭게 생각하지 않는 나에게는
자기의 골육붙이나 가정만을 지나치게 사랑하는
사람처럼 보기 싫은 것은 없다.

　그래서 그런지 나는 남의 아이들이 놀고 있는 광경을
보고 비로소 나의 자식이 무엇이라는 것을 알게 된다.
그리고 이 마음은 곧 아직도 나 자신이 동물적 사랑에서
벗어나지 못하였다는 징조이기도 한 것이다. 정말 남의

＊　　이 글은 제목 없이 발표되었다.

자식을 보듯이 내 자식을 볼 수 있다면 나의 생활은 적어도 지금보다는 훨씬 가볍고 자유로운 것이 될 것이 아닌가.

그런데 이러한 관계는 유독 남의 자식과 나의 자식과의 문제에만 국한된 것이 아니다. 문학에 있어서도 마찬가지이다. 남의 작품을 보듯이 내 작품을 보고 남의 문학을 생각하듯이 내 문학을 생각했으면 얼마나 담담하고 서늘한 마음이 될 것인가. 그리고 문학이나 작품 자체로 보더라도 지금보다는 더 좋은 것이 나올 것이다.

'사람이 돈을 따라다녀서는 아니 된다'는 말이 있는데 이것은 아이들을 사랑할 때에도 통하는 말이다. 부모가 아이들을 너무 귀애하면 아이들은 오히려 성가시어서 한껏 짜증이나 내고 달아나 버린다. 그렇지 않고 부모가 무관심한 태도를 하거나, 자기들의 일에 분주하여 아이들을 잊어버리게 될 때 아이들은 부모의 곁으로 저절로 따라온다. 그렇다고 아이들의 사랑을 사기 위하여 일부러 무관심한 태도를 꾸며야 할 것인가 아니할 것인가에 대한 윤리적 규정을 내리기 전에, 우선 문학의 경우에 있어서 이것을 생각해 볼 때, 나는 한 가닥의 설운 마음을 금치 못한다. 문학이 가지고 있는 최소한도의 우둔이랄까 그러한 것을 나는 죽을 때까지 면하지 못할 것이고 보면, 나는 죽을 때까지 문학을 지니고 있는 한은 진정한 멋쟁이가 되지 못할 것 같기 때문이다.

이를테면 심벌리즘*이 득세를 하고 있었을 시대의
시인이나 지금도 심벌리즘의 시를 쓰고 있는 사람들은
작품의 내용에 있어서는 고사하고 그들의 문학 태도에
있어서는 스티븐 스펜더나 딜런 토머스에 비하여 훨씬
행복하다. 내가 시에 있어서 영향을 받은 것은 불란서의
쉬르라고 남들은 말하고 있는데 내가 동경하고 있는
시인들은 이미지스트의 일군이다. 그들은 시에 있어서의
멋쟁이였기 때문이다. 그러나 이들 이미지스트들도
오든보다는 현실에 있어서 깊이 있는 멋쟁이가
아니다. 앞서가는 현실을 포착하는 데 있어서 오든은
이미지스트들보다는 훨씬 몸이 날쌔다. 그것은 오든에게는
어깨 위에 진 짐이 없기 때문이다. 그러나 이러한
오든도 요즈음에 내어논 「하천(河川)」 같은 작품을 보면
이미지스트의 여과 기간과 거의 비등한 시간적 순차를
밟고 있는 것같이 보이는데, 역시 이것은 나이를 먹은 탓이
아닌가 생각된다.

　'사람이 돈을 따라서는 아니 된다'는 말을 앞서
인용하였는데 소위 처세상에 있어서, 즉 사람과 사람과의
관계에 있어서 나는 이 원리를 이용하여 보는데 확실히

　＊　　상징주의(symbolism): 19세기 말에 프랑스 시인들을 중심으로 일어
　　　난 문학 운동.

효과가 있다. 돈을 벌기 위해서가 아니라 나 자신을 잃지
않기 위해서 하게 되는 것인데, 결과적으로 보아 악마의
조소가 수시로 떠오르는 데는 세상에 대하여서나 나
자신에 대해서나 미안한 일이다. 하여간 악마의 작업을
통해서라도 내가 밝히고 싶은 것은 나의 위치이다. 그리고
이러한 작업은 역대의 모든 시인들이 한번씩은 해 온
일이라는 것을 나는 잘 안다.

　고독이나 절망도 마음대로 되는 것이 아니다. 고독이나
절망이 용납되지 않는 생활이라도 그것이 오늘의 내가
처하고 있는 현실이라면 조용히 받아들이는 것이
오히려 순수하고 남자다운 일이라고 생각한다. 이러한
위도(緯度)에서 나는 나의 생활을 향락하고 사람을
사랑하는 법을 배운다.

1955. 10.

밀물

요즈음은 문학 책보다도 경제 방면의 책을 훨씬 더 많이 읽게 된다. 그래야만 사회에 대한 무슨 속죄라도 되는 것 같고 저으기 흐뭇한 마음이 든다. 또 하나 '4월' 이후에 달라진 것은 국내 잡지를 읽게 되었다는 것이다. 그전만 하면 송충이같이 근처에 두지도 못하게 하던 불결한 잡지들(문학지는 상기*도 불결하다.)도 인내성을 발휘해서 읽어 나가면 그중에는 예상보다도 훨씬 진지한 필자들이 많은 데에 새삼스러이 부끄러운 마음도 들고 퍽 대견한 감도 든다.

인제는 후진성이란 것이 너무나도 골수에 박혀서 그런지 그리 겁이 나지 않는다. 외국인들의 아무리 훌륭한 논문을 읽어도 '뭐 그저 그렇군!' 하는 정도다. 한편으로 생각하면

---

* '아직'의 방언.

타락의 시초같이도 생각되지만 그런 것만도 아닌 것 같다.
자신의 실력이 완비해 가는 징조는 물론 아니지만 좌우간
모든 것에 선방의 감이 있어진 깃민은 사실이디. T가
영국에서 돌아온 지가 거의 한 달 가까이 되는데 아직 안
만나고 있다. 그전의 습관 같아서야 세계의 끝까지 갔다
온 친구를 두고 이렇게까지 게으름을 피우지는 도저히
못하였을 것이다. 그뿐만이랴.《엔카운터》지가 도착한
지가 벌써 일주일도 넘었을 터인데 이놈의 잡지가 아직도
봉투 속에 담긴 채로 책상 위에서 뒹굴고 있다.

　모든 것이 그렇다. 되면 다행이지만 안 돼도 그만이라고
생각하고 있어야지, 매사건건에 꼭 되어야만 한다고
이를 바득바득 갈고 조바심만 하다가는 대한민국에서는
말라죽기 꼭 알맞다. 요즈음 떠드는 '반공법'인지 무언지도
어찌나 혼자서 화를 내고 술만 퍼먹었던지 또 간장염이
도지고 말았고, 여편네한테 화풀이를 하는 바람에 문창호
두 장만 산산조각이 났다.

　속상하는 일은 이것뿐이 아니다. 또 날이 따뜻해져서
여편네는 역사*를 한다고 야단이고, 널판장을 둘렀던
안방 벽 옆에다 서너 평가량 목간통을 들인다는데 이것도
무허가 증축이라고 트집을 잡고, 소방서, 구청, 상이군인,

---

　　*　　토목, 건축 따위의 공사.

지서에서 나와서 와라 가라 하고 야단들이다. 지서에
올라가서 시말서를 쓰라고 해서 시말서를 쓰고는 허가를
꼭 내야 한다기에 허가를 내려면 어떻게 하면 되느냐고
물었더니, 허가를 내려면 비용이 모두 2만 5000환가량
든다고 한다. 나는 도무지 곧이 들리지가 않아서 얼마요
하고 다시 물어보았으나 역시 2만 5000환이란다. 5만 환
내외의 공사에 허가비용이 2만 5000환!

참 좋은 세상이다. 할 대로 해 보라지.

어두운 방 안에 앉았다가 나와 보니 서풍에 부서지는
한강물은 노상 동쪽을 향해서 반짝거리며 거슬러
올라간다. 눈의 착각이 아닌가 하고 달력을 보니 과연
음력 17일, 밀물이다. 숭어, 글거지, 잉어, 벌갱이놈들이 이
밀물을 타고 또 한참 기어 올라올 게 아닌가……

1961. 4. 3.

요즈음 느끼는 일

　'방송을 할 때만은 미쳐도 괜찮다, 시를 쓸 때는
제정신으로 써라.' 이런 법률이 나올 만한 시대입니다.
이 말은 '방송 원고를 쓸 때는 글씨를 반 토막씩 써도
좋지만 잡지에 주는 원고 글씨는 반드시 정자(正字)로 써야
한다.'는 말은 아닙니다.

　청취자 여러분. 영국의 시인 존 웨인의 말마따나,
출판이나 잡지, 즉 인쇄를 통한 발표 외의 발표에 있어서는
현대의 시인은 어떤 해방감을 느낍니다.

　일전에 일본 신문에 나온 요시야 노부코〔吉屋信子〕의
기사 속에 파도를 보고 연설을 한 소설가의 이야기가 나온
것을 보았습니다. 필자는 이와 같은 지난날의, 파도를 보고
연설을 한 문인을 가리키면서 오늘날의 젊은 문인들이
너무나 약다고 개탄하고 있습니다. 나는 이것을 일본식의
다다이즘이라고 생각하면서 혼자 웃었습니다. 그러고 보면

다다이즘은 도처에서 주기적으로 나오는 현상입니다.
우리나라에도 이활(李活)이라는 시인이 남몰래
다다이즘을 실천하고 있습니다. 한 나라의 문학이나
사회가 건강을 보존하기 위해서 필요한 최소한도의
청량제, 정혈제(淨血劑) 내지는 지혈제.

　요즈음 우리나라의 문단이나 문학잡지 독자들의 경향을
보면, 초현실주의나 다다이즘은 무조건하고 시대에
뒤떨어진 것이라고 싫어하는 것 같습니다. 점잖은 문학
팬일수록 더 그러한 경향이 많습니다. 이러한 경향에
대해서 좀 더 얘기할 문제가 많습니다만, 하여간 '저
시인은 모더니즘의 잔당(殘黨)이다.' 하면 그것은 '저 시인은
자기의 것을 갖고 있지 않다.'는 욕이 됩니다. 그러면서도
'저 사람은 비트*다.' 하면 으쓱하고 좋아할 사람이 없지
않을 것 같습니다.

　사실은 이런 경우에 내가 말하는 다다이즘이나 비트는
동일한 말입니다. 출판문화의 제약에서 벗어나 야외의
낭독회에서 자유를 느끼는 존 웨인이나, 파도에 연설을
한 지난날의 동료를 찬양하는 요시야 여사는 40년
전의 앙드레 브르통이나 트리스탄 차라와 같은 정신에

---

*　2차 대전 후 미국 전후 세대에 의해 만들어진 무정부주의적, 개인주의적 문화.

있습니다.

왜 새삼스럽게 케케묵은 다다이즘의 이야기를
꺼내느냐고 눈살을 찌푸리는 청취자도 계실지 모릅니다만,
무슨 이유인지 이 방송 원고를 쓰고 있자니 자꾸 다다이즘
생각이 납니다. 용서해 주십시오.

저는 라디오 방송을 처음 하는 사람입니다. 이것이
야외의 낭독회는 아닙니다만 그래도 어느 정도의
해방감을 저는 느낍니다. 어느 정도의 해방감. 이 어느
정도의 해방감이란 무엇인가? 이 방송은 종이 위에 찍은
활자처럼 오래 남아 있지 않습니다. 물론 테이프 레코드에
취입되어 보존될 수도 있지만, 잡지나 단행본에 남아
있듯이 부단하게 공개적으로 남아 있지 않습니다. 쉽게
말하자면 퍽 경쾌한 감이 듭니다. 내가 말하는 것이
예술적이 아니라도 청취자 여러분은 너그럽게 용서해
줍니다.

둘째는 청취자 여러분에게 직접 말을 할 수 있다는
것입니다. 즉 활자라는 거추장스러운 매개체 없이 직접
전달이 가능하다는 것입니다. 그런 의미에서 방송은
잡지보다 좀 더 따뜻한 체온을 피차가 나눌 수 있는 장점이
있습니다. 물론 연단의 연설처럼 얼굴까지도 보신다면
청취자 여러분은 저의 억양에다 저의 얼굴의 표정까지도
합해서 저의 말을 좀 더 잘 알아들으실 수 있으시겠지만,

저는 매우 수줍은 사람이라 얼굴을 보시면 오히려 얘기를 못합니다.

아무튼 방송은 저에게 어느 정도의 해방감을 줍니다. 해방감은 자유입니다. 자유는 파도에다 이야기하는 것입니다. 사실 저는 지금 여러분에게 노래를 해 들려드리고 싶습니다. 노래라 해도 그 고리타분한, 청자가 제대로 알아듣지 못하는 자작시 낭독 같은 건 싫습니다. 뚜다당 뚱땅 뚱뚱뚱 뚜뚱 하는 그런 노래 말이지요. 그렇지만 정말 그런 노래를 했다가는 기독교방송의 수필란을 맡으신 책임자 되시는 분에게 꾸지람을 들을 것 같으니까, 그것만은 사양하겠습니다.

도대체 요즈음의 저널리즘이 '자유는 방종이 아니다.'라는 말을 꾸준히 계몽하고 있는 것 같은데, 이건 제가 생각하기에는 참 우스운 말입니다. 저널리즘이나 위정자들이 이런 말을 하면 그건 또 일리가 있다고 할 수 있겠지만, 점잖은 대학교수들이 태연스럽게 이런 말을 하는 것을 들으면 놀라지 않을 수 없습니다.

자유를 모르는 것은 속물입니다. 일본의 시인 니시와키 준사부로〔西脇順三郎〕는 '시를 논하는 것은 신을 논하는 것처럼 두려운 일'이라는 의미의 말을 했지만, 저는 '자유를 논하는 것은 신을 논하는 것처럼 두려운 일'이라고 말하고 싶습니다. 결국 똑같은 말이지요.

세상이 어쩌나 야박하게 되었는지 요즈음은 거리의 책
가게에 들어가서 책을 좀 서서 읽을 수도 없습니다. 좌판
위에 놓인 새로 나온 월간 잡지를 이것저것 뒤적거려 보는
것이 조그마한 생활의 낙이라면 낙이라고 할 수 있겠는데,
요만한 자유마저 용납되지 않습니다. 광화문이나 종로
거리의 책 가게에 들어가서 5분 동안만 책을 들고 서 있어
보십시오. 점원 아이들의 얼굴 표정이 달라지지 않는
책 가게가 거의 없을 것입니다. 책을 펴 보기가 무섭게
벌써 점원 아이가 득달같이 팔꿈치 옆에 바싹 다가와서
위압을 주는 것쯤은 예사입니다. 노골적으로 책을 빼앗고
나가라고 호령을 치는 책 가게도 있습니다. 얼마 전엔가
동대문 쪽 길가에 있는 고본옥에를 들른 일이 있습니다.
릴케의 시집이 있기에 그 안의 시를 몇 편 뒤적거리면서
읽기 시작했습니다. 때마침 빗방울이 부슬부슬 떨어지기
시작하여서 나는 그 책사가 인심이 너그럽지 못한 책사인
줄 알면서도 미적미적 서 있었습니다. 그랬더니 아니나
다를까 함경도 사투리를 쓰는 임꺽정이같이 생긴 주인이
달려와서 왈칵 책을 빼앗고는 "아니 고만 읽고 나가시오,
가게를 닫아야겠소!" 하고 모욕적인 어조로 소리를
질렀습니다. 나는 졸지에 가게를 닫아야겠다는 말이
납득이 안 가서 "아니 대낮에 가게를 닫아야겠다니 무슨
말이오?" 하고 반문했습니다. 그랬더니 주인은 "오늘은

날씨도 비가 오고 해서 가게를 닫고 낮잠이나 자야겠으니
어서 나가 달란 말요." 하면서 바로 나를 점포 밖으로
팽개치기라도 할 것 같은 험한 기세를 보였습니다. 나하고
얼마 동안 옥신각신을 하는 중에 여학생들이 우르르
몰려 들어와서, 금방 가게를 닫겠다던 주인은 그쪽으로
가 버리고 나는 그래도 울화가 가라앉지 않아 얼마 동안
미적미적거리다가 밖으로 나와 버렸지만, 나는 가게를
닫아야겠다는 주인의 핑계가 화가 나면서도 한쪽으로는
우스운 생각이 들었던 것입니다.

우리들의 사회에는 이러한 웃지 못할 예가 얼마든지
있습니다. 이것이야말로 자유의 악질적인 방종입니다.
나는 여기서 구태여 벤자민이 말한 노동자를 위한 자유의
필연성을 새삼스럽게 논의할 생각은 없습니다. 다만,
자유의 방종은 그 척도의 기준이 사랑에 있다는 것만을
말해 두고 싶습니다. 사랑의 마음에서 나온 자유는
여하한 행동도 방종이라고 볼 수 없지만, 사랑이 아닌
자유는 방종입니다. 그리고 사랑은 호흡입니다. 사랑은
눈에 보이지 않습니다. 그것이 행동으로 나타날 때에도
오늘날과 같은 복잡한 사회 환경에서는 여간 조심해서
보지 않으면 분간해 내기가 어렵습니다. 사랑이 순결하면
순결할수록 더 그렇습니다. 기도가 눈에 보이지 않듯이
사랑도 눈에 보이지 않습니다. 그러한 의미에서 자유의

방종 여부를 판단하는 기준을 세우기란 대단히 어려운
일입니다. 그리고 우리들의 사회에서는 백이면 백이 거의
다 사랑을 갖지 않은 사람들의 자유가 사랑을 가진
사람들의 자유를 방종이라고 탓하고 있습니다.

　이러한 사회에는 자유가 없습니다. 그러고 보면 제1차
대전 후의 불란서의 시인들의 다다이즘 운동도, 제2차
대전 후의 미국의 젊은 문학자들의 비트 운동도, 쉬운 말로
하자면 모두가 사랑의 운동입니다. 다만 서양 사람들은
표현적이고 외향적인 사람들이라 대중 앞에서 이것을
정면으로 표시했지만, 파도를 보고 연설을 한 동양의
문학자는 다만 보다 얌전하게 그것을 표시했을 뿐이지요.
그러나 아까 말한 일본의 요시야 여사도 말했듯이
요즈음의 세상은 문학하는 젊은 청년들까지도 점점
약게만 만들어 가고 있는 것이 사실입니다.

　혁명 후의 우리 사회의 문학하는 젊은 사람들을 보면,
예전에 비해서 술을 훨씬 안 먹습니다. 술을 안 마시는
것으로 그 이상의, 혹은 그와 동등한 좋은 일을 한다면
별일 아니지만, 그렇지 않고 술을 안 마신다면 큰일입니다.
밀턴은 서사시를 쓰려면 술 대신에 물을 마시라고 했지만,
서사시를 못 쓰는 나로서는, 술을 좋아하는 나로서는,
술을 마신다는 것은 사랑을 마신다는 것과 마찬가지
의미였습니다. 누가 무어라고 해도, 또 혁명의 시대일수록

나는 문학하는 젊은이들이 술을 더 마시기를 권장합니다.
뒷골목의 구질구레한 목롯집에서 값싼 술을 마시면서
문학과 세상을 논하는 젊은이들의 아름다운 풍경이
보이지 않는 나라는 결코 건전한 나라라고 볼 수 없습니다.

　제가 아까 이, 수필 아닌 수필의 첫머리에서 '방송을
할 때만은 미쳐도 괜찮다, 시를 쓸 때는 제정신으로
써라.'라는 법률이 나와야 한다는 등의 동에 닿지 않는
말을 많이 썼습니다만, 이것은 결코 책임 없는 말은
아닙니다. 다만 우리들의 책임은, 서양의 옛말에 있듯이
꿈에서 시작된다는 것을 말해 두고 싶었던 것입니다.

1963. 2.

양계(養鷄) 변명

　날더러 양계를 한다니 내 솜씨에 무슨 양계를
하겠습니까. 우리 집 여편네가 하는 거지요. 내가 취직도
하지 않고 수입도 비정기적이고 하니 하는 수 없이
여편네가 시작한 거지요. 그걸 세상은 내가 양계를 하는
줄 알게 되고 나도 어느 틈에 정말 내가 양계를 하느니
하고 생각하게 되었지요. 이걸 시작한 게 한 8년 가까이
되나 봅니다. 성북동에서 이곳 마포 서강 강변으로 이사를
온 것이 그렇게 되니까요. 먼저 우리들은 돼지를 기르면서
닭을 한 열 마리가량 치고 있었지요. 몇 마리 되지 않는
닭이었지만 마당 한 귀퉁이에 선 돼지우릿간 옆에 집을
짓고 망을 쳐 주었지요. 그놈이 한 마리도 죽지 않고 잘
자랐어요. 겨울에는 망사 칸막이 위에서 자는 닭 등에
아침이면 눈이 소복이 쌓여 있었습니다. 그래도 알을
잘 낳았어요. 하루 여덟아홉 개는 꼭 낳은 것 같아요.

그런데 돼지는 되지 않았어요. 경험이 없어서 여편네가
가을 돼지를 사지 않았겠어요. 돼지는 봄에 사서 가을에
파는 거라는데 우리는 가을에 사가지고 한겨울 동안
먹이를 길어 나르느라고 죽을 고생을 하고 봄에 팔았지요.
이익금이 (지금 돈으로) 400원가량 되었던가요. 그래서
그때부터 돼지는 단념하고 닭을 시작했던 것입니다.

내가 닭띠가 돼서 그런지 나는 닭이 싫지 않았습니다.
먼첨*에는 백 마리쯤 길렀지요. 부화장에서 병아리를
사다가 안방 아랫목에서 상자 속에 구공탄을 피워 넣고
병아리 참고서를 펴 보면서 기르는데 생각한 것보다 훨씬
힘이 들더군요. 그래도 되잖은 원고벌이보다는 한결
마음이 편하지요. 나는 난생처음으로 직업을 가진 것 같은
자홀감(自惚感)을 느꼈습니다. 아시다시피 병아리에는
백리(白痢)병이 제일 고질입니다. 흰 설사똥을 싸다가
똥구멍이 막혀 죽어 버립니다. 사람으로 치면 이질 같은
것인데 병아리의 경우에는 유전성에다 전염성이 겸해
있고, 똥을 밟던 발로 모이를 밟고 다니는 동물이라
만연도가 아주 빠릅니다. 심할 때면 하룻밤에 열 마리도
더 넘게 죽어 나갑니다. 약이 없는 것도 아니지만 한번
걸린 놈은 약이 소용이 없습니다. 이 백리병이 끝나면

* 먼저의 방언.

콕시듐이란 병이 또 옵니다. 이 병은 피똥을 깔기다가 죽는 병입니다. 이것은 유전성은 아니지만, 역시 전염성이라 백리만큼 애를 먹입니다. 그뿐이겠습니까. 또 압사라는 게 있습니다. 이것은 병이 아니라 문자 그대로 눌려 죽는 것입니다. 구공탄 불이 꺼지거나 화력이 약해지거나 해서 갑자기 온도가 내려가게 되면 병아리들은 서로 한군데로 몰키게 되고 눈 깜짝할 동안에 희생자가 늘비하게 생깁니다. 기막힌 일이지요. 그런데 이런 사고가 날 때마다 경험 없는 우리 부부는 네가 잘못했느니 내가 잘못했느니 하고 언성을 높이고 싸움을 합니다. 더욱 기가 막힌 일이지요.

그래도 어제가 다르고 오늘이 다르게 자라나는 병아리를 보고 있으면 시간이 가는 줄 모릅니다. 병아리는 희망입니다. 이 노란 병아리들의 보드라운 털빛이 하얗게 변색을 하는 것은 성장하는 모습입니다. 여편네도 기분이 좋고 나도 기분이 좋습니다. 이런 때의 기분은 백만장자도 부럽지 않습니다.

그러나 고생은 병아리를 기르는 기술상의 문제에만 그치는 것이 아닙니다. 모이를 대는 일이 또 있습니다. 나날이 늘어 가는 사료를 공급하는 일이 병보다도 더 무섭습니다. "인제 석 달만 더 고생합시다. 닭이 알만 낳게 되면 당신도 그 지긋지긋한 원고료 벌이 하지 않아도 살

수 있게 돼요. 조금만 더 고생하세요" 하는 여편네의 격려
말에 나는 용기백배해서 지지한 원고를 또 씁니다. 그러나
원고료가 제때에 그렇게 잘 들어옵니까. 사료가 끊어졌다,
돈이 없다, 원고료는 며칠 더 기다리란다, 닭은 꾹꾹거린다,
사람은 굶어도 닭은 굶길 수 없다, 이렇게 되면 여편네가
돈을 융통하러 나간다…… 이런 소란이 끊일 사이가
없습니다. 난리이지요. 우리네 사는 게 다 난리인 것처럼
난리이지요.

　닭을 길러 보기 전에는 교외 같은 데의 양계장을
보면 그것처럼 평화롭고 부러운 것이 없었는데 지금은
정반대입니다. 양계는 저주받은 사람의 직업입니다.
인간의 마지막 가는 직업으로서 양계는 원고료 벌이에
못지않은 고역입니다. 이제는 오히려 이 고역에 매력을
느끼고 있는지도 모릅니다.

　그렇지만 나는 양계를 통해서 노동의 엄숙함과 그
즐거움을 경험했습니다. 내가 양계를 시작한 지 2년인가
3년 후에 나는 노모에게 병아리 천 마리를 길러 드린
일이 있습니다. 생전 효(孝)라고는 해 본 일이 없는
자책지심에서 효자의 흉내라도 한번 내 보아야지 될
것 같았습니다. 그때도 돈 때문에 병아리를 철 늦게
구입해 왔고, 공교롭게도 장마철에 병아리들이 콕시듐을
치르게 됐습니다. 콕시듐이란 병은 습기나 냉기와는

상극입니다. 이 병은 날이 궂기만 해도 만연도가 빨라지는
병으로서 뉴캐슬과 티푸스와 함께 양계의 3대 병역
중의 하나에 들어가는 무서운 병입니다. 양계가들은 이
병의 발병기가 장마철과 더불되지 않게 하기 위해서도
3월 초순쯤 해서 일찌감치 병아리를 시작합니다. 그러나
그때만 해도 나는 콕시듐이란 병이 얼마큼 무서운
병이라는 것을 실제로 체험해 보지는 못했습니다.
게다가 나는 천 마리라는 어마어마한 숫자의 병아리를
처음으로 시작해 보는 것입니다. 어설픈 효의 욕심이
시킨 일이라고 생각됩니다. 노모도 물론 양계를 업으로
하기는 처음입니다. 그때까지 시내에서 가게를 하시던
노모는 남 볼썽도 흉하고 세금도 많다고 하시면서 교외로
나가서 불경이나 읽으면서 한적하게 살기를 원했고,
이런저런 궁리를 한 끝에 내가 권하는 양계를 해 보기로
했던 것입니다. 창동에다 양계장을 새로 짓고, 병아리는
40일 동안만 내가 길러서 보내기로 했습니다. 나는 내
일보다도 더 힘이 났습니다. 판에 박은 듯한 난관을 치러
가면서 40일 동안을 길러 내고 보니 약 1할의 사망률을
낸 좋은 성적을 거두었습니다. 40일이 지난 병아리는
어른 주먹보다도 더 크게 자랐습니다. 이 병아리의
대군을 배터리*째 트럭에 싣고 우리들은 개선장군
모양으로 창동의 신축 양계장으로 입성했습니다. 그러나

새로 지은 계사(鷄舍)는 미비한 점이 많았고, 비가 오자
지붕이 새는 곳이 많았습니다. 짚을 깔고 보온을 철저히
하느라고 집안 식구들이 총동원이 되어서 밤잠도 못
자고 분투했지만 아침이면 삼사십 마리의 희생자가
나왔습니다. 양계장에서 닭이 죽어 갈 때는 상갓집보다도
더 우울합니다. 약을 사러 다니는 일에만 꼭 한 사람이
붙어 있었습니다. 닭약은 수용자가 그리 많지 않기 때문에
대개는 제약회사들이 부정기적으로 이것을 생산해
내놓습니다. 꼭 약이 필요할 때 사료상이나 도매집이나
약회사에 약이 절품이 되는 일이 비일비재입니다. 이럴
때에 약을 구하러 다니는 심고란 이루 말로는 다 할 수
없습니다. 나는 노모와 둘이서 약 20일 동안을 눈코 뜰
새 없이 싸웠습니다. 어머니는 나보다 더 강했습니다.
나는 곧잘 신경질을 냈지만 노모는 한번도 신경질을 내지
않습니다. 내가 계사 바닥을 삽으로 긁다가 팔이 아파서
쉴 때도 노모는 여전히 일을 계속하면서 내 삽이 불편할
것이라고 당신 삽과 바꾸어 주었습니다. 어머니는 언제나
여유가 있어 보였습니다.

　장마를 치르고 나니 겨우 남은 것이 700마리밖에는 안
됩니다. 그래도 그나마라도 건진 것이 다행이라고 노모는

＊　　산란만을 목적으로, 칸막이를 하여 작고 촘촘하게 만든 닭장.

기뻐했고 나의 수고를 위로해 주었습니다. 이 700마리로
시작한, 수지가 안 맞는 양계를 노모는 오늘날까지
계속하고 있습니다. 이래서 우리 집을 보고 어떤 친구는
양계 가족이라고 부르기도 합니다.

근 10년 경영에 한 해도 재미를 보지 못한 한국의 양계는
한국의 원고료 벌이에 못지않게 비참합니다. 이 비참한
양계를 왜 집어치우지 못하고 있는지 모르겠습니다.
지난해에는 특히 사료값 앙등으로 극심한 경영난에
빠졌습니다. 군색한 원고료 벌이의 보탬이 되기는커녕
원고료를 다 쓸어 넣어도 나오는 것이 없습니다.
그래도 이 비참한 양계를 왜 집어치우지 못하고 있는지
모르겠습니다. 양계일을 보느라고 둔, 담양에서 올라온
머슴아이가 우리 집에서 야간 중학교를 마치고 야간
고등학교를 졸업하고 작년에 야간 대학에를 들어갔는데
이 아이의 인건비가 안 나옵니다. 새 학기에 수업료를 또
내주어야겠는데 이것이 난감합니다. 설상가상으로 얼마
전에는 모이를 사러 조합에 갔다가 모이 두 가마니를
실어 놓은 것을, 오줌을 누러 간 사이에 자전거째 도둑을
맞았다고 커다란 대학생놈이 꺼이꺼이 울고 들어왔습니다.
집안이 온통 배 파선한 집같이 되었습니다.

그런데 이런 집에도 양계를 하니까 돈이 있는 줄 알고
또 얼마 전에는 도둑까지 들었습니다. 잠을 자다가

떠들썩하는 소리가 나서 일어나 보니 여편네가 도둑이
들었다고 고함을 치고 있습니다. 도둑이 어디 들었느냐고
물으니 만용이(만용이란 닭 시중을 하는 앞서 말한 대학생) 방
쪽에 들어왔다고 합니다. 나는 아랫배에 힘을 잔뜩 주고
여편네와 함께 계사 끝에 떨어져 있는 만용이 방 쪽으로
기어갔습니다. 어둠을 뚫고 맞지도 않는 신짝을 끌고 가
보니 만용이는 도둑과 이야기를 주고받고 있었습니다.
도둑이라는 사람은 나이 50이 넘은 사나이였습니다.
헙수룩한 양복을 입고 외투는 입지 않고 만용의 방
밖에 서서, 무슨 동네에서 마을이라도 온 사람처럼
태연하게 서 있었습니다. "당신 뭐요?" 하고 나는 위세를
보이느라고 소리를 버럭 질렀지만 나는 도무지 실감이
나지 않았습니다. 도둑의 얼굴이 너무 온순하고 너무 맥이
풀려 있었기 때문입니다. 그는 아무 말이 없습니다. "여보,
당신 어디 사는 사람이오? 이 밤중에 남의 집엔 무엇하러
들어왔소?" 말이 없습니다. "닭 훔치러 들어왔소?" 말이
없습니다. 여편네가 고반소*에 신고해야겠다고 소리를
지릅니다. 그래도 말이 없습니다. 나는 버럭 무서운 생각이
들어서 흉기라도 가지고 있는 것이 아닌가 하고 아래위를

---

*　　일제 때 순사가 일정한 구역에 머무르면서 사무를 맡아보는 곳. 파출
　　소와 비슷하다.

훑어보았으나 그런 기색도 없습니다. 나는 나도 모르게
"이거 보세요, 이런 야밤에⋯⋯" 하고 존댓말을 썼습니다.
그제서야 사니 이는 "백번 죽여 주십쇼, 잘못했습니다!"
하고 비는 것이었습니다. 말투가 퍽 술이 취한 듯했으나
얼굴로 보아서는 시뻘건 얼굴이 술이 취해 그런지 추위에
달아 그런지 분간할 수 없었습니다. 나는 즉각적으로 이
사람이 밤길을 잃은 취한(醉漢)을 가장하고 있는 것이라고
생각했습니다. "집이 어디요?" 쑥스러운 질문이었습니다.

"우이동입니다"

"우이동 사는 사람이 왜 이리로 왔소?"

"모릅니다⋯⋯. 여기서 좀 잘 수가 없나요?" 이 말을 듣자
나는 어이가 없어졌습니다. "여보, 술 취한 척하지 말고
어서 가시오." 도둑은 발길을 돌이켰습니다. 그리고 두서너
발자국 걸어 나가더니 다시 뒤를 돌아다보고 "어디로
나가는 겁니까?" 하고 태연스럽게 물어보았습니다.

'어디로 나가는 겁니까?' 나는 도둑의 이 말이 무슨
상징적인 의미같이 생각되어서 아직까지도 귀에 선하고,
기가 막히고도 우스운 생각이 듭니다. 도둑은 철조망을
넘어왔던 것입니다. '어디로 나가는 겁니까?' 이 말은
사람이 보지 않을 제는 거리낌없이 넘어왔지만 사람이
보는 앞에서 다시 넘어 나가기는 겸연쩍다는 말이었을
것입니다. 구태여 갖다 붙이자면 내가 양계를 집어치우지

못하는 이유도 마찬가지라고 생각합니다. 장면을 바꾸어
생각한다면, 도둑은 나고 나는 만용이입니다. 철조망을
넘어온 나는 만용이에게 '백번 죽여 주십쇼, 백번 죽여
주십쇼' 하고 노상 손이 발이 되도록 빌면서 '어디로 나가는
겁니까? 어디로 나가는 겁니까?' 하고 떼를 쓰고 있는지도
모릅니다.

1964. 5.

장마 풍경

장마가 지면 강물 내려가는 모양이 장관이다.
황갈색으로 변색한 강물이 앞서거니 뒤서거니 달려
내려가는 것을 보면 사자 떼들이 고개를 저으면서 달려
내려가는 것 같다. 높아진 수위는 사자의 등때기처럼
늠실거린다. 군데군데 하얀 거품이 이는 것은 숨 가쁜
사자의 입거품인지도 모른다. 그러나 어찌 보면 이것은
수천 마리의 사자의 떼가 아니라 한 마리의 사자같이
보이기도 한다. 한 마리의 사자. 그러면 저 거센 물결들은
사자의 휘날리는 머리털이라고도 느껴진다. 그런가 하면
그 사자는 머리 쪽과 궁둥이 쪽이 서로 늘어나서 동서로
잡아당긴 엿가락처럼 자꾸자꾸 늘어나기만 하고, 그
신장되는 등 위를 물결이 흘러 내려가는 것 같다. 혹은
뛰어가는 사자는, 꿈속에서 달려가는 것처럼 열심히
달려가기는 하지만 밤낮 제자리걸음만 하고 있는 것

같기도 하다. 이렇게 계속되는 연상을 주는 강물은
삼라만상의 요술을 얼마든지 보여 줄 수 있지만, 나는
어느덧 연상에도 금욕주의자가 되었는지 너무 복잡한
연상은 삼가기로 하고 있고, 그저 장마철에 신이 나게
흘러가는 강물을 보면 사자가 달려가는 것 같다는 정도의
상식적 연상으로 자제하고 있다.

  '사람은 바빠야 한다.'는 철학을 나는 범속한 철학이라고
보지 않는다. 풍경을 볼 때도 바쁘게 보는 풍경이 좋다.
일을 하다가 잠깐 쉬는 동안에 보는 풍경. 그리고 다시
아무렇지도 않은 듯이 일을 계속하게 하는 풍경. 다시
말하자면 그것은 일을 하면서 보는 풍경인 동시에 풍경
속에서 일을 하는 것이다. 수양버들이 늘어진 연못가의
기름진 푸른 잔디 그늘에서 피크닉을 나온 부인이
부지런히 뜨개질을 하고 있는 영화의 장면 같은 것은
나에게는 평범한 풍경이면서도 결코 평범한 풍경이
아니다. 풍경을 보는 것도 좋지만 풍경을 사는 것은 더
좋다.

  연극은 관객의 참여가 없이는 안 된다는 말을 흔히들
한다. 그러나 영화는 연극에 비하면 참여의 면에서 훨씬
소극적이다. 이렇게 생각할 때 풍경을 보는 것은 영화에
속하고 풍경을 사는 것은 연극에 속한다는 생각이 든다.
연극도 서구 평론가들이 쓴 것을 보면, 요즘 우리나라의

시민회관이나 국립극장의 무대 같은 액자 무대는 참여를 할 수 있는 연극 무대가 아니고, 셰익스피어 시대의 삼면이 다 터진 에이프런식 무대가 정말 관객이 참여할 수 있는 무대라고 한다. 그러니까 현대연극은 우선 무대 조건부터 개선해야 하며, 서양에서는 이미 개량 무대가 생겼다고 한다. 그런데 우리나라 연극평론가들이 참여, 참여 하는 것은 어떤 무대를 가리키고 하는 말인지 모르겠다.

이렇게 생각하면 풍경에 사는 것이 더 좋다는 말을 하면서도 나는 어쩌면 이들 우리나라의 연극평론가들과 똑같은 과오를 내가 범하고 있는 게 아닌가 하는 생각이 든다. 일도 없으면서 일이 있다는 환상에 사로잡혀 있는 게 아닌가 하는 생각이 든다. 무대조건도 구비되지 않은 무대에서 참여를 하라는 그들이나, 일도 없는 사회에서 풍경에 살라는 나나 조금도 다를 게 없지 않은가?

그러나 또 생각해 보면 돈 생기는 일이 없을 뿐이지 그렇지 않은 일은 없는 것도 아니다. 나는 이런 생각을 요즘 집의 아이놈에게 글을 가르쳐 주면서 생각했다. 여편네가 하도 머리가 나쁘다고 어린놈을 윽살리는 것이 불쾌해서 만사를 제치고 학기말 시험을 보는 중학교 1학년 놈을 도와주기 시작한 일을 2주일 동안 계속해 보았다. 돈벌이를 위한 일이 아닌 이렇게 순수한 일을 해 보니 힘도 들지만 원고료 벌이에 못지않게 신이 났다. 아이놈이 시험이라도 잘 보고 오는 날이면 시를 썼을 때에 못지않은 흐뭇한 감이 든다.

아무 일도 안 하느니보다는 도둑질이라도 하는 게 낫다는 유명한 말이 있지만, 하여간 바쁘다는 것은 참 좋은 일이다. 우선 풍경을 뜻있게 보기 위해서만이라도 참 좋은 일이다. 그러나 이왕이면 나만 바쁜 것이 아니라 모두 다 바쁜 세상이 됐으면 좋겠다. 나만 바쁘다는 것은 이런 세상에서는 미안한 일이 되고, 어떤 때에는 수치스러운 일이 되기까지도 한다. 그러나 모두 다 바쁘다는 것은 사랑을 낳는다.

장마철의 한강물을 보고 성난 사자 같은 연상을 하는 것도 너무나 살벌하고 고갈한 환경이 시키는 반사작용이라고 생각하면 부끄러운 생각이 든다. 그러나 어떻게 또 생각하면 세상 사람들은 모두 다 너무 바쁘고 나만이 너무 한가한 게 아닌가 하는 착각도 든다.

1964. 7. 21.

이 일 저 일

구공탄 냄새를 맡아 본 사람은 알겠지만 그 과정이
참말로 신비스럽다. 언제 어떻게 맡는지 알 수 없다. 소리가
나지 않는 것으로는 해면에 물 스며들듯 하지만 그 완만한
속도는 무엇에 비해야 좋을지. 정말 느리다. 날이 하도
궂어서 여편네가 아침에 구공탄을 넣고 나간 것은 아는데,
그리고 방도 따끈따끈한 것은 지금 바로 이렇게 느끼고
있으니까 아는데, 내가 구공탄 내를 맡고 있는 것인지
아닌지 통 알 수가 없다. 후각이 둔한 탓인지 머리가
고민으로 만성 마비증에 걸린 탓인지 이렇게 안 맡아질
수가 없지 않은가. 그래도 방귀 냄새 같은 것을 맡는 것을
보면 후각도 의심을 받을 만한 여지가 없는데 구공탄
냄새만은 통 맡아지지 않는다.
결국은 구공탄 냄새를 맡아서가 아니라 염려와 공포에
못 이겨서 무거운 몸을 억지로 일으키고 창문을 열고

그것과 바람이 통할 수 있는 맞은편 쪽의 마당으로 통한
큰 문짝까지도 열어젖혀 놓는다. 그래도 구공탄 냄새는
맡아지지 않는다. 다시 자리에 누워 본다. 태풍이 열어젖힌
두 문 사이로 마구 질주한다. 춥지만 다시 일어나기가
귀찮아서 그대로 누워 있다. 구태여 묘사하자면 내가 누워
있는 방은 여편네와 여덟 살짜리 애놈이 단둘이 자고
있는 방이다. 아니 단둘이 자면 꽉 차는 방이다. 서쪽으로
머리를 둘 때, 바른편에는 조그만 탁자가 있고 왼쪽에는
노란 칠을 한 빼닫이가 달린 옷장. 아궁이는 바른쪽
탁자의 바로 뒷벽에 붙어 있다. 그러니까 탁자 밑이 바로
아랫목. 나는 지금 이 아랫목의 탁자 밑에 놓아 둔 담뱃갑
뒤의 짙은 어둠 속을 응시하고 누워 있다.

　구공탄 냄새는 여전히 맡아지지 않는다. 다소
초조해진다. 벌떡 일어나 앉는다. 몇 번째 되풀이한
심호흡을 또 한번 해 본다. 골치가 아픈가 하고 생각해
본다. 골치도 아픈지 안 아픈지 모르겠다. 이건 정말
환장할 노릇이다. 지난 겨울에 집안 식구 넷이 흠뻑 가스
중독이 됐을 때도 경위는 이와 똑같았다. 구공탄 냄새가
나는지도 모르고 골치가 아픈 것을 겨우 깨달은 뒤에도
감기가 가서 그런 줄만 알고 이틀 밤을 그대로 지냈다.
사흘째 되던 밤에 아이들이 자다가 깨어나서 토하기
시작했는데 그래도 그 원인이 구공탄 냄새인 줄은 몰랐다.

중학교에 다니는 큰놈이 먼첨 토했는데, 저희 어멈은 내가
낮에 그놈을 너무 심하게 때려 주어서 그렇게 되었다고
나를 책망했고 나도 그런 줄만 알았지 구공탄 냄새인
줄은 꿈에도 생각하지 못했다. 결국 여편네하고 한참
동안 싸우고 난 뒤에, 의사를 부르러 가려고 방문을 열고
나가자니 마루와 부엌 겸 쓰는 문간 안 현관이 가스로 꽉
차 있다.

　이런 지독한 경험을 했는데도 구공탄 냄새는 용이하게
맡아지지 않고 골치가 아픈지 안 아픈지도 모르겠다.
구공탄 냄새가 완연히 코에 맡아질 때에는 이미 때는
늦었고, 골치가 아프기 시작하면 벌써 상당한 분량의
가스를 마신 게 된다.

　그런데 오늘의 경우도 그렇지만, 구공탄 냄새를
맡았다는 것보다도, 번연히 알고 맡았다는 것, 주의를
하면서 맡았다는 것, 혹은 극도로 신경을 날카롭게 하고
경계를 해 가면서 맡았다는 것이 어처구니없고 더 분하다.

　그런데 나는 왜 이렇게 글이 쓰기 싫은지 모르겠다.
왜 이렇게 글을 막 쓰는지 모르겠다. 쓰고 싶은 글을 써
보지도 못한 주제에, 또 제법 글다운 글을 써 보지도 못한
주제에 이런 말을 하는 것은 주제넘은 소리지만, 오늘도
나는 타고르의 훌륭한 글을 읽으면서 겁이 버쩍버쩍
난다. 매문*을 하지 않으려고 주의를 하면서 매문을 한다.

그것은 구공탄 냄새를 안 맡으려고 경계를 하면서 자기도 모르게 맡게 되는 것과 똑같다.

이 글은, 쓰기 시작할 때는, 사실은 구공탄 냄새를 빌려서 우리나라가 아직도 부정과 부패의 뿌리를 뽑지 못하고 있는 실정을 야유하고 싶었다. 그러나 요즘의 나의 심정은 우선 나 자신의 문제가 더 급하다. 내 영혼의 문제가 더 급하다.

타고르의 「장난감」이라는 시가 있다. 좀 길지만 번역해 보자.

> 아이야, 너는 땅바닥에 앉아서 정말 행복스럽구나,
> 아침나절을 줄곧 나무때기를 가지고 놀면서!
> 나는 네가 그런 조그만 나무때기를 갖고 놀고 있는
> 것을 보고 미소를 짓는다.
> 나는 나의 계산에 바쁘다, 시간으로 계산을
> 메꾸어버리기 때문에.
> 아마도 너는 나를 보고 생각할 것이다, "너의 아침을
> 저렇게 보잘것없는 일에 보내다니 참말로 바보 같은
> 장난이로군!" 하고.
> 아이야, 나는 나무때기와 진흙에 열중하는 법을

---

*   돈을 벌기 위해 실속 없는 글을 써서 팖.

잊어버렸단다.

　나는 값비싼 장난감을 찾고 있다, 그리고 금덩어리와
은덩어리를 모으고 있다.

　너는 눈에 띄는 어떤 물건으로도 즐거운 장난을
만들어 낸다. 나는 도저히 손에 넣을 수 없는 물건에 나의
시간과 힘을 다 써 버린다.

　나는 나의 가냘픈 쪽배로 욕망의 대해(大海)를
건너려고 애를 쓴다. 그리고 자기도 역시 유희를 하고
있는 것에 지나지 않는다는 것을 잊어버리고 만다.

　타고르의 이런 시를 읽으면 한참 동안 눈이 시리고
마음이 따뜻해진다. 이런 쉬운 말로 이런 고운 시를 쓸
수 있으니. 이런 쉬운 말로 이런 심오한 경고를 할 수
있으니. 사회 비평이나 문명 비평도 좀 더 이렇게 따뜻하게
하고 싶다. 그것이 더 가슴에 온다. 세상이 날이 갈수록
소란하고 살벌해만지는 것을 보면, 이제는 소리를 지르는
데는 지쳤다. 기발한 것도 싫고 너무 독창성에만 위주하는
것도 싫고 그저 진실하기만 하면 될 것 같다. 진실을
추구하다 타고르의 시보다 더 따분한 시를 쓰게 되어도
좋을 것 같다. 어떻게 해서든지 이 나도 모르는 나의
정신의 구공탄 중독에서 벗어나야 할 것 같다. 무서운
것은 구공탄 중독보다도 나의 정신 속에 얼마만큼 구공탄

가스가 스며 있는지를 모르고 있다는 것이 더 무섭다. 그것은 웬만큼 정신을 차리고 경계를 해도 더욱 알 수 없을 것 같으니 더욱 무섭다.

얼마 전에 우리 집에 이상한 사건이 벌어졌다. 방 안에서 일을 하고 있는데 누가 밖에서 주인을 찾는다. 나가 보니 수도국원이다. 수도세를 받으러 온 줄 알았더니 그게 아니라 미터 검사원이다. 나를 불러 놓고 가족이 몇 명이며 세 든 사람이 몇 가구나 있느냐고 물어보는데 그 묻는 품이 이상해서 도대체 무엇 때문에 그러느냐고 물었더니, 미터가 이번 달에 상당히 돌아갔다고 한다. 나는 여름철이라 빨래와 목물이 잦아서 그렇게 되었거니 정도로 생각하고, 얼마가 돌아갔길래 그러느냐고 물었더니 액수로 환산해서 2600원이라고 한다. 그 전달까지 우리는 매달 100원밖에는 내지 않았다. 국원은 나를 계량기가 묻힌 곳까지 데리고 가서 미터 뚜껑을 열고 속을 보여 주면서, 심지어는 누수로 그렇게 된 게 아니라는 증명까지도 해보이면서 자기의 검사에 틀림이 없다는 것을 입증하려고 애를 썼다. 그러니 국원과 나는 자연히 언성이 높아졌고, 나는 기계를 신용할 수 없다는 기계 불신론으로 기울어졌고, 국원은 악착같이 기계가 사람보다 정확하다고 기계 절대주의를 내세웠다. 나는 결국 수도국에 직접 문의를 해 볼 작정을 하고 싸움은 결말이 나지 않은 채 헤어져 버렸는데, 수도국에 가기도 전에 그 이유는 너무나 수월히 판명되었다. 이것은 그전에 다니던 검사원의 잘못이었다. 그 종래의 검사원이 지난 겨울 이래 미터를 들여다보지 않고 기계적으로 사용량을 매달 똑같이 매겨 놓았던 것이다. 그동안에 우리 집에는 세 든 사람들이 네 가구가량 불어 있었다. 그러니까 이 2600원은 그동안에 누적된 사용량의 요금이었다. 그리고 이 새 국원은 자기들의 직무상의 책임과 체면을 생각해서도 선임자의 과실을 이쪽에 알릴 수가 없었던 것이다. 그 이튿날 나는 그 국원이 집 앞으로 지나가는 것을 보고, 사정을 해보려고 불러서 막걸리까지 같이 나누면서 화해를 했지만, 화해를 하고 나서도 나는 화가 가시지 않았고, 사람보다 기계를 신용한다는 그의 말을 귀에서 닦아 내려고 술김에 이발소로 뛰어 들어가서 삭발을 하고 말았다.

　"여보, 100원씩 내던 수도 요금이 별안간 2600원이 되다니 이게 인간의 상식으로 생각할 수 있는 일이오. 밤낮을 노상 수도를 틀어 놓고 있어도 그 금액은 안 나오리다." 하고 항의하는 말에, 국원은 종시일관 "그래도 미터에 그렇게 나와 있는 걸 어떻게 합니까. 사람보다 기계가 정확한걸요." 하면서 싱글싱글 웃고 있었다.

　구공탄 얘기가 이 수도국원과 어떤 연관의

아라베스크를 그리고 있는지 좀 더 설명할 필요가 있을 것 같지만 오늘은 이만 해 두자.

1965.

재주

가장 가까운 문제이며 가장 많이 생각하는 문제이면서
가장 멀고 가장 알기 어려운 것이 재주다. 동서고금의 제
성현과 문호와 시인의 작품을 아침저녁으로 떡 먹듯이
잠자듯이 읽고 있으면서 사실은 이것이 보이지 않는다.
내가 이만해도 벌써 거만해진 탓인지도 모른다. 우리
주위에 너무 재주 없는 사람들만 득시글거리고 있기
때문인지도 모른다. 그러나 책임은 아무래도 나의 눈과
머리와 마음에 더 많은 것 같다. 허위에 흐려져 있는 눈,
타성에 젖어 있는 머리, 어줍지 않게 오만해진 마음.

그러나 더 캐고 보면 이유는 그것만이 아니다. 벌써
나는 재주라는 것을 생각하지 않게 된 지가 오래다. 내가
재주가 없는 사람이기 때문이기도 하지만, 이 재주라는
것은 생각하면 한이 없는 것이고, 세상에 재주만 생각하고
있다가는 아무 일도 되는 것이 없을 것 같다. 그래서

재주의 딜레마의 막바지에서 행동으로 옮겨간 나는,
'머리가 좋다'는 말처럼 이 '재주'라는 말이 싫기까지도
하다. '우리 집 아이는 머리는 좋은데 공부를 안 해서요.'
하는 학부형들의 치사한 자기 아이 변명에서부터 '나는
머리는 좋은데 두뇌가 나빠.' 식의 라디오 약 광고의
코미디에 이르기까지, 이렇게까지 머리와 재주가
노이로제의 대상이 되고 있는 이 이상한 시대풍조, 이것은
현대의 새로운 거대한 미신의 하나인 것이다. 이렇게까지
재주와 머리가 우상화되고 있으면서 무릇 다른 진정한
가치가 그렇듯이 이 가치도 현실면에서는 여전히 천시
학대를 면치 못하고 있는 것이 사실이다.

　좌우간 재주라는 것은 자기 자신은 알지 못하는
것이다. 남이 보아야 알고 특히 무엇이고 비교해 볼 때 잘
나타난다. 나는 요즘 『이삭을 주울 때』라는, 현역 시인
쉰 명의 자작시와 노트가 수록된 사화집을 보면서 이
재주라는 문제를 새삼스러이 심각하게 생각해 볼 기회를
얻었다. 사화집의 본래의 뜻이 그런 것이지만, 번연히 잘
알고 있는 어느 경우에는 너무나 잘 알고 있는 친구나
선후배들의 글도 이렇게 사화집에 묶어 놓으면 읽었던
것도 다시 읽게 되고, 평소에는 읽고 싶지 않은 사람의
것도 골똘히 읽혀지고, 불가불 서로의 비중이나 성격을
생각해 보게 된다. 그리고 그러는 중에 자기에 대해서도

여직까지는 알지 못했던 뜻하지 않은 발견도 하게 되는
이득도 생긴다. 나는 원래가 재주라는 것은 생각하지
않기로 하고 있었으니까 나에 대한 문제에 있어서도
재주는 제외되지만, 이번에 새로 얻은 자기 인식은, 내
글의 호흡이 너무 급하다는 것이다. 김광섭 씨의 「십년
연정(戀情)」이란 시와 거기에 첨부된 노트를 읽으면서
나는 나에 대한 이러한 반성을 했다. 「십년 연정」이란
시는 참 재미있고 여유 있는 작품이다. 죽은 이양하 씨의
「십년 연정」이란 시를 패러디해서 쓴 것인데, 이 패러디한
시도 재미있고, 그것을 패러디했다는 노트도 구수한
유머가 섞여 있는 게 좋다. 아마 이만큼 교양이 몸에 배어
있는, 그리고 영문학을 이만큼 소화하고 있는 시인도
기림(起林)을 빼놓고는 우리나라에서는 이분 정도일
것이다. 그러나 나는 그의 교양보다도 그의 노트에 나타나
있는 그 여유가 더 좋다. 나이를 먹는다고 다 이런 여유가
생기는 게 아니다. 초조하고 편협한 나 같은 사람은 이런
글을 읽으면 과연 세상은 넓고 우주는 넓다는 안도감까지
생긴다. 광섭 씨는 우직하고 교양은 있지만 재주는 없는
사람의 표본같이 우리 주위에서는 평이 돌고 있지만, 나는
이번에 그러한 그의 정평이 대단히 의심스러운 것이라고
느꼈다. 앞으로 오래 사셔서 이런 구수한 시를 더 써
주셨으면 좋겠다. 우리 시단의 희망은 광섭 씨 정도의

나이에서 시작되어야 할 게 아닌가 —그래야지 시단이 좀
시단답게 될 것 같다.

사화집 『이삭을 주울 때』 중에서 또 하나 뜻밖에도
감명이 깊었던 것은 고은이다. 나는 이 사화집의 쉰 명
중의 마흔 명 이상의 것을 읽고 거의 끝머리에 고은의
「묘지송(墓地頌)」의 노트와 시를 읽었는데 정말 깜짝
놀랐다. 그에게는 천재적인 기질이 있다고 생각되었다.
하도 기뻐서 여편네한테까지 읽혔다. 그를 읽고 나서 아직
덜 읽은 몇 사람의 것을 마저 읽어 보았는데 이건 말이
되지 않는다. 『이삭을 주울 때』 전체가 시들해진다. 그리고
그 다음에는 우리 시단 전체가 시들해지기 전에, 타락한
내 자신에 대한 반성이 번갯불같이 들이닥친다. 시를 쓰는
나보다도 우선 되지 않은 잡문과 시단평 같은 객쩍은
거짓말을 쓰는 나에게 벼락이 내린다. 흐려진 안목에
저주가 내린다. 결혼을 한 나에게, 어린애를 기르는 나에게,
사도(邪道)에 들은 나에게……. 그리고 정말 재주란 이런
것이로구나 하는 멀고도 가깝고, 가깝고도 멀고, 쉽고도
어렵고, 어렵고도 쉬운 문제와 오래간만에 먹씨름을 했다.

「십년 연정」의 재주는 눈에 띄지 않는 재주이지만
「묘지송」의 재주는 눈에 띄는 재주다. 전자를
영국적이라면 후자는 불란서적(시의 소재면을 말하는 것이
아니다.)이라고도 할 수 있다. 호남 출신의 시인들에게

이런 젊은 재주가 흔히 보이는 것도 재미있는 일이다. 그런데 후자의 재주는 우리나라의 전례를 볼 것 같으면 그 호흡이 길지 못하다. 고은의 재주에도 그런 위험성이 다분히 내포되어 있다. 그 이튿날 나는 그의 시를 다시 한번 읽어 보았다. 그리고 전날 밤에 읽었을 때와 똑같은 그런 청천벽력적인 감동은 못 받았다. 그리고 약간의 쓸쓸함을 느꼈다. 그러나 나는 세 번째로 다시 한번 그의 시를, 이번에는 마음속으로 읽어 보고는 역시 나의 최초의 섬광적인 인상을 신용했다. 신용해도 좋다고 생각했다. 그것이 바로 재주이기 때문이다. 아무튼 나는 그의 재주로 인해서 나의 문학 생활과 우리의 문학 생활의 허위에 대한 근본적인 반성을 오래간만에 해 보았다. 그것만 해도 여간 고마운 일이 아니다. 그것만 해도 얼만가!

1966. 2.

모기와 개미

우선 지식인의 규정부터 해야 한다. 지식인이라는 것은 인류의 문제를 자기의 문제처럼 생각하고, 인류의 고민을 자기의 고민처럼 고민하는 사람이다. 우선 일본만 보더라도 이런 지식인들이 많이 있는 것을 우리는 알고 있다. 우리나라에 지식인이 없지는 않은데 그 존재가 지극히 미약하다. 지식인의 존재가 미약하다는 것은 그들의 발언이 민중의 귀에 닿지 않는다는 말이다. 닿는다 해도 기껏 모깃소리 정도로 들릴까 말까 하다는 것이다. 이렇게 지식인의 소리가 모깃소리만큼밖에 안 들리는 사회란 여론의 지도자가 없는 사회이며, 따라서 진정한 여론이 성립될 수 없는 사회다. 즉 여론이 없는 사회다. 혹은 왜곡된 여론만이 있는 사회다. 우리나라의 소위 4대 신문의 사설이란 것이 이런 왜곡된 가짜 여론을 매일 조석으로 제조해 내는 것을 업으로 삼고 있는 사람들에

의해서 씌어지고 있다. 이것을 진정한 여론이라고,
민주주의 사회의 여론이라고 생각하는 지식인들이 더도
말고 우리나라의 문학하는 사람들 중에서만도 허다하게
있는 것을 알고 있는데, 이런 사람들이 내가 말하는
지식인이 아닌 것은 물론이다. 우리나라는 문학하는
사람들 중에 지식인이 가물에 콩 나기만큼 있기 때문에
문학가가 아직도 사회적인 멸시를 받고, 그나마 여론을
조성하는 자리에서는 대학교수보다도 볼품이 없고,
우리의 시와 소설은 아직껏 후진성을 탈피하지 못하고
있다. 요즘 잡지사가 그전보다 좀 깨었다고 하는 것이, 외국
말을 아는, 외국에 다녀온 문인들을 골라서 글을 씌우고
싶어하는 경향이다. 그러나 자세히 보면 이것도 구역질이
나는 경향이다. 역시 탈을 바꾸어 쓴 후진성이다.

　도대체가 우리나라는 번역문학이 없다. 짤막한 단편소설
하나 제대로 번역된 것을 구경하기가 힘이 든다. 요즘
나는, 부끄러운 말이지만, 200자 한 장에 20원도 못
받는 덤핑 출판사의 번역일을 해 주고 있다. 이 덤핑
출판사의 사장이라는 젊은 청년과 나와의 거래의 경위를
간단히 말해 둘 필요가 있다. 이 청년은 나다니엘 호손의
유명한 소설 『주홍글씨』를 20원씩에 해 달라고 통신사
친구의 소개를 받아 가지고 와서 지극히 겸손하게 자기
사업의 군색한 사정을 말하면서 부탁한다. 나는 그의

사정을 이해해 주는 듯한 거룩한 순교자의 표정으로
그의 청탁을 승낙했지만, 사실은 원서 이외에 일본말
번역과 한국말 번역책까지 가지고 온지라 여차직하면
베끼는 정도의 수고와 속도로 해치울 수 있을 줄 알고
승낙한 것이다. 그런데 막상 일을 시작하고 보니 그게
그렇지 않다. 우리말 번역은 을유문화사에서 나온
저명한 영문학자인 최모 씨가 번역한 것인데 이것이 깜짝
놀랄 정도로 오역투성이다. 게다가 적당히 생략한 데가
많아서, 청년이 900매로 예산을 해 온 것이 1300매도
넘을 것 같다. 다음 찾아온 청년 사장을 보고, 원고
매수가 예정보다 퍽 초과된다는 것과 애초에 생각했던
것보다 일이 퍽 어렵다는 것을 말하면서 20원씩으로는
도저히 안 되겠다고 말하자, 이 청년은 지극히 난처한
얼굴을 하고 장시간 궁리에 궁리를 거듭한 끝에, 그러면
헤밍웨이의 소설을 자기의 출판사에서 몇 년 전에 출판한
게 있는데 그것은 번역도 어지간히 된 것이니까 그것을
약간 수정—원고지에 쓸 것도 없이 교정 보는 식으로
책의 여백에 고쳐 넣을 정도면 된다는 것이다.—해서
내 이름으로 내고 전부 합해서 4만 원에 하자는 것이다.
청년은 그렇게 하면 『주홍글씨』의 값싼 번역료의
벌충도 되고 자기의 사업상으로도 『주홍글씨』와 한데
묶어 내 이름으로 내면 유리할 거라는 것이다. 나도 그

청년의 말이 그럴듯하게 생각되고, 이왕 시작한 일이고
착수금까지 받은 것이라, 그러면 그렇게 하자고 승낙을
할 수밖에. 그런데 나중에 그가 갖고 온 헤밍웨이의,
200자 원고지로 1400매가 착실하게 되는 전쟁소설의
번역책을 을유문화사의 세계문학전집과 비교해 가면서
읽어 보니 도무지 말이 안 되는 번역. 주인공인 대위가
메스홀에서 동료들과 농담을 하는데 군목을 보고 하는
대화 중에, '신부 기분 잡쳤어. 신부 계집 때문에 기분
잡쳤어.' 식의 말투를 예사로 쓰고 있다. 이것은 전후
문맥을 소개해야지만 이 오역이 얼마나 중대하고 창피한
것이라는 것을 알 수 있겠지만, 좌우간 이것은 아버지를
보고 '아범 기분 잡쳤어, 아범 계집 때문에 기분 잡쳤어'
정도에 해당하는, 농담이 아닌 무례한 욕지거리로 화해
버린 오역이다. 그에 비하면 을유문화사의 정모 씨의
번역은 월등 나은 번역이라고 볼 수 있는데, 이 번역에도
'미소했다'라는 식의 오역이 튀어나오는 데는 놀라지
않을 수 없었다. 그 후에 청년 사장이 또 찾아와서 한참
동안 또 옥신각신을 한 끝에 이 정모 씨의 얘기가 나와서,
'미소했다'라는 어처구니없는 오역이 있더라는 말을
했더니, 이 청년은 의아스러운 얼굴로 "그럼 선생님이
하시면 어떻게 번역을 하시겠습니까?" 하고 자못 정중하게
묻는다. 나는 이 '미소했다'가 얼마큼 중대한 오역인가를

그에 지지 않게 정중한 표정으로 설명해 주지 않을 수
없지만, 이런 때면 정말 온몸에 맥이 풀리고 슬퍼지고
고문을 받는 것보다도 더 괴로운 심정이 든다. 그래도 당신
같은 몰이해한 출판사의 일은 못하겠다고 큰소리를 칠
만한 용기가 안 나온다. 물론 안 나온다. 이것이 우리의
생활 현실이다. 좀더 사족을 붙여 말하자면 이 청년
사장과의 거래의 결말은, 헤밍웨이의 소설을 원고로 다시
새로 쓰기로 하고 『주홍글씨』까지 합해서 총 2800매에
5만 원으로 낙착이 되었다.

그러니까 나는 혹을 떼러 갔다가 혹을 하나 더 붙여
오고 그 두 개가 된 혹을 또 떼러 갔다가 또 혹을 그 위에
하나 더 붙여 온 셈이 되었다. 이제 출판사 사장하고의
거래는 완전히 그의 KO승이다. 이렇게 되면 나의 전술은
간교해지는 수밖에 없다. 에라 모르겠다, 최모의 번역을
군데군데 어벌쩡 고쳐 가며 베끼는 수밖에 없다, 이런
불쌍한 생각까지를 예사로 하게 된다. 이러니 나는 내가
욕하는 최모 씨나 정모 씨보다 더 나쁘면 나빴지 조금도
나을 게 없다. 아직은 모른다. 과연 정모 씨의 번역을
베끼게 될지 어떨지 일을 시작해 봐야 안다. 그러나 벌써
그런 생각을 먹었다는 것만으로 내가 실제 그의 번역을
베끼지 않게 된다 하더라도 반은 죄를 지은 셈이다. 필경
나도 누구를 지식인이 아니라고 욕할 만한 권한이 점점

희박해져 가는 처지에 있고, 그런 절망적인 처지에 이길
가망이 도저히 없는 도전을 계속하고 있는 것은, 소련의
현대 시인 솔제니친의 시에 나오는 개미와 같은 낡은
생리가 아직 남아 있기 때문인지도 모른다. 재미있는
감명적인 시라고 생각되어서 최근에 《사상계(思想界)》에
번역되어 나온 것을 그대로 옮겨서 소개한다.

개미와 불

　아무 생각 없이 나는 작은 나무쪽을 불 속에 던져
넣었는데, 그것은 개미들이 오밀조밀 집을 짓고 있던
통나무쪽이었다.

　통나무 껍질이 딱딱 소리를 내면서 타기 시작할 때
개미들은 절망 속을 기어 허위적거렸다. 껍질로 기어
나와 날름대는 불꽃 속에서 타 죽어 가고 있었다. 얼른
통나무의 한쪽을 들어올려 비벼대었다. 많은 개미들이
도망쳐 모래밭을 횡단, 낮은 솔잎으로 기어 들어갔다.

　그러나 이상하게도 불기운을 피해 아주 달아나 버리지
않았다. 일단 절박한 위험을 극복하자마자 개미들은
다시 타고 있는 통나무 주위로 기어들었다. 마치 어떤
힘이, 개미들을 그들이 포기해 버린 고향으로 다시
되돌려 보낸 듯이 많은 개미 떼가 불타는 통나무로 다시

기어오르기까지 했다. 기어코 타 죽을 때까지 개미들은
그 불붙는 집을 방황하는 것이었다.

1966. 3.

마당과 동대문

근 10년 동안 양계를 하다가 집어치운 계사 자리에
포도나무를 댓 그루 심었다. 지난겨울부터 우중충한
빈터가 숭하다고 먼첨*에는 여편네가 파를 온통 심겠다고
하더니, 그다음에는 잔디를 입히고 꽃을 심겠다고 하더니
얼마 전에 어느날 자전거에 포도나무를 싣고 시내로 팔러
들어가는 당인리 쪽에서 오는 자전거 탄 사나이 두 명을
끌고 들어와서, 열 그루 중에서 다섯 그루를 한 그루에
500원씩 달라는 5년 생이라나 하는 어른 키보다 조금
더 큰 놈을 200원인가씩 주고 사서 심었다. 그것을 심기
전에 우리 집 마당은 올해 처음으로 정원사라나 하는
사나이의 손질을 받았다. 건넌방과 거기에 잇달은 아랫방
앞에 올렸던 등나무를 남쪽 담 밑으로 소개시키고, 문간

* '먼저'의 방언.

앞에 있는 사철나무를 분가를 시켜서 무궁화와 개나리와
함께 등나무에 맞춰서 남쪽 담 앞으로 동서로 일렬로 심게
하고, 그 줄에 약 7, 8보가량 북쪽으로 변소 들어가는
어귀의 덩굴장미 받침틀 아래에 있던 개장을 옮겨서
동쪽 끝의 벼랑 밑으로 갖다 놓고, 개장 바로 옆에 동서로
일자지게 높이 50센티가량의 층계를 만들고 층계 앞에는
맨 중간 지점에 덩굴장미가 한 덩굴 더 받침틀 위에 기어
올라가 있고, 그 옆으로 사철나무의 묘목들이 두서너 개
꾀죄하게 박혀 있고 해당화를 새로 심었다. 그리고 층계
위로는 등나무 자리 앞에 있던 노랑 장미를 서쪽으로 조금
올려서 우물을 메운 자리에다가 옮기고, 그 옆에 동쪽으로
올해 꽃이 필 라일락이 있고 이 줄에다 정원사가 커다란
막돌을 골라서 서너 군데에 마당돌 장식을 해 놓았다.
저녁에 여편네가 들어와서 보더니 어린애들 소꿉질 같다고
푸념을 하더니, 며칠 후에 문화촌 친구 집에 갖다준 장미를
노랑 장미 옆에다 심고 지금은 그 옆에 돌 절구를 다시
닦아서 물까지 부어 놓았다.

　남들은 나를 보고 이런 알뜰하고 문화적인 아내를 둬서
얼마나 행복하겠느냐고 자못 부러워하면서 빈정대기까지
하는 친구도 있는데, 나는 나대로 불만이 이만저만이
아니다. 방의 세간이고 마루의 의자고 테이블이고 책꽂이
위의 장식이고, 남이 보아 줄 것을 염두에 둔 장식이나

치장을 나는 대기(大忌)한다. 그것은 넌센스다. 무가치하다.
너무 깨끗한 것도 죄라는 뜻의 말을 에머슨인가 누가 말한
것을 지금도 기억하고, 잊지 않고 있다. 너무 깨끗하면
남들이 어려워서 근접을 하지 않는다. 따라서 그런 지나친
청소 관념이나 치장 관념은 인간의 제일의 적인 친화력을
방해하는 것이니까 죄라는 것이다. 물론 이런 철리(哲理)를
내가 아내한테 설교를 안 했을 리가 없고, 그녀도 그런
정도의 교양이 없을 리가 없을 텐데, 선천적인 고질이랄까
도무지 고쳐지지 않는다. 허영심이란 참 무서운 것이다.
게다가 요즘은 아이놈들도 자라고 해서 그전처럼
마음대로 큰 소리를 내고 싸움도 못하니 매사에 내가 지는
수밖에 없다.

　이런 패배의 변법이 간혹 사회 문제나 문학 문제에서
대외적으로 적용되는 것을 보고 젊은 평론가들이 무력한
비명이라고 욕을 하는 것을 듣기도 하지만, 요즘 나는
여편네의 치장벽에 대해서는 화가 나다 못해 측은한
감조차 든다. 이 초라한 마당돌. 그녀가 올봄에 마당을
꾸미려는 생각을 하게 된 동기를 나는 너무나 잘 알고
있다. 그녀와 나는 식모 때문에 몇 달 동안을 애를 먹다가
겨우 참한 계집아이 하나를 얻었다. 이 식모애가 전에
있던 집에는 텔레비전도 있고 전화도 있는 집인데, 이
아이의 환심을 사려면 텔레비전과 전화가 없는 대신에

마당이라도 우선 좀 '돈 있는 집처럼' 꾸며 놓자는 것이
아내의 속심이다. 그리고 이 식모 아이 이외에 또 하나
허영의 관객이 늘어났는데 그것은 중3짜리 큰놈을
가르치는 가정 교사. 그리고 이 가정 교사와 동시에 생겨난
큰놈과 같은 반의 친구 두 명. 한 놈은 종로 네거리의
커다란 제과점의 아들이고, 또 한 놈은 모 은행 지점장의
아들. 이 과외 공부팀을 위해서 나는 내 방을 그들에게
양보하고, 건너방은 식모 아이한테 내어 주고, 안방에다
진을 치고 일을 할 수밖에 없게 되었다. 그리고 마당을
내려다보면서 처가집에서 옮겨다 심으라는 감나무와
살구나무의 위치를 생각해 보기도 하고, 남쪽 담 밑으로
탐스러운 수국이나 한 포기 있었으면 하는 생각도 해 본다.
여편네는 탁상 소형 텔레비전을 단골 상인에게 부탁해
놓았고, 전화는 6월에 신설된다는 신촌국에서 설치해
줄 것으로 알고 있다. 올여름에는 새로 월부로 산 전기
냉장고에서 주스와 커피와 코카콜라와 시원한 수박과
참외를 아이들에게 서비스하게 될 것이다.

　이런 의식적인 허영에의 타락을 감행하는 나의 요즘의
생활을 반성하면서 나는 '거짓말에서 나온 진담'이라는
일본인들의 이언(俚言)이 생각 난다. 이 이언의 본뜻은,
수많은 진실된 말은 농담에서 나온다는 말인데, 약간의
적용의 착오가 있기는 하지만, 나의 요즘의 허영에의

타락도 농담으로 시작한 것이 진실이 되어 버린 것 같고,
장난으로 시작한 것이 중독이 된 것 같고, 그런 중독 속에
오히려 자기도 모르는 상당히 많은 진실이 있는 것 같다.
아니, 오히려 자기가 부정하려는 진실이 있는 것 같다.

결국 나는 체념의 자기 정당화를 하고 있는 셈인지도
모른다. 저 층계 아래에 노란 민들레가 핀 옆에 아직도
새싹도 못 내놓고 있는 꾀죄한 사철나무의 묘목처럼 나의
허영은 초라하다. 이것은 아직도 내 마당이 아니다. 얘기가
나온 김에 좀 더 지루한 말을 하자면, 아내와 나는 이
집을 한때 남에게 전세를 주고, 지금 남쪽 벽이 둘려 있는
저쪽의, 역시 계사의 일부로 되어 있던 자리에, 계사를
손질을 하고 기와를 올리고, 우리가 그쪽으로 나가서
한겨울을 고생을 하고 지낸 일이 있었다. 그 후 그 집이
무허가라고 해서 땅 주인과 구청을 상대로 싸우던 끝에
드디어 그것이 헐리고 나서, 다시 우리들은 이 안채로
돌아왔고, 그때 이 안채 마당에, 지금 라일락이 서 있는
옆에 연분홍 장미꽃이 피어 있었다. 나는 전세를 빼
주느라고, 진 빚을 갚느라고, 호돈의 「주홍 글자」의 번역에
골몰하고 있었는데, 그 소리 없이 피었다가 지는 장미꽃이
여간 신비스럽지 않았다. 그 장미 꽃을 전세를 든 집의
할머니가 와서 그 후에 파 갔을 때 나는 여간 섭섭하지
않았다. 그 후에, 그러니까 바로 얼마 전에, 그 할머니의

아들이 와서, 남쪽 벽 앞에 있던 조그마한 포도나무까지
다 파 가 버리고 말았는데, 이번에는 새로 심은 늘씬한
포도나무가 다섯 그루나 심겨 있어서 장미 때만큼 그런
모욕감은 느끼지 않았다. 그리고 여편네의 허영도 약이
될 때가 있구나 하는 생각을 해 보았다. 그 후 문화촌에서
장미를 얻어 왔을 때 나는 아무 소리도 하지 못했다.

그러나 지금도 마루에 앉아서 담배를 피우게 될 때
같은 때, 신경이 자꾸 마당으로 쏠리는 것이 싫다. 며칠
전부터 개나리가 활짝 피어 있다. 날이 갈수록 노란색이 더
짙어진다. 그러나 장미꽃을 보는 기분은 아니다. 남이 심은
꽃을 보는 기분은 아니다. 여편네는 남도 아니고 나도 아닌
그 중간물이다. 이런 복잡한 기분을 면하려면 다소나마 나
자신이 마당을 만드는 데 정열을 쏟아야 내 마당이 될 텐데
그런 적극성은 나한테 바랄 수 없다.

그래도 그 소꿉장난 같은 마당돌의 넌센스를 보고
있으면, 옛날에 할아버지가 사랑뜰에 놓고 보던
금강석이라는 꺼먼 고석이 생각이 난다.

호두알보다 약간 좀 큰 단 배가 열리는 배나무가에
채송화가 꽃멍석을 이룬 길 옆에 직경 1미터 반가량의
화강암 돌 대야 위에 얹힌 이끼가 낀 고석. 나는 이 고석을
통해서 글방에 다닌 너더댓 살 때부터 돌 숭배의 습성을
배우게 되었다. 반짝반짝한 하얀 이쁜 돌을 주어다가 그

위에 「신(神)」이라는 한문을 쓰느라고 번져서 고생을 하던 생각이 지금도 잊혀지지 않는다. 그렇게 써 놓고는 나는 아침저녁으로 거기에 기도를 드린 것 같다. 기도의 주문은 여러 가지 있었겠지만, 지금도 그중 강하게 기억되고 있는 것은 보통학교 2학년 때에 첫사랑을 한, 한 반 위에 있다가 낙제를 해서 같은 학년이 된 여자반의, 역시 같은 반에 있던 이모의 친구인 목사 딸과의 사랑을 성취시켜 달라는 것이었다.

　그 당시 우리 집은 동대문 안의 동아골이라는 골목에 있었고, 서쪽으로 올라오면서 한 50미터가량 떨어진 다음 골목이 양사골, 그다음에 100미터쯤 떨어진 곳에 있는 다음 골목이 느릿골이고, 동아골에서 동쪽으로 50미터 가량의 다음 골목이 아래 동아골, 거기에서 약 100미터쯤 동쪽이 동대문이었다. 어린 마음에는 집에서 동대문까지가 서울에서 동경 가기만큼 멀리 생각되었고, 종로 5가에 있는 어의동 학교, 지금의 효제국민학교는 미국 가기만큼 서먹서먹하게 느껴졌다. 그 서먹서먹한 이향(異鄕)에 있는 어의동 학교를 나온 뒤에 나는 글방을 다니게 되었는데, 그 서먹서먹한 먼 학교 옆에 그보다 더 서먹서먹한 목사 딸이 살고 있었다. 그 화성(火星)의 주민 같은 목사 딸에게 나는 아침저녁으로 기도를 드리고 있었다.

지금도 동대문 옆을 지나가면, 그 목사 딸 생각이 나고, 그 후에 또 알게 된 강원도 홍천에서 온 글방집 딸 생각이 나서, 되도록이면 눈을 감고 동대문 옆을 지나다니는 버릇을 지키고 있는 지가 오래이지만, 그 당시의 설움에 찬 어린 마음에는 동대문은 파리의 노트르담보다도 더 거대하고 웅장하게 보였다.

지금의 동대문은 국보애호의 시속의 유행에 따라, 우리 집 마당처럼 어색한 칠보단장에 현대식 조명까지 받으면서 선을 보이고 있지만, 나로서는 어린 마음의 그 숭고성을 다시 찾을 길이 없다. 그 정신을 다시 찾으려면 새로운 내적 문화의 뒷받침이 있어야 한다. 판테온의 위대한 정신까지는 그만두고라도, 노트르담의 위광을 갱신하는 위고의 「꼽추」 정도의, 그리고 최근에는 장 주네의 「꽃의 노트르담」 정도의 정신의 장식이 필요하다. 이것은 동대문에 한한 일만이 아니다. 무릇 문화재에 풍부한 전설의 로테이션이 이루어질 때 그 나라의 문화는 생기를 유지하게 되고, 우리들의 정서 생활에서 산 역할을 하게 된다. 그리고 그런 문화재야말로, 골동품의 치욕을 벗어나서 꿈을 지향하는 내일의 문화의 산 원동력이 될 수 있는 것이다.

《문화재》 제2호(1966. 11.)

마리서사

죽은 인환이가 해방 후에 종로에서 한 2년 동안 책 가게를 한 일이 있었다. 그가 자유신문사에 들어간 것이 책 가게를 집어치운 후였고, 명동에 진출한 것이 경향신문에 들어갔을 무렵부터였으니까 문단의 어중이떠중이들은— 인환이하고 가장 가까운 체하는 친구들까지도—그의 책 가게 시대를 잘 모른다. 그러나 인환이가 제일 기분을 낸 때가 그때였고, 그가 죽은 뒤에도 살아 있을 동안에도 나는 그 책 가게를 빼놓고는 인환이나 인환의 시를 생각할 수가 없었다—이탈리아 원정을 빼놓고는 나폴레옹을 생각할 수 없는 것처럼. 낙원동 골목에서 동대문 쪽으로 조금 내려온 곳에—요즘에는 공립약방이라나 하는 간판이 붙어 있는 집이다—그는 '마리서사'라는 책사를 내고 있었다. 벌써 17~18년 전 일이지만, 동쪽의 널따란 유리 진열장에 그린 '아르르 강'이라는 도안

글씨이며, 가게 안에 놓인 커다란 유리장 속에 든 멜류알,
니시와키 준사부로의 시집들이며, 용수철 같은 수염이
뻗친 달리의 사진이 2~3년 전의 일처럼 눈에 선하다.
인환을 제일 처음 본 것이 박상진이가 하던 극단 '청포도'
사무실의 2층에서였다. 그때 '청포도'가 무슨 연극을 하고
있었는지는 기억에 없지만 인환이가 한병각의 천재를
칭찬하고 있던 것만은 지금도 생각이 난다. 또한 콕토의
『에펠탑의 신랑신부』 이야기를 하면서 자기가 꼭 상연해
볼 작정이라고 예의 열을 올리기도 했다. 해방과 함께
만주에서 연극 운동을 하다가 돌아온 나는 이미 연극에는
진절머리가 나던 때라 그의 말은 귀언저리로밖에는 안
들렸고, 인환의 첫인상도 그리 좋은 편은 아니었다.

　그 후 그가 책 가게를 열게 되자 나는 헌책을 팔려고
자주 그의 가게에 발을 들여놓게 되었고, 그가 이상한
시를 좋아한다는 것도 알게 되었다. 나는 그를 통해서
미기시 세츠코〔三岸節子〕, 안자이 후유에〔安西冬衛〕,
기타조노 가츠에〔北園克衛〕, 곤도 아즈마〔近藤東〕 등의
이상한 시를 접하게 되었고, 그보다도 더 이상한, 그가
보여 주는 그의 자작시를 의무적으로 읽지 않으면 아니
되게 되었다. 그는 일본말이 무척 서툴렀고 조선말도
제대로 아는 편이 못 되었지만, 그 대신 그의 시에는
내가 모르는 멋진 식물, 동물, 기계, 정치, 경제, 수학,

철학, 천문학, 종교의 요란스러운 현대 용어들이 마구
나열되어 있었다. 요즘의 소위 '난해시'라는 것을 그는
벌써 그 당시에 해방 후 처음으로 본격적으로 시작하고
있었다. 그의 책방에는 그 방면의 베테랑들인 이시우,
조우식, 김기림, 김광균 등도 차차 얼굴을 보이었고,
그밖에 이흡, 오장환, 배인철, 김병욱, 이한직, 임호권
등의 리버럴리스트도 자주 나타나게 되어서 전위예술의
소굴 같은 감을 주게 되었지만, 그때는 벌써 마리서사가
속화(俗化)의 제일보를 내딛기 시작한 때이었다.

　인환의 최면술의 스승은 따로 있었다. 박일영이라는
화명(妓名)을 가진 초현실주의 화가였다. 그때 우리들은
그를 '복쌍'이라는 일제 시대의 호칭을 그대로 부르고
있었다. 복쌍은 사인보드나 포스터를 그려 주는 것이
본업이었는데 어떻게 해서 인환이하고 알게 되었는지는
몰라도, 쓰메에리*를 입은 인환을 브로드웨이의 신사로
만들어 준 것도, 콕토와 자코브와 도고 세이지〔東鄕靑兒〕의
「가스파돌의 입술」과 브르통의 「초현실주의 선언」과
트리스탄 차라를 교수하면서 그를 전위시인으로 꾸며낸
것도, 마리서사의 '마리'를 시집 『군함 마리〔軍艦茉莉〕』에서
따 준 것도 이 복쌍이었다. 파운드도 엘리엇을 이렇게

---

*　　깃이 목을 둘러 바싹 여미게 지은 양복.

친절하게 가르쳐 주지는 않았을 것이다. 나는 복쌍을 알고 나서부터는 인환에 대한 그나마 얼마 남지 않은 흥미가 전부 깨어지고 말았다. 복쌍은 그를 나쁘게 말하자면 곡마단의 원숭이를 부리듯이 재주도 가르쳐 주면서 완상도 하고 또 월사금도 받고 있었다.(월사금이라야 점심이나 저녁을 얻어먹을 정도이었지만.) 그는 셰익스피어가 이아고나 맥베스를 다루듯이 여유 있는 솜씨로 인환을 다루고 있었지만, 셰익스피어가 그의 비극적 인물의 파탄에 책임을 질 수 없었던 것처럼 그를 끝끝내 통제할 수는 없었던 모양이다. 그는 그럴 때면 나한테만은 농담처럼 불평을 하기도 했다. "인환이놈은 너무 기계적이야." 하고. 그러나 그가 기계적이라고 욕한 것은 인환이한테만 한 욕이 아니었다고 생각된다. 그는 인환의 주위에 모이는 유명인사들의 허위가 더 우습고 더 기계적이고 더 유치하게 생각되었다. "병욱이가 걸핏하면 아주 심각한 명상이라도 하는 듯이 고개를 숙이고 있지. 그게 무슨 생각을 하는 줄 알아? 돈 생각을 하고 있는 거야." 하고, 그는 곧잘 빈정댔다.

　지금 생각해 보면 오늘날의 문학청년들에게는 그때의 복쌍 같은 좋은 숨은 스승이 없다. 복쌍은 인환에게 모더니즘을 가르쳐 준 것이 아니라 예술가의 양심과 세상의 허위를 가르쳐 주었다. 그는 '마리서사'라는

무대를 꾸미고 연출을 하고 프롬프터까지 해 가면서
인환에게 대사를 가르쳐 주고 몸소 출연을 할 때에는
제일 낮은 어릿광대의 천역(賤役)을 맡아 가지고 나와서
관중과 배우들에게 동시에 시범을 했다. 인환은 그에게서
시를 얻지 않고 코스튬만 얻었다. 나는 그처럼 철저한
은자(隱者)가 되지 못한 점에서는 인환이나 마찬가지로
그의 부실한 제자에 불과하다.

　나에게는 아직도 해결하지 못하고 있는, 그리고
앞으로도 좀처럼 해결하지 못할 것 같은 세 가지 문제가
있다. 죽음과 가난과 매명(賣名)이다. 죽음의 구원. 아직도
나는 시를 통한 구원을 받지 못하고 있는 것처럼 죽음에
대한 구원을 받지 못하고 있다. 그런 의미에서는 40여
년을 문자 그대로 헛산 셈이다. 가난의 구원. 길가에서
매일같이 만나는 신문 파는 불쌍한 아이들을 볼 때마다
느끼는 자책감에서 헤어날 길이 없다. 역사를 긴 눈으로
보라고 하지만, 그들의 천진난만한 모습을 볼 때마다 왜
저 애들은 내 자식만큼도 행복하지 못한가 하는 막다른
수치감에서 헤어날 길이 없다. 나는 40여 년 동안을 문자
그대로 피해 살기만 한 셈이다. 매명의 구원. 지난 1년
동안에만 하더라도 나의 산문 행위는 모두가 원고료를
벌기 위한 매문·매명 행위였다. 그리고 지금 이 순간에
하고 있는 것도 그것이다. 진정한 '나'의 생활로부터는

점점 거리가 멀어지고, 나의 머리는 출판사와 잡지사에서 받을 원고료의 금액에서 헤어날 사이가 없다. 마리서사 시대에, 복쌍은 나한테도 이런 비유의 말을 했다 —"이 속(속세)에서는 얄팍한 가면이라도 쓰고 다녀야 해. 그러니까 수영이두 옷 좀 깨끗하게(인환이처럼 데뷔를 하려면 맵시 있는 옷차림을 하라는 뜻) 입구 다니라구." 그러나 복쌍은 인환이를 속이듯이 나까지도 속인 것이 분명하다. 그는 나한테는 가면을 쓰라고 하면서 내가 보기에는 그 가면을 자기는 오늘날까지도 쓰지 않고 있기 때문이다. 국전 심사위원의 명단 속에 박일영이라는 이름이 날 리가 만무하고, 어느 산업미술전에도 그의 이름은 나타나 있지 않고, 그 흔한 간판점 하나 그의 이름으로 날 성싶지 않은 그런 성인에 가까운 생활을 그가 하고 있는 것을 볼 때, 혹시나 노상에서 누가 만나도 그가 보기 전에는 구태여 이쪽에서 인사하고 싶은 사람이 없을 정도의 망각의 생활을 하고 있는 것을 볼 때, 나는 인환의 만년처럼 비뚤은 길에 빠져 있는 게 아닌가 하는 반성이 들고, 지(知)와 행(行)이 일치하기가 어렵다는 것이 새삼스럽게 느껴지고, 17년 전과 비해서 아웃사이더의 생활이 얼마나 하기 힘들어졌는가가 새삼스럽게 통절히 느껴지고, 이상한 가슴의 동계(動悸)를 느끼게 된다. 아주 새로운 것은 아주 낡은 것과 통하는 것일까. 적어도 복쌍을 보면 그런 생각이 든다. 그리고 그는 내가 해결하지 못하고 있는 문제의 해답을 낼 수 있을 만큼 낡아진 것 같다.

바이런이나 헤밍웨이나 사르트르가 아닌, 필자의 신변의 숨은 친구를 지나치게 미화하는 것은 독자들에게 지루한 부담이 될 것 같아서 몹시 삼가며 쓴 것이 역시 이렇게 따분하게 되었다. 사실은 이 글의 의도는, 마리서사를 빌려서 우리 문단에도 해방 이후에 짧은 시간이기는 했지만 가장 자유로웠던, 좌·우의 구별 없던, 몽마르트 같은 분위기가 있었다는 것을 자랑삼아 이야기해 보고 싶었다. 그 당시만 해도 글쓰는 사람과 그 밖의 예술하는 사람들과 저널리스트들과 그 밖의 레이맨*들이 인간성을 중심으로 결합될 수 있는 여유 있는 시절이었다. 그 당시는 문명(文名)이 있는 소설가 아무개보다는 복쌍 같은 아웃사이더들이 더 무게를 가졌던 시절이고, 예술 청년들은 되도록 작품을 발표하지 않는 것을 영광으로 생각하던 시절이었다. 지금 그 당시의 표준을 가지고 재어 볼 때 정도(正道)를 밟고 있는 사람이 몇 사람이나 될까. 진정한 아웃사이더가 몇 사람이나 될까. 가장 가까운 주위에 자랑할 만한 사람이라면 이활, 심재언 정도가 아닐까. 그런데 이들도 그때만큼 틈이 없다.

---

* layman 보통사람.

아웃사이더도 시간의 여유가 있어야 되고, 공부하고 놀
틈이 있어야 되는데 이들에게는 공부할 시간도 놀 장소도
없다. 질식한 아웃사이더들이다. 죽은 김이석도 사실은
질식한 아웃사이더다. 내 책상 위에는 그가 《한국일보》에
연재하기로 되어 있는 「대원군」의 자료를 구하다가 얻은
『40년 전의 조선』이라는 영국 여자가 쓴 기행문 한 권이
있다. 생전에 나를 보고 번역을 해서 팔아먹으라고 빌려준
것이다. 이것을 「70년 전의 한국」이라고 고쳐 가지고
《신세계》지에 팔아먹으려고 했는데 잡지사가 망해서
단 1회밖에는 못 실렸다. 《신세계》지의 사장을 소개해
준 것도 이석 형이었다. 그는 마치 복쌍이 인환에게
예술을 가르쳐 주려고 애를 쓴 것처럼 나에게 돈벌이
구멍을 주선해 주려고 애를 썼다. 그러고 보면 복쌍하고
이석 형은 성격적으로 닮은 데가 참 많다. 아마 복쌍이
문단에서 서식을 했더라면 이석같이 되었으리라고
생각되는 점이 한두 가지가 아니다. 또 이석이 마리서사
때에 서울에 있었더라면 복쌍같이 되었으리라고 생각되는
점이 한두 가지가 아니다. 이석 형이 죽은 뒤에 박
여사(미망인)한테서, 그가 생전에 '작품발표년월목록'까지
만들어 놓았다는 말을 들었지만 그가 어느 정도 자기의
문학을 신용하고 있었는지 의심스럽다 ―복쌍이 자기의
그림을 신용하지 않은 정도로 이석도 그의 문학을

신용하지 않았던 게 아닌가, 복쌍이 사인보드를 그리는 기분으로 이석도 신문소설을 쓴 게 아닌가, 이런 생각을 하면 넋을 잃게 된다. 아무튼 나는 복쌍이나 이석을 작품보다도 인간적으로 접근한 데에 더 큰 자랑을 느끼고 있고, 그것이 가장 정직한 우리의 현실이라는 생각을 버릴 수가 없다. 우리는 아직도 문학 이전에 있다.

1966.

이 거룩한 속물들

소설이나 시의 천재를 가지고 쓰지 못해 발광을 할 때는 세상이란 이상스러워서 청탁을 하지 않는다. 반드시 그런 재주가 고갈되고 나서야 청탁을 하기 시작한다. 그러니까 무릇 시인이나 소설가는 청탁이 밀물처럼 몰려 들어올 때는 자기의 천재는 이미 날아가 버렸다고 생각하는 게 좋다. 일껏 하던 놀음도 멍석을 깔아 놓으면 못한다는 말의 '멍석'이 청탁이 되는 예를 글 쓰는 사람들은 정도의 차이는 있지만 누구나 한번씩은 느끼는 것이 아닐까. 그러지 않고서야 어떻게 그렇게 매일같이, 매달같이 너절한 신문소설과 시시한 글들이 쉴 새 없이 쏟아져 나올 수 있겠는가.

'속물론(俗物論)'의 청탁을 받고 우선 머리에 떠오르는 것이 이런 얄궂은 생각과 쓰디쓴 자조의 미소뿐. 도무지 쓰고 싶은 생각이 나지 않고, 붓이 천근같이 안 움직인다.

세상은 참 우습다. 그렇게 이를 갈고 속물들을 싫어할 때는
아무 소리도 없다가 이렇게 나 자신이 완전무결한 속물이
된 뒤에야 속물에 대한 욕을 쓰라고 한다. 세상은 이다지도
야박하다.

　우연히도 어제 우리 집에는 이런 일이 있었다. 뜰 아래의
헌 재목을 쌓아 둔 광의 바깥벽이 며칠 전의 비 오던
날 무너져 버렸다. 이 헌 재목은 다른 게 아니라 재작년
초겨울에 앞마당 밖의 양계장을 하던 자리에 세운
집이 무허가로 헐려서 뜯어낸 것들이다. 한 백 평가량의
공터를 빌려서 매년 토지세를 내고 양계를 하다가,
그것이 수지가 안 맞아서 여편네의 고안으로 그 자리의
일부에 20평가량 줄행랑 비슷하게 하꼬방을 들이고 세를
주었는데, 땅주인이 노발대발하고 구청에 찔러서 근 1년
동안을 승강이를 하다가 헐린 것이다. 그 비극의 재목을
처넣어 둔 광의, 블록으로 싼 바깥길 쪽 벽이 헐린 뒤에도,
바쁘기도 하고 게으르기도 한 우리 부부는 그 담을
고치지 않고 그대로 내버려 두었다. 속에 든 기둥, 널빤지,
문짝, 서까래 부스러기들이 썩은 생선뼈처럼 그대로
바깥으로 꿰져 나갔다. 단돈 10원에 벌벌 떠는 여편네의
생리로서 이 헌 재목이 아깝지 않을 리가 없다. 더군다나
이 재목은 생돈 20만 원을 곱다랗게 손해를 보고 남은
원한의 유산(遺産)이다. 그 재목이 하루 이틀 지나는

사이에, 예측한 대로 도난을 당했다. 그중에서 제일 값진
현관 문짝부터 없어지기 시작했다. 그래도 우리들은 그
담을 고칠 생각을 하지 않았다. 오히려 우리들은 웃고만
있었다. 개가 짖어도 나가 보지를 않았고, 나가 보고 싶은
생각도 없었다. 그러다 친구 Y가 집을 증축하겠다는
말을 듣고 우리 집 재목을 갖다 쓰라고 했다. 이 친구가
바로 어제 이 재목을 가지러 왔다. 그래서 우리 집에서
30리가량 떨어진 금호동까지 재목을 싣고 갈 인부를
얻지 않으면 아니 되었다. 여편네는 우리 동네에서 그중
가난한 아무개 아버지를 불러왔다. 한 리어카가 잔뜩
되는 나무를 골라내고 나니 광이 허술해지고 통로까지
생기었다. 이 통로를 메우게 하려고 광 밖에 세워 두었던
나무 기둥들까지 집어넣어서 엉성하게 밖으로 난 구멍을
메우게 하고, 임시로 담이 헐린 곳에 가시철망을 치게
했다. 그런데 이상하게도 이 아무개 아버지가 가시철망은
치지 않아도 된다고 한사코 반대한다. 여편네는 자꾸
치라고 명령을 한다. 그러다가 몇 차례 옥신각신을 한
끝에 아무개 아버지는 하는 수 없이 주인의 명령에 못
이겨서 가시철망을 친다. 그러자 바깥길에 동네 아이들이
몰려와서 구경들을 한다. 그 아이들 중에는 이 아무개
아버지의 어린애들도 끼여 있다. 그런데 이 아무개의
아버지의 어린애의 손을 잡고 있는 옥색 스웨터를 입고

있는 처녀 아이가 며칠 전에 나무를 빼 가고 있는 것을
나는 우연히 창 너머로 본 일이 있었던 것이다. 그러지
않아도 우리 동네에서 제일 가난한 이 아무개 아버지가
수상하다고 생각한 일이 있던 나의 의심은 갑자기 눈을
크게 뜨게 되었다. 그래서 유심히 이 아무개 아버지의
표정을 살펴보았다. 아니나 다를까. 이 아무개 아버지는
별안간 날카로운 고함을 지르면서 자기의 어린것들과
옥색빛 스웨터의 처녀 아이를 가라고 쫓아 버리는 것이
아닌가. 철망을 다 쳤다고 해서 부엌 뒷문을 열고 나가
보니 꿰어져 나온 생선뼈의 한 귀퉁이에 쳐 놓은 철망은
단 두 줄. 그것은 대포를 들고 오는 도둑에게는 거미줄만
한 역할밖에는 못할 정도의 것이다. 나는 더이상 아무
말도 하지 않고 이 아무개 아버지가 재목을 싣고 간 뒤에,
혼자서 무너져 부서진 블록 토막을 주워 모아 가지고
거미줄 밑에다 엉성하게 쌓아 올렸다. 이것은 도둑을
막거나 도둑에게 호통을 치기 위한 방폐라기보다는,
도둑에게 애소하는 눈물의 제스처다. 물론 이런 허약하고
비겁한 제스처가—그것이 아무개 아버지이든 누구이든
간에—도둑에게 통할 리가 없다.
　이런 어리석은 어제의 경험이, 속물론을 쓸 자격을 이미
상실하고 고민하고 지친 나의 머리에, 아주 아득한 옛날의
기억처럼 아물아물 떠오르는 것이 신비스럽기까지도 하다.

이렇게 지나치게 서론이 길어진 것도 역시 속물론을
쓰기 싫은 심정의 서투른 지연작전이라고 생각해 주면
된다. 나를 보고 속물에 대한 욕을 쓰라는 것은 아무개
아버지를 보고, 자기가 도둑질을 한 집의 담에 가시철망을
치라는 것과 마찬가지로 이보다 더 어색한 일이 없다.

우선 나는 지금 매문을 하고 있다. 매문은 속물이 하는
짓이다. 속물 중에도 고급 속물이 하는 짓이다. 나뿐만
아니라 모든 매문가의 특색은 잡지나 신문에 이름이 나는
것을 좋아하고, 사진이 나는 것을 좋아하고, 라디오에
나가고, 텔레비전에 나가서 이름이 팔리고, 돈도 생기고,
권위가 생기는 것을 좋아한다. 입으로야 물론 안 그렇다고
하지. 그까짓 것, 그저 담뱃값이나 벌려고 하는 거지. 혹은
하도 나와 달라고 귀찮게 굴어서 마지못해 나간 거지, 입에
풀칠을 해야 하고 자식새끼들의 학비도 내야 할 테니까
죽지 못해 하는 거지, 정도로 말은 하지. 그러나 사실은
그런 것만도 아닐걸…… 그런 것만도 아닐걸…….
그러다가 보면 차차 돈도 생기고, 살림도 제법 안정되어
가고, 전화도 놓고 텔레비전도 놔야 되고, 잡지사나
신문사에서 오는 젊은 기자들에 대한 체면이나, 다음
청탁에 대한 고려를 해서도, 다락 구석에 처박아 두었던
헌 잡지 나부랭이나 기증받은 책까지도, 하다못해

동화책까지도, 말끔히 먼지를 털어서 비어 있는 책꽂이의
공간을 메워 놓아야 한다. 그리고 베스트셀러의
에세이스트로 유명한 A, B, C의 뒤를 따라 자가용차를
살 꿈을 꾸고, 펜클럽 대회가 파리와 미국에서 언제
열리는가에 신경을 써야 한다.

　이런 악덕은 누차 말해 두거니와, 다른 사람의 일이
아니라 나의 일이다. 그래서 나는 전법(戰法)을 바꾸었다.
이왕 도둑이 된 바에야 아주 직업적인 도둑놈으로 되자.
아무개 아버지 같은 좀도둑이 아니라 남의 땅에 허가 없이
집을 짓는, 아무개 아버지가 도둑질을 한 집의 주인 같은
날도둑놈이 되자, 그래서 하다못해 무허가의 죄명으로
집을 헐리고 때들어가는 한이 있더라도 그 편이 낫다. 그
편이 훨씬 남자답고 떳떳하다. 즉, 나다.

　이 내가 되는 일, 진짜 속물이 되는 일, 말로 하기는
쉽지만 이 수업도 사실은 여간 어렵지 않다. 속물이 안
되려고 발버둥질을 치는 생활만큼 어렵다. 그리고 그만큼
고독하다. 현대사회에 있어서는 고독은 나일론 재킷이다.
고독은 바늘 끝만치라도 내색을 하면 그만큼 손해를 보고
탈락한다. 원래가 속물이 된 중요한 여건의 하나가, 이
사회가 고독을 향유할 수 없게 만들기 때문이다. 그런데
속물이 된 후에 어떻게 또 고독을 주장하겠는가. 그러나
그럼에도 불구하고 진짜 속물은 나일론 재킷을 입고

있다. 아무한테도 보이지 않는 고독의 재킷을 입고 있다.
그러니까 이 재킷을 입고 있는 사람은, 이 글 제목대로
'거룩한 속물' 즉 고급 속물의 범주에는 들지 않을 것이다.
그런데 내가 흥미를 느끼고 있는 것은 이 나일론 재킷을
입은 속물이다. 고독의 재킷을 입지 않은 것은 저급
속물이지 고급 속물은 아니다. 고급 속물은 반드시 고독의
자기 의식을 갖고 있어야 할 것이다. 이런 식으로 규정을
하면 내가 말하는 고급 속물이란 자폭(自爆)을 할 줄 아는
속물, 즉 진정한 의미에서는 속물이 아니라는 말이 된다.

아무래도 나는 고급 속물을 미화하고 정당화시킴으로써
자기 변명을 하려는 속셈이 있는 것 같다. 이쯤 되면
초(超)고급 속물이라고나 할까. 인간의 심연은 무한하다.
속물을 규정하는 척도도 무한하다.

속물은 어디에 있는가. '거룩한 속물'은 어디에 있는가.
양서점(洋書店)에 있는가. 양서방(洋書房)의 주인은 일본
고본옥(古本屋)의 주인에 비하면 어디인지 모르게
거만하다. 양서방의 카운터에 타이프라이터를 놓고
앉아 있는 좁다란 바지통의 사나이의 그 야무진 눈동자,
우리들은 이 배미사상(拜美思想)의 눈동자를 오늘의
지성이라고 착각하고 있지나 않은가. 그의 눈동자에는
나일론 재킷이 씌어져 있나. 혹은 신간 양서를 진열해 놓은
외국 대사관 도서실의 카드 상자 앞에 앉아 있는 청년과의

대화, 지성적인 청년에게 "제임스 볼드윈의 『조바니스 룸』이 있습니까?" 하고 물어봐 보아라. 그는 대뜸 경멸하는 표정으로 변하면서, "여기에는 「제임스 본드」 같은 저급한 책을 보여 주는 데가 아닙니다." 하고 대답할 것이다. 이것은 실제 얼마 전에 내가 당한 일이다. 이 말을 듣고 "네 그렇습니까." 하고 그대로 물러나왔더라면 멋이 있었던 것을 원래가 고급 속물도 저급 속물도 아닌 나는, 내가 찾고 있는 책이 '저급한 제임스 본드'가 아니라 '고급한 제임스 볼드윈'이라는 설명을 누누이 해 주었다. 청년은 다시 발끈 화를 내면서, "그런 이름은 모르니까 저 카드 서랍을 찾아보세요!" 물론 카드 서랍에 『어나더 컨트리』를 쓴 흑인 작가의 옛날 소설 이름이 들어 있을 리가 없다. 'B' 자의 서랍을 아무리 샅샅이 뒤져 보아도 볼드윈의 옛날 소설은커녕 그의 근간 저서도 없고, 도대체가 정치가나 경제학자나 신학자나 드레스 메이커의 '볼드윈'도 없다. 이것은 도서관원만이 속물일 뿐만 아니라, 도서관 자체가 거룩한 속물이다.

속물의 특성은 겸손하지 않은 것이다. 일본에서도 얼마 전에 12층인가의 고층 건물을 지은 사람을 상대로 그 건물의 뒤에 사는 사람이 햇빛을 막아서 그늘이 진다는 피해로 오랫동안 소송을 걸었다가 진 일이 있었다. 그러나 적어도 문화인이라면 옆의 집에 그늘이 지는 것을 보고 집까지는 헐 용기가 없더라도 미안한 생각쯤은 가져야 할 것이다. 우리나라의 신문 소설가나 방송 작가들을 보면 그늘이 진 옆의 집에 미안한 생각을 품기는커녕, 왜 나만큼 큰 집을 못 짓느냐고 호통을 치면서, 쓰레기와 오물까지도 아침저녁으로 내리쏟는다. 유독 신문 소설가나 방송 작가뿐이 아니다. 이런 그레셤의 법칙은 문화 단체와 예술 단체의 이름으로, 교수의 이름으로, 학장의 이름으로, 아나운서의 이름으로, 신문기자의 이름으로 날이 갈수록 더 성해 가기만 한다. 유능한 아나운서와 유능한 사회자는 대담자나 회담자나 청중을 리드해 간다는 미명으로 무시하고 모욕하는 사람이다. 유명이 유명을 먹고, 더 유명한 것이 덜 유명한 것을 먹고, 덜 유명한 것이 더 유명한 것을 잡아 누르려고 기를 쓴다. 이쯤 되면 지옥이다. 그리하여 모든 사회의 대제도(大制度)는 지옥이다. 이 지옥 속의 레슬러들이 속물이다. 너나 할 것 없이 모두 다 속물이다. 아무것도 안 붙인 가슴보다는 지옥의 훈장이라도 붙이고 있는 편이 덜 쓸쓸하다. 아무 목걸이도 없느니보다는 개의 목걸이라도 걸고 있는 편이 덜 허전하다. 하나님이시여, 이 '테리어'종들에게 구원을!

　구원은 무대를 바꾸어 놓아야 한다. 사회자가 나쁜 게 아니라 사회자가 서 있는 자리가 나쁘다. 사회의 연단과

마이크의 위치를 관중의 뒤쪽에 놓아야 한다. 관중이
안 보이는 곳에—. 그러나 시끄러운 것은 마찬가지다.
처음에는 한 놈이 하던 목소리가 관중이 안 보인다고
사회자가 수시로 바뀌더니 나중에는 사회자가 관중보다
더 많아진 나라가 있다. 이것을 고치려고 어떤 나라에서는
천장에도 사회석을 만들기도 하고, 마룻바닥 밑에다
유리를 깔고 집어넣어 보기도 했다. 그러나 천장과
마룻바닥 밑은 관중의 고개가 너무 아프다고 해서 다시
끌어내려서 이번에는 사회자를 중심으로 하고, 다시
옛날의 약장수나 요술쟁이들이 하는 식으로 둥그렇게
모여 앉도록 했다. 민주주의의 방송망과 텔레비전망이다.
그러나 역시 속물들은 여전하다. 하지만 일루*의 희망이
없는 것은 아니다. 모두 다 속물을 만들어라. 모두 다
유명하게 만들어라. 간판이 너무 많은 종로나 충무로
거리에서 간판이 하나도 보이지 않게 되기까지 더 간판을
늘려라. 하나님은 오늘날의 속물의 근절책으로 이 방법을
시험하고 있고, 어느 정도 효과도 거두고 있는 것 같다.

　쓰기 싫은 글을 억지로 여기까지 쓰고 나니 피곤하기만
하다. 하기는 피곤을 느끼는 것도 하나의 약이다. 미국의

---

*　한 올의 실. 몹시 미약하거나 불확실하게 유지되는 상태를 뜻한다.

오늘의 모든 폐해는 이 피곤을 모르는 데 있다고 말하는
사람들이 있다. 미국을 흉내 내기 시작한 지 아직 얼마
안 되는 우리들은 언제 피곤을 배울까. 우리들은 아직도
배가 고픈 단계에 있다. 피곤도 배를 제대로 채우고 나서야
느끼게 될 것이니까. 앞으로도 한참 시간이 필요하다. 우리
친구들 중에는 라디오 드라마와 유행가를 거의 도맡아
쓰고 있는 친구로 속물을 극복한 위대한 속물이 있다.
신문의 역사소설을 근 열 권이나 쓴 선배 중에도 이런 분이
있다. 이쯤 되면 속물도 애교다. 그런데 이런 분들의 나일론
재킷을 분간하기가 여간 어렵지 않고, 어찌나 시간이
걸리는지, 요즘에는 그 감별까지도 포기하고 있다. 이제
나도 진짜 속물이 되어 가나 보다.

1967. 5.

책형대에 걸린 시
── 인간 해방의 경종을 울려라

4·26 전까지의 나의 작품 생활을 더듬어 볼 때 시는 어떻게 어벌쩡하게 써 왔지만 산문은 전혀 쓸 수가 없었고 감히 써 볼 생각조차도 먹어 보지를 못했다. 이유는 너무나 뻔하다.

말하자면 시를 쓸 때에 통할 수 있는 최소한도의 '캄푸라주'*가 산문에 있어서는 통할 수가 없었기 때문이다. 산문의 자유뿐이 아니다. 태도의 자유조차도 있을 수가 없었다. 더구나 나처럼 6·25 때에 포로 생활까지 하고 나온 사람은 슬프게도 문학 단체 같은 데서 떨어져서 초연하게 살 수 있는 자유가 도저히 없었다. 감정의 자유 역시 그렇다. 이를테면 같은 시인끼리라도 나와 같은 처지에 놓인 사람들은 상대방에 대해서 불쾌한 일이

---

* camouflage. 위장, 은폐 등을 가리키는 프랑스어.

있더라도 그런 감정을 먹어서는 아니 되고 그런 태도를 극력 보여서는 아니 되었다. 이러한 환경 속에서 나올 수 있는 작품이 무슨 신통한 것이 있겠는가. 저주가 아니면 비명이 아니면 죽음의 시가 고작이 아니었던가. 그렇다고 앞으로 이에 대한 복수를 하자는 것이 아니다.

나는 사실 요사이는 시를 쓰지 않아도 충분히 행복하다. 4·26이 전취(戰取)한 자유는 나의 두 손 아름을 채우고도 남는다. 나는 정말 이 벅찬 자유를 어떻게 처리해야 할지 모르겠다. 너무 눈이 부시다. 너무나 휘황하다. 그리고 이 빛에 눈과 몸과 마음이 익숙해지기까지는 잠시 시를 쓸 생각을 버려야겠다.

지난날의 낡은 시단의 과오나 폐습을 나는 여기서 재삼 뇌까리고 싶은 생각은 없다. 오히려 그렇듯 숨 막힐 듯한 괴로운 시대 속에서 과감하게 자기의 세계를 지켜 가면서 싸워 온 시인이 현(現) 시단의 기성인 중에서도 몇 사람은 있다는 것을 나는 여간 다행으로 생각하고 있지 않다. 어느 나라의 시단이고 진짜 시인보다는 가짜 시인이 훨씬 더 많은 법이고, 요즈음 세간의 여론의 규탄을 받고 있는 소위 어용 시인이나 아부 시인들은 이미 그들이 권력의 편에 서서 나팔을 불기 전에 벌써 시인으로서는 완전히 자격을 상실한 자들뿐이다. (아니 애당초 시인이 되어 보지도 못한 자들뿐이다.) 그러니까 그까짓 것은 하등 문제거리가 되지 않는다.

내가 여기 말하고 싶은 것은 4·26 이전의 우리나라
시단의 작품들이 대체로 낡은 작품이 많았다는 것이다.
그리고 그러한 현상은 시로서 합격된 작물(作物) 중에 특히
더 많았다. 그런데 이러한 현상은 객관적으로 볼 때 새로운
시대의 이념을 반영할 수 있는 제작상의 모험적 기도를
용납할 수 있는 시대적 혹은 사회적 여백이 전혀 없었다는
것을 말해 주는 것이기도 한데 이와 같은 고민을 처절히
체득한 시인이라면 4·26은 그에게 황금의 해방이 아닐 수
없다.

나는 앞으로 이러한 시인들만이 일을 할 수 있을
것이라고 믿고 있지만 4·26의 역사적 분수령을 지조를
굽히지 않고 넘어온 기성 시인 중에서 과연 몇 사람이
새 시대의 선수의 자격을 가질 수 있을는지는 확언하기
힘들다. '책임은 꿈에서 시작된다.'는 유명한 서구의
고언(古言)이 있는데 이 말은 4·26을 계기로 해서 새로운
출발의 자세를 갖추고자 하는 젊은 시인들이 필히
느꼈어야 할 기본 인식이다. 이 인식의 감득이 없이는 새
시대의 출발은 불가능하다. 4·26의 해방은 꿈의 해방이다.
이제야말로 꿈을 가져라, 구김살 없는 원대한 꿈을
가지라고 나는 외치고 싶다. 이와 같은 꿈은 여직까지는
맛볼 수 없었던 태도의 자유와 감정의 자유를 투박하게

요구한다. 여기에 과실즙이나 솥뚜껑 위에 어린 밥물 같은 달콤하고도 거룩한 시인의 책임이 있다. 시인들이여 새로운 시인들이여 이제야말로 인간 해방의 경종을 울려라.

　나는 4·19 전에 어느 날 조지훈 형하고 술을 마시면서 "세상 사람들이 모두 시인이 되기 전에는 이 나라는 구원을 받지 못한다."고 휘트먼인가의 말을 차용해 가면서 기염을 토한 일이 있었는데, 요 일전에 런던에 있는 박태진 형한테서 온 4·26 해방을 축하하는 편지 속에 "새로운 정부가 선들 시를 모르는 녀석들이 거만하게 구는 한은 구제가 없겠지요."라는 같은 말이 또 있어서 요즈음은 만나는 사람마다 중이 염불하듯이 이 말을 전파하고 있다.
　그런데 내가 여기서 말하는 시인이란 반드시 시 작품을 신문이나 잡지에 주기적으로 발표하는 사람만을 말하고 있는 것도 물론 아니다. 소위 시를 쓰고 있는 사람들 중에도 이번 4·19나 4·26을 냉담하게 보고 있는 친구들이 적지 않은 것을 나는 알고 있는데 (어울리지 않게 날뛰는 친구도 보기 싫지만 그 이상으로) 나는 이런 위인들을 보면 분이 터져서 따귀라도 붙이고 싶은 것을 억지로 참고 있다.
　나는 극언(極言)하건대 이번 4·26사태를 정확하게 파악하고 통찰하지 못하는 사람은 미안하지만 시인의

자격이 없다고 생각하는데, 이런 불쌍한 사람들이 소위
시인들 속에 상당히 많이 있는 것을 보고 정말 놀랐다.
나의 친척에 모 국민학교 교감이 있는데 이 작자가 4·19
날의 데모를 보고 집에 와서 여편네한테 "학생들도
이제 볼 장 다 봤어. 그런 폭도들이 어디 있어……." 하며
밤새도록 부부 싸움을 했다나. 그런 시인이나 이런 교감은
모두 다 모름지기 이승만의 뒤나 따라가 살든지 죽든지
양자택일하여라.

  4·26 후 나의 성품이 사뭇 고약해져 가는 것을 알면서도
어찌할 도리가 없다. 너무 흥분한 탓이려니 해서 도봉산
밑에 있는 아우 집에 가서 한 이틀 동안을 쉬면서 마음을
가다듬고 왔는데 서울에 와 보니 역시 마찬가지다. 마음이
정 고약해져서 시를 쓰지 못할 만큼 거칠어진다 해도 할
수 없는 일이다. 시대의 윤리의 명령은 시 이상이라고
생각하기 때문에 이 거센 혁명의 마멸(磨滅) 속에서 나는
나의 시를 다시 한 번 책형대(磔刑臺) 위에 걸어 놓았다.

《경향신문》, 1960. 5. 20

자유란 생명과 더불어

    지성인은 원래 우리말로 바꿔 말한다면 '선비'라 할진대, 정의를 갈구하는 이유에서 자기 몸을 항시 항거할 수 있는 위치에 서 있는 데 있을 것이다.

    이번 3·15 선거 결과로서 일어난 학생 데모 사건을 위시한 마산 사건을 보고 지성인이라고 해서 별달리 새삼스럽게 느끼는 것은 아니다. 그러나 이번 선거의 양상이란 것이 너무 악착하게 횡포하고 굴욕적이기 때문에 이에 대하여는 이루 말로 다할 수 없도록 가슴이 메어질 지경이다. 정치의 자유란 것이 현대 사회에 있어서 가장 기본적인 자유의 하나이고, 우리나라와 같이 민주주의 국가가 싹틀까 말까 한 것을, 해도 보지 못하게 포장을 쳐서 질식시켜 버리려는 마당에 있어서는 정말 눈물조차 나오지 않는다.

    요즘 외국 잡지를 보면, 소련 같은 무서운 독재주의

국가에 있어서도 에렌베르크 같은 작가는 소위 작가
동맹의 횡포와 야만을 막기 위해서 작가들의 단결을
호소했다 하거늘, 항차 인권의 최위기(最危機)에 처한
우리나라 지성인들이란 너 나 할 것 없이 무엇을 하고 있는
것인지 모를 일이다. 이번 3·15 선거 전후에 하는 꼴들이란
하다못해 시를 쓴다는 사람들까지도 권력의 편에
가담하여 명리(名利)에 급급하고 있으니 무섭기만 하다.

　나는 정치 문제에는 도대체가 왈가왈부하고 싶지도
않고 말해 본 일도 없고 또 잘 알지도 못하지만, 이번
선거의 만행은 정치 문제를 떠나서, 또는 지성의 문제를
떠나서 전 국민에 관련된 문제이기 때문에 우리가 여기에
분격하지 않는다면 그런 사람은 생리적인 불구자이거나
'미라'이거나 혹은 허수아비일 것이며 대한민국의 백성이
아닐 것이다. 국민 된 자라면 어찌 엎드려 누워서 모른
체하고 있을 수 있겠는가!

　하지만 미국의 시인 휘트먼이 말하듯이 자유란 것은 두
번째나 세 번째나 혹은 다섯 번째로 없어지는 것이 아니라
맨 마지막으로 생명과 더불어 없어지는 것이니, 우리는
그처럼 끝까지 싸울 수밖에 다른 길이 없는 것이다.

　나는 이번 싸움(抗拒)이 우리의 싸움의 서막의
서곡이라고 생각하고 있고, 우리가 앞으로 건설할 빛나는
자유민주주의 국가를 구상하여 볼 때, 염두에 들어오는

무수한 고생다운 고생의 첫머리인 것 같다. 그리고 이런 싸움의 전망이란 것이 극히 암담한 것이고, 지성이 도저히 폭력화될 수 없지 않은가!

그렇지만 지성인은 그래도 조리 있는 설득과 아름다운 이성으로 줄기차게 자기들의 맡은 각자의 천직을 고수해 나가야 할 것이다. 이것은 무슨 데모 사건 같은 것에 있어서도 정력이나 인내 이상의 그 몇 배의 진실성이 없이는 되는 것이 아니다. 될 수만 있으면 조용히 아름답게 그러나 강하게 싸우고 싶다. 그리고 그렇게 싸우는 법을 일반 민중에게 깨우쳐 주는 것이 지성인의 의무가 아니겠는가.

이번 학생 데모 사건은 오히려 야당인 민주당을 앞서서 걸어가고 있음을 입증해 주는 것이 되었으니, 야당은 눈앞의 목적에 편중하지 말고 좀 더 가라앉은 방향으로 좀 더 먼 곳에 목표를 두어 주었으면 하는 것이다.

생각해 보라. 우리는 얼마나 뒤떨어졌는가. 학문이고 문학이고 간에 앞으로 해야 할 일이 얼마나 많은가. 이 벅찬 물질 만능주의의 사회 속에서 우리가 해야 할 것은 정신의 구원이라고 나는 확신한다. 지난 호의 《새벽》지에 게재된 러셀의 소설이라든가, 요즘 내가 읽은 모라비아의 『멕시코에서 온 여인』이라든가는 모두가 벅찬 물질 문명에 대한 구슬픈 인간 정신의 개가(凱歌)였다.

　지성인은 눈에 뜨이지 않게 또 눈에 뜨이지 않는 성과를
위해서, 그러나 마지막까지 아름다운 정신을 위해서
씨워야겠고, 그러한 무장이 항시 되어 있어야겠다.
그런 의미에서 우리나라의 문화인이, 아니 3·15 선거를
중심으로 해서 바람 속에 들어간 문화인이 어처구니없게
불쌍하기만 하다. 하나 어제까지 우리들이 싸워 왔듯이
오늘도 우리는 싸워야 하고, 오직 내일의 승리는 우리의
것임을 나는 확신한다.

《새벽》(1960. 5.)

독자의 불신임

필자도 시를 쓰는 사람의 한 사람으로 이런 이야기를 한다는 것은 자기 얼굴에 침 뱉기가 될까 보아 대단히 마음 괴로운 일이지만, 우리나라의 시(비록 시 작품뿐만이 아니지만)는 과거에 있어서 매월 빠지지 않고 줄기차게 나오는 문학지나 기타 월간지에 게재된 작품 중의 거의 90프로(상당히 돋보아서)가 시가 아닌 작품들이었다.

우리나라뿐만이 아니라 이런 현상은 일본은 물론 구라파 선진 문화 국가에도 예사로 있는 일이라고 보면 그뿐이겠지만 시를 사랑하는 사람의 입장에서 생각한다면 이보다 더 큰 슬픈 이야기가 없고 이보다도 더 분격할 이야기가 없고 이보다도 더 중대한 범죄가 없다.

요즈음 문학계의 문제(기타 예술의 경우에도 마찬가지이지만)는, 정치적인 분란이 위주가 되는 바람에 제3 제4의 문제가 되고 있고, 앞으로도 정치적 경제적

문제 같은 것보다 더 현실적인 난제의 처리가 선행되어야
할 것이니만큼 좀처럼 이 방면에 대한 고려를 가질 수 있는
여유가 쉽사리 올 것 같지 않지만, 그만큼 걱정스러움이 더
간절한 것도 사실이다.

　일전에 4월 이후의 새로운 현상에 대한 잡담이 나온
자리에서 어느 문학지 기자가 하는 말이, 요즈음 통 잡지가
팔리지 않는다고 하면서 이것이 '나츠가레'*가 원인이
되고 있기도 하지만 학생들이 정치에 몰두하여 문학잡지
같은 것은 보지 않게 된 바람에 그런 것이라고 하는 말을
들었다.

　필자는 이 말을 듣고 여러 가지 생각이 들었다.

　그의 말이 만약에 사실이라면 우리나라의 문학지는
오늘날과 같은 비상시에는 통용되지 않는다는 말이 되고,
따라서 그들이 문학을 애호하는 것은 (적어도 문학지를
구매한다는 것은) 평화 시절에만 국한될 한사(閑事)에
불과하다는 말도 된다.

　그러나 진정한 문학의 본질은 결코 한시(閑時)에만
받아들일 수 있는 애완 대상이 아니며, 오히려 오늘날과
같은 개혁적인 시기에 처해 있을수록 그 가치가 더한층
발효되는 것이라는 것을 생각할 때, 필자가 생각하기에는

*　　나츠가레(なつがれ): 여름철 불경기를 뜻하는 일본 말이다.

이와 같은 현상은 (그것이 만약에 사실이라면) 우리나라 문학계 전반에 대한 기막힌 모욕이요 경멸이라고밖에 해석되지 않는다.

혁명이란 이념에 있는 것이요, 민족이나 인류의 이념을 앞장서서 지향하는 것이 문학인일진대, 오늘날처럼 이념이나 영혼이 필요한 시기에 젊은 독자들에게 버림을 받는 문학인이 문학인이라고 할 수 있겠는가. 사실을 고백하자면 나는 그 기자의 말을 듣고 내심으로는 오히려 통쾌한 감이 들었고, 우리나라 문학계도 이제야 비로소 응당 받아야 할 정당한 평가를 받게 되었다 하고 쾌재를 부르짖었다.

젊은 층의 전면적인 불신임을 받아야 할 것은 정치계에만 한한 일이 아니라 문학계도 마찬가지이고, 이러한 각성의 시기는 빨리 오면 빨리 올수록 좋은 것이기 때문이다.

복지사회란 경제적인 조건만으로 되는 것이 아니고 영혼의 탐구가 상식이 되는 사회이어야만 하는데, 이러한 영혼의 탐구는 경제적 조건이 해결된 후에 해도 늦지 않는다고 생각하고 마치 소학생들이 숙제 시간표 만드는 식으로 시간적 절차를 둘 성질의 것이 아니다.

다시 말하자면 영혼의 개발은 호흡이나 마찬가지다. 호흡이 계속되는 한 영혼의 개발은 계속되어야 하고,

호흡이 빨라지거나 거세지거나 하게 되면 영혼의 개발도 그만큼 더 빨라지고 거세져야만 할 일이지 중단되어서는 안 될 것이고 중단될 수도 없는 일이다.

그런데 우리나라의 시는 필자가 보기에는 벅찬 호흡이 요구하는 벅찬 영혼의 호소에 호응함에 있어서 완전히 낙제점을 받고 보기좋게 나가떨어지고 말았다. 혹자는 말할 것이다. 허다한 혁명시가 나오지 않았느냐고. 필자는 여기에 대해서 너무 창피해서 대답하지 못하겠다.

필자가 여기에서 말하는 영혼이란, 유심주의자(唯心主義者)들이 고집하는 협소한 영혼이 아니라 좀 더 폭이 넓은 영혼—다시 말하자면 현대시가 취급할 수 있는 변이하는 20세기 사회의 제 현상을 포함 내지 망총(網總)할 수 있는 영혼이다. 나는 유심주의자들의 협소한 영혼이라고 말했지만 오늘날 우리나라의 문학계를 중심으로 생각한다면 이 유심주의자라는 말은 합당하지 않고, 그것은 오히려 '도피자'라거나 혹은 '기만적인 유심주의자'라고 부르는 편이 옳을 게다. 이러한 도피자나 기만적인 범죄자(의식적이건 무의식적이건 간에)를 혁명을 수행하는 학생들이 누구보다도 잘 간파하고 있는 것같이 생각되기 때문에 (혹은 간파할 것이라고 확신하고 있기 때문에) 필자는 여기에 대해서 구체적인 언급은 보류하기로 한다. 또한 이 밖에 4월 이후의 혁명시가 어째서 진심으로부터 독자들의 환영을 못 받고 있는가에 대한 구체적인 이유도 여기에서는 보류하겠다.

다만 필자가 여기서 강조하고 싶은 것은, 4월 이후의 우리나라 시작품에 대해서 젊은 층들이 영혼의 교류를 느끼지 못하고 이를 거부하였다면 그것은 사실에 있어서 너무나 당연한 일이고 또한 때늦은 감은 있지만 진정으로 반가운 일이라고 말할 수 있는 일이라는 것이다. 우리나라의 문학계는 이러한 철저한 불신임 속에서 다시 백지로 환원됨으로써만 새로운 시대의 작품의 생산을 기대할 수 있게 되기 때문이다. 또한 견실한 독자가 없이는 견실한 작품이 나올 수 없는 것이 문학 현상의 철칙이기 때문이다.

젊은 독자들일수록 아무리 거센 호흡 속에서도 영혼의 개발을 잊지 말아야 하겠다.

이런 뜻에서 문학인들은 젊은 독자들의 다급한 영혼의 돌진 속에서 호흡을 꺾이거나 휴식하지 말아야 하겠다.

문학 혁명은, 독자의 입장에서도 필자의 입장에서도 먼 장래의 태평사가 아니기 때문이다.

1960. 8.

제정신을 갖고 사는 사람은 없는가

제정신을 갖고 사는 사람은 없는가? 근대의 자아 발달사의 견지에서 민주주의 사회의 구성원으로서의 자격을 요점으로 해서 생각할 때는 극히 쉬운 문제이고, 고대 희랍의 촛불을 대낮에 켜고 다니면서 '사람'을 찾은 철학자의 견지에서 전인(全人)에 요점을 두고 생각할 때는 한없이 어려운 영원한 문제가 된다. 한쪽을 대체로 정치적이며 세속적이며 상식적인 것으로 볼 때, 또 한쪽은 정신적이며 철학적인 형이상학적인 것이라고도 볼 수 있다. 그러나 본란*의 요청은 아무래도 진단적인 서술에보다는 처방적인 답변의 시사에 강점을 두고 있는 것 같고, 다분히 작금의 우리의 주위의 사회 현상의 전후 관계를 염두에 둔 고발성을 띤 답변의 시사를 바라는 것 같다.

---

*　《청맥(靑脈)》지 1966년 5월호를 말한다.

　제정신을 갖고 사는 사람은 없는가? 나는 이 제목을, 제 시를 쓸 수 있는 사람은 없는가로 바꾸어 생각해 보아도 좋을 것 같다. 범위를 시단에 국한시켜 우선 생각해 보자. 우리 시단에 시인다운 시인이 있는가. 이렇게 말하면 '시인다운 시인'의 해석에 으레 구구한 반발이 뒤따라오겠지만, 간단히 말해서 정의와 자유와 평화를 사랑하고 인류의 운명에 적극 관심을 가진, 이 시대의 지성을 갖춘 시정신의 새로운 육성을 발할 수 있는 사람을 오늘날 우리 사회가 요청하는 '시인다운 시인'이라고 생각하면서, 금년도에 접해 온 시 작품들을 다시 한번 생각해 볼 때 내가 본 전망은 매우 희망적이다. 좀 더 전문적인 말을 하자면 우리 시단의 경우, 시의 현실 참여니 사회 참여니 하는 문제가 시를 제작하는 사람의 의식에 오른 지는 오래이고, 그런 경향에서 노력하는 사람들의 수도 적지 않았는데 이런 경향의 작품이 작품으로서 갖추어야 할 최소한도의 예술성의 보증이 약했다는 것이 커다란 약점이며 숙제로 되어 있었다. 그런데 이런 약점을 훌륭하게 극복하고 있는 젊은 작가들의 작품이 나타나기 시작하고 있다. 이것은 국한된 조그만 시단 안의 경사만이 아닐 것이다.

4월이 오면
곰나루서 피 터진 동학(東學)의 함성,
광화문서 목 터진 4월의 승리여.

강산을 덮어, 화창한
진달래는 피어나는데,
출렁이는 네 가슴만 남겨놓고,
갈아엎었으면
이 군스러운 부패와 향락의 불야성
갈아엎었으면
갈아엎은 한강 연안에다
보리를 뿌리면
비단처럼 물결칠, 아 푸른 보리밭

— 신동엽, 「4월은 갈아엎는 달」에서

  제정신을 갖고 사는 사람은 없는가. 이것을 이번에는
좀 범위를 넓혀서 시를 행할 수 있는 사람은 없는가로
바꾸어 생각해 보자. 시를 행할 수 있는 사람이 있으면
4월 19일이 아직도 공휴일이 안 된 채로, 달력 위에서
까만 활자대로 아직도 우리를 흘겨보고 있을 리가 없다.
그 까만 19는 아직도 무엇인가를 두려워하고 있다. 우리
국민을 믿지 못하고 있고, 우리의 지성을 말살하다시피

하고 있다. 그것이 통행금지 시간을 해제하지 못하고 있고, 윤비의 국장을 다음 선거의 득표를 위한 쇼로 만들었고, 부정 공무원의 처단조차도 선거의 투표를 계산에 넣은 장난으로 보이게 하고 있다. 신문은 감히 월남 파병을 반대하지 못하고, 노동조합은 질식 상태에 있고, 언론 자유는 이불 속에서도 활개를 못 치고 있다. 그런데 이보다도 더 위험한 일은 지식층들의 피로다. 이것은 우리나라뿐이 아닌 세계적인 현상이라고 보면 그뿐이겠지만 좌우간 비어홀이나 고급 술집의 대학교수들이 모인 술자리에서 「목석 같은 사나이가 나를 울린다」를 부르면 좋아하지만, 언론 자유 운운하면 세련되지 않은 촌닭이라고 핀잔을 맞는 것이 상식이다. 얼마 전에 모 신문의 부정부패 캠페인의 설문을 받은 명사 가운데에 바로 며칠 전에 그 집에 가서 한 개에 4800원짜리 쿠션을 10여 개나 꼬매 주고 왔다고 여편네가 나에게 말하던 그 노경제학자가 있는 것을 보고 낙담을 한 일이 있었다.

그러나 이런 일은 남의 일이 아니다. 남의 일로 낙담을 했다고 간단하게 처리될 수 없는 심각한 병상이 우리 주위와 내 자신의 생활 속에 뿌리 깊이 박혀 있다. 나의 주위에서만 보더라도 글을 쓰는 사람들 가운데 6부니 7부니 8부니 하고 돈놀이를 하는 사람이 있다. 나 자신만

하더라도 여편네더러 되도록이면 그런 짓은 하지 말라고
구두선처럼 뇌까리고 있기는 하지만 할 수 없다. 계를 드는
어편네를 막을 수가 없고, 돈을 빌려 쓰지 않을 수가 없고,
딱한 경우에 돈을 꾸어 주지 않을 수가 없고, 돈을 꾸어
주면 이자를 받는 것이 상식으로 되어 버렸다.

우리들 중에 죄 없는 사람이 누가 있겠는가. 인간은
신도 아니고 악마도 아니다. 그러나 건강한 개인도
그렇고 건강한 사회도 그렇고 적어도 자기의 죄에 대해서
몸부림은 쳐야 한다. 몸부림은 칠 줄 알아야 한다. 그리고
가장 민감하고 세차고 진지하게 몸부림을 쳐야 하는 것이
지식인이다. 진지하게라는 말은 가볍게 쓸 수 없는 말이다.
나의 연상에서는 진지란 침묵으로 통한다. 가장 진지한
시는 가장 큰 침묵으로 승화되는 시다. 시를 행할 수 있는
사람의 경우를 생각해 보더라도 지금의 가장 진지한
시의 행위는 형무소에 갇혀 있는 수인의 행동이 극치가
될 것이다. 아니면 폐인이나 광인. 아니면 바보. 그러나
이 글의 주문의 취지는 영웅대망론(英雄待望論)이 아닐
것이다.

앞에서 시사한 유망한 젊은 시인들의 작품과도 유관한
말이지만 우리 사회의 문화 정도는 아직도 영웅주의의
잔재를 벗어나지 못하고 있다. 김재원의 「입춘에 묶여
온 개나리」나 신동엽의 「밭」이나 「4월은 갈아엎는 달」의

인수(因數)에는 영웅대망론의 냄새가 아직도 빠지지 않고
있다. 이것은 한편으로는 아직도 우리의 진정한 정치적
안정이 이루어지지 못하고 있다는 말도 된다.

나의 직관적인 추측으로는, 표면상의 지식인들의
피곤에도 불구하고 역시 이들의 내면에는 개인의 책임에
대한 각성과 합리주의에 대한 이행이 은연중에 강행되고
있다고 생각된다. 결국 모든 문제는 '나'의 문제로
귀착된다.

제정신을 갖고 사는 사람은 없는가는, 따라서 나는 내
정신을 갖고 살고 있는가로 귀착된다. 그리고 이 문제는
나를 무한히 신나게 한다. 나는 나의 최근작을 열애한다.
나의 서가의 페이퍼 홀더 속에는 최근에 쓴 아직 미발표
중의 초고가 세 편이나 있다. 「식모」, 「풀의 영상」,
「엔카운터지(誌)」라는 제목이 붙은 시들—아직은 사실은
부정을 탈 것 같아서 제목도 알리고 싶지 않았는데.
이 중의 「엔카운터지」 한 편만으로도 나는 이병철이나
서갑호보다 더 큰 부자다. 사실은 앞서 말한 김재원의
「입춘에 묶여 온 개나리」를 읽고 나서 나는 한참 동안
어리둥절해 있었다. 젊은 세대들의 성장에 놀랐다기보다도
이 작품에 놀랐다. 나는 무서워지기까지도 하고
질투조차도 느꼈다. 그래서 그달치의 「시단월평」에
감히 붓이 들어지지 않았다. 그런 사심이 가시기 전에는

비평이란 씌어지는 법이 아니다. 그러다가 그 장벽을 뚫고 나온 것이 「엔카운터지」다. 나는 비로소 그를 비평할 수 있는 차원을 획득했다. 그리고 나는 여유 있게 그의 시를 칭찬할 수 있었다. 이것은 내가 「입춘에 묶여 온 개나리」의 작자보다 우수하다거나 앞서 있다거나 하는 말이 아니다.

　'제정신'을 갖고 산다는 것은, 어떤 정지된 상태로서의 '남'을 생각할 수도 없고, 정지된 '나'를 생각할 수도 없는 일이다. 엄격히 말하자면 '제정신을 갖고 사는' '남'도 그렇고 '나'도 그렇고, 그것이 '제정신을 가진' 비평의 객체나 주체가 되기 위해서는 창조 생활(넓은 의미의 창조 생활)을 한다는 전제가 필요하다. 그리고 이러한 모든 창조 생활은 유동적인 것이고 발전적인 것이다. 여기에는 순간을 다투는 어떤 윤리가 있다. 이것이 현대의 양심이다. 「입춘에 묶여 온 개나리」와 나와의 관계만 하더라도 이 윤리의 밀도를 말하고 싶은 것이 나의 목적이었다. 「엔카운터지」를 쓰지 못하고 「입춘에 묶여 온 개나리」의 월평을 썼더라면 나는 사심(私心)이 가시지 않은 글을, 따라서 사심(邪心) 있는 글을 썼을 것이다. 개운치 않은 칭찬을 하게 되었을 것이고, 그를 살리기 위해서 나를 죽이거나 다치거나 했을 것이다. 그러나 「엔카운터지」의 고민을 뚫고 나옴으로써 나는 그를 살리고 나를 살리고 그를 '제정신을 가진 사람'으로 보고 나를 '내 정신을 가진

사람'으로 볼 수 있게 되었다. 그러니까 쉽게 말하자면
제정신을 갖고 사는 사람이란 끊임없는 창조의 향상을
하면서 순간 속에 진리와 미의 전신(全身)의 이행을
위탁하는 사람이다. 다시 말해 두지만 제정신을 갖고 사는
사람이란 어느 특정된 인물이 될 수도 없고, 어떤 특정된
시간이 될 수도 없다. 우리는 일순간도 마음을 못 놓는다.
흔히 인용되는 예를 들자면 우리는 「시지프의 신화」에
나오는 육중한 바윗돌을 밀며 낭떠러지를 기어 올라가는
사람들이다. 그리고 그러한 자각인의 세계의 대열 속에
미약한 한국의 발랄한 젊은 세대가 한 사람이라도 더
끼게 된다는 것은 우리들의 오늘날의 그지없는 기쁨이다.
끝으로 《세대(世代)》 4월호에 게재된 「입춘에 묶여 온
개나리」의 전문을 감상해 보기로 하자.

　　개화(開花)는 강 건너 춘분의 겨드랑이에
　구근(球根)으로 꽂혀 있는데 바퀴와 발자국으로
　영일(寧日) 없는 종로 바닥에 난데없는 개나리의 행렬.
　　한겨울 온실에서, 공약(公約)하는 햇볕에 마음도
　없는 몸을 내맡겼다가, 태양이 주소를 잊어버린 마을의
　울타리에 늘어져 있다가,
　　부업(副業)에 궁한 어느 중년 사내, 다음 계절을 예감할
　줄 아는 어느 중년 사내의 등에 업힌 채 종로거리를 묶여

가는 것이다.

　뿌리에 바싹 베개를 베고 신부(新婦)처럼 눈을 감은
우리의 동면(冬眠)은 아직도 아랫목에서 밤이 긴 날씨.
새벽도 오기 전에 목청을 터뜨린 닭 때문에 마음을
풀었다가…….

　닭은 무슨 못 견딜 짓눌림에 그 깊은 시간의 테러리즘
밑에서 목청을 질렀을까.

　엉킨 미망인의 수(繡)실처럼 길을 잃은 세상에, 잠을 깬
개구리와 지렁이의 입김이 기화하는 아지랑이가 되어,
암내에 참지 못해 청혼할 제 나이를 두고도 손으로 찍어
낸 화병(花甁)의 집권(執權)의 앞손이 되기 위해, 알몸으로
도심지에 뛰어나온 스님처럼, 업혀서 망신길 눈 뜨고
갈까.

　금방이라도 눈이 밟힐 것같이 눈이 와야 어울릴,
손금만 가지고 악수하는 남의 동네를, 우선 옷 벗을 철을
기다리는 시대여성들의 목례를 받으며 우리 아버지가 때
없이 한데 묶어 세상에 업어다 놓은 나와 내 형제 같은
얼굴로 행렬을 이루어 끌려가는 것이다. 온도에 속은
죄뿐, 입술 노란 개나리 떼.

　이것은 제정신을 갖고 쓴 시다. 이 정도의 제정신을 갖고
지은 집이나, 제정신을 갖고 경영하는 극장이나, 제정신을

갖고 방송하는 방송국이나, 제정신을 갖고 제작하는
신문이나 잡지나, 제정신을 갖고 가르치는 교육자를
생각해 볼 때 그것은 양식을 가진 건물이며 극장이며
방송국이며 신문이며 잡지이며 교육자를 연상할 수
있는데, 아직은 시단의 경우처럼 제 나름의 양식을 가진
것이 지극히 드물다. 균형과 색조의 조화가 없는 부정의
건물이 너무 많이 신축되고, 서부 영화나 그것을 본딴 국산
영화로 관객을 타락시키는 극장이 너무 많이 장을 치고,
약광고의 선전에 미친 방송국이 너무 많고, 신문과 잡지는
보수주의와 상업주의의 탈을 벗지 못하고, 교육자는
'6학년 담임 헌장'이라는 기괴한 운동까지 벌이게 되었다.

　　제정신을 갖고 사는 사람은 없는가. 이에 대한 처방적인
나의 답변은, 아직도 과격하고 아직도 수감 중에 있다.

1966. 5.

문단 추천제 폐지론

시나 소설을 쓴다는 것은 그것이 곧 그것을 쓰는 사람의 사는 방식이 되는 것이다. 따라서 시나 소설 그 자체의 형식은 그것을 쓰는 사람의 생활의 방식과 직결되는 것이고, 후자는 전자의 부연이 되고 전자는 후자의 부연이 되는 법이다. 사카린 밀수업자의 붓에서 「두이노의 비가」가 나올 수 없는 것처럼, 「진달래꽃」을 쓴 소월은 자기 반의 부유한 아이들을 10여 명씩 모아 놓고 고가의 과외 공부를 가르치는 국민학교 6학년 선생이나 중학교 3학년의 담임 선생은 될 수 없었다.

이런 예는 좀 투박한 비유이지만 오랜 동안을 두고 시비의 대상이 되고 있는 문학잡지의 신인들에 대한 추천 제도만 하더라도 이제는 좀 차분하게 가라앉아서 추천하는 사람이나 추천을 받는 사람이나 다 같이 근본적인 반성을 해 볼 시기가 되지 않았나 생각된다.

이것은 크게 보면 우리 문학의 앞으로의 성격을 좌우하는
중대한 영향력을 가진 문제라고도 볼 수 있기 때문이다.
　무릇 모든 예술을 지향하는 사람은 하고많은 직업
중에서 유독 예술을 업으로 택한 이유는— 자기 나름의
독특한 개성을 살려 보기 위해서 독특한 생활 방식을
갖지 않을 수 없었기 때문에 시를 쓰고 소설을 쓰고
그림을 그리게 된 것이다. 그리고 독특한 시를 쓰려면
독특한 생활의 방식(즉 인식의 방법)이 선행되어야 하고,
시나 소설을 쓰는 사람들이 문단에 등장을 하는 방식
역시 이러한 생활의 방식에서 제외될 수 없는 것은
물론이다. 남의 흉내를 내지 않고 남이 흉내를 낼 수
없는 시를 쓰려는 눈과 열정을 가진 사람이면, 자기가
문단에 등장하고 세상에 자기의 예술을 소개하는 방법에
대해서도 그것이 독자적인 방법이냐 아니냐쯤은 한번은
생각하고 나옴 직한 문제이다. 필자는 일제 시대 말기에
시미즈 긴이치〔淸水金一〕라는 희극 배우의 무대를 본 일이
있는데, 그는 좀처럼 종래의 배우들이 출입하는 무대
옆구리에서 등장하는 법이 없고, 천장에서 들것을 타고
내려오거나 무대의 밑바닥에서 우산을 받고 기발하게
솟아올라오거나 하면서 관객을 놀래고 웃기고 했다.
이것은 서푼짜리 희극 배우의, 관객의 허점을 노리는
값싼 흥행 의식이라고만 볼 수 없는 예술의 본질과

숙명에 유관한 문제인 것이다. 여기서 희극의 경악감이나 기발성과 예술의 본질과의 관계라든가 문학이나 문학가의 흥행성의 문제를 논할 여유는 없지만, 예술가나 예술이 어떻게 죽어야 하는가의 문제에 대해서 가장 크나큰 관심을 두고 있듯이, 어떻게 나오느냐 하는 문제도 필연적으로 중대한 관심사가 되지 않을 수 없는 것이다. 성급한 규정을 내리자면 예술가는 되도록 비참하게 나와야 한다. 되도록 굵고 억세고 날카롭고 모진 가시 면류관을 쓰고 나와야 한다.

이런 비참한 가시 면류관의 대명사가 《현대문학》지의 추천 시인이 될 수 있는가. 《현대문학》지의, 혹은 《시문학》지의 씨도 먹지 않은 천자(薦者)들의 추천사를 통해서 배출되는 추천 시인이 될 수 있는가. 그것은 두부 가시로 만든 면류관이다. 이런 두부 가시의 면류관을 쓰고 나오는 문인들을 향해서, 혹은 '신인문학상' 당선이나 '신춘문예' 당선 등의 비누 가시관을 쓰고 나오는 소설가나 시인들을 향해서 세상에서는, '머지않아 문인 주소록이 전화번호부처럼 비대해질지 모르겠다'느니 '문인들의 홍수'를 막기 위해서 '문단에도 혁명적인 산아 제한이 시급하다'느니 하는 비판을 기회 있을 때마다 퍼붓고 있지만, 그런 시비의 타당성의 여부의 정도는 고사하고, 우선 당사자의 한 사람으로서 생각해 볼 때 적어도 그런

시비가 나올 수 있는 여지가 있다는 것은 부끄럽기 짝이
없는 일이다.

우리 문단의 추천 제도의 폐해의 원인에 대해서는 보는
사람에 따라서 그 주장이 여러 가지일 것이고, 찬반의
정도나 대책에 대해서도 여러 가지 주장이 있을 수 있을
것이다. 추천제를 공박하는 세속적인 원인으로서 우선
가장 큰 것이라고 필자에게 느껴지는 것은, 문인들의
수가, 특히 시인들의 수가 왜 이렇게 많으냐는 것이다.
이 말은 바꾸어 말하자면 무슨 말인지도 알 수 없는,
시다웁지도 않은 시를 쓴답시고 하는 어중이떠중이들이
왜 이렇게 많으냐는 말이다. 가뜩이나 어지러운 세상에
가장 순수하고 진지한 역할을 담당해야 할 문인들의
사회에서까지 신용할 수 없는 제품을 무작정 대량
생산하는 제도가 있으니 이건 정말 어지럽고 불쾌해서
못살겠다는 말이다. 그러니까 이것은 종잡아 생각해 보면
문인들의 수에 비해서 좋은 작품이 많지 않다(혹은 없다)는
말이 되고, 이런 허술한 문인들을 시인이나 소설가의
레테르를 붙여서 내놓은 추천 제도의 권위는 말이
아니라는 말이 된다.

그러나 이에 대해서 추천 제도의 추천자나 응모자의
편에 주장이 없는 것이 아니다. 추천자는 이렇게 말한다.
"추천 제도가 추천자의 수많은 아류를 낳고 있다든가,

혹은 추천자의 개인적인 문학의 명성이나 문단의 세력을
구축 내지 유지하기 위해서 추천 작가들을 이용한다거나,
혹은 추천 제도를 주재하는 잡지사나 그의 주간의 문단
세력을 구축, 확장 내지 유지하는 데 추천 작가나 시인들을
이용한다거나 하는 폐습을 모르는 바는 아니지만,
그래도 이나마 추천 제도라도 있으니까 신진들에게
선을 보일 정도의 기회라도 줄 수 있지, 이것마저 없으면
신진 양성을 사보타주한다는 죄명으로 기성 문인들이
모조리 테러를 맞을 위험에 직면하게 될 것이다. 신진
작가나 시인들이 늘어나는 것은 추천 제도가 있기 때문이
아니라, 아시다시피 폭발적인 인구 팽창이 시키는 것이다.
비근한 예가 일본에서는 전국의 시 동인지의 수가 500을
넘는다고 하지 않는가. 또한 우리들이 추천하는 시인들의
작품이 질이 낮아간다는 비난에 대해서도 우리들은
일가견을 갖고 있다. 자고로 어느 나라의 어느 시대를 치고
우수한 동시대의 시인이 열 명을 넘는 일이 거의 없었다.
보통 한 시대에 한 두서너 명의 시인이 있으면 족하다.
나머지 것들은 들러리나 비료의 역할이나 하면 된다. 지금
우리나라에 500명의 시인이 있다고 해도 이건 큰일 나는
일이다. 희극으로서도 큰일 나는 희극이다. 그러나 이
500명이 서발 막대기로 휘저어 놓은 것 같은, 죽도 밥도
아닌 졸렬한 시를 매달 써 내놓는다고 해도 그 피해는

이 서발 막대기를 마구 휘둘러서 사람을 죽이는 깡패나 밀수업자가 되느니보다는 낫다. 잡지사의 시 고료가 좀 허실이 날 정도이고, 그 대신 우리 같은 가난한 추천자의 담뱃값 정도는 벌어 주게 되니 피장파장 아닌가."

이러한 추천자의 주장에 대한 필자의 의견은 이렇다.

"나도 신문사 신춘문예 심사원의 말석을 더럽히고 있는 몸이라 큰소리는 할 수 없지만 귀하의 말 중에서 가장 실감이 나는 것은 귀하가—담뱃값밖에 안 된다고 하지만—추천료에 유혹을 느끼고 있다는 점이오. 이것은 지극히 한심스러운 일이지만 사실이오. 그리고 이보다도 더 한심스러운 일은 심사원의 권위—아무리 저락(低落)한 권위라 할지라도—에 대한 매력이오. 이것도 지극히 유치한 일이지만 사실이오. 매력이란 말이 그야말로 유치하다면 유희나 장난 정도로 고쳐 둡시다. 귀하는 매력도 아니고 유희도 아니고 장난도 아니라고 말할 것이오. 그러면 돈 때문이오. 얼마 안 되는 그 푼돈 때문이오. 그것도 아니오? 그러면 타성이오. 오늘날 추천 제도가 욕을 먹고 있는 것은 이 타성 때문이오. 추천 제도를 끌고 나가는 문학잡지사의 타성이고, 그 문학잡지사의 추천제도를 모방하는 A, B, C의 문학잡지와 X, Y, Z의 시지(詩誌)의 타성이고, 이런 타성에 끌려가는 추천자 갑, 을, 병, 정의 타성이고, 이런 추천제에 응모하는 시를 생활할 줄 모르는 풋내기 문학청년들의 타성이오.
귀하는 일본의 시 동인지가 500종이 넘는다고 하지만
이것은 일본의 문하지의 추천제를 통해 나온 사람들은
아닐 것이오.

아시아의 폭발적인 인구 증대와 급속도의 현대화와
거기에 따르는 자아의 각성에 유래되는 시작(詩作)하는
사람들의 증가의 현상은 귀하의 말마따나 그다지 우려할
만한 일은 아니오. 오히려 환영해야 할 일이오. 서구의
어느 비평가가 말했듯이 앞으로 먼 후일에는 모든 세계의
인류가 시를 쓰게 될 날이 올지도 모르오. 또한 헤세가
그의 시에서 읊고 있듯이, 시가 필요하지 않은 낙원이
도래하고 모든 사람들이 착한 시인의 생활을 하고
오늘날의 시가 무효가 되는 세상이 올지도 모르오. 그리고
오늘날 시작(詩作)하는 인구가 많아지는 것을 그런 세상의
출현의 전조로 보려면 못 보는 것도 아니오. 오히려 그런
세상의 출현의 전조로 보기 위해서 이런 시비가 나고
있다고 보는 것이 옳을 것이오.

시를 쓰는 인구가 많아지면 많아질수록, 시 작품의
연산량(年産量)이 앙등하면 할수록 시의 세계에 있어서는
질이 문제되는 것이오. 이것은 물론 귀하도 인정하고
남음이 있는 문제라고 생각하오. 그런데 귀하의
추천 제도를 통해서 나오는 시인들이 양이 많아지면

많아질수록 거기에 정비례해서―그것이 천 대 일이 되든
만 대 일이 되든 간에―비료가 많아질수록 좋은 꽃이 더
많이 더 화려하게 피어날 것이라고 생각하고 있는 것 같소.

나의 이의점이 여기에 있소. 서두에서 잠깐 시사한
것처럼 시나 소설 그 자체의 형식(나아가서는 가치)은
그것을 쓰는 사람의 생활의 방식과 직결되는 것이오. 나의
이상으로는 개성 있는 시인의 대망을 가진 사람이라면
매너리즘에 빠진 오늘날과 같은 치욕적인 추천 제도에는
도저히 응해지지 않을 것이오. 오늘날의 문단의 추천제는
「007」의 영화를 보려고 새벽 8시부터 매표구 앞에 줄을
지어 늘어선 관객들을 연상케 하는 치욕적인 것이오.
이런 치욕을 치욕으로 직관할 수 없는 1만 편의 시 중에서
귀하는 한 떨기의 방향복욱(芳香馥郁)한 꽃이라도 피면
족하다는 것이고 나는 그것이 불가능하다는 것이오.”

이러한 추천자와 나와의 논쟁의 귀결은 이제 지극히
평범한, 시를 어떻게 보느냐의 문제로, 지극히 따분하게
되돌아온 것 같다.

그러나 필자가 말하는 시가 여태까지 추천제를 통과해
온 무수한 시 작품이나 '신춘문예'나 '신인문학상'에 당선된
수많은 작품들에서 그 예를 찾을 수 없는 것이라는 것은
독자들도 짐작이 갈 것이고, 여태까지의 기성인들의
어떠한 작품과도 비슷하지 않은 작품이라는 것도 짐작이

갈 것이다. 시는 그러한 것이다.

1967. 2.

시의 뉴 프런티어

　결론부터 말하자. 시의 뉴 프런티어란 시가 필요 없는
곳이다. 이렇게 말하면 벌써 예민한 독자들은 유토피아를
설정하고 나온다고 냉소할지도 모른다. 그러나 시
무용론은 시인의 최고의 혐오인 동시에 최고의 목표이기도
한 것이다. 그리고 진지한 시인은 언제나 이 양극의 마찰
사이에 몸을 놓고 균형을 취하려고 애를 쓴다. 여기에
정치가에게 허용되지 않는 시인만의 모랄과 프라이드가
있다. 그가 사랑하는 것은 '불가능'이다. 연애에 있어서나
정치에 있어서나 마찬가지. 말하자면 진정한 시인이란
선천적인 혁명가인 것이다.

　건방진 소리 같지만 우리나라는 지금 시인다운 시인이나
문인다운 문인을 가지고 있지 않다는 것이 나의 지론이다,
아니 세상의 지론이라고 본다. "알맹이는 다 이북 가고

여기 남은 것은 다 찌꺼기뿐이야." 하는 말을 나는 과거에
수많이 들었고 나 자신도 했고 아직까지도 역시 도처에서
그런 인상을 받고 있다. 이 이상의 무욕이 어디 있겠는가
하고 필자는 언제인가 최정희 씨한테 술을 마시고 몹시
주정을 한 일이 있었지만, 실로 우리들은 양심적인
문인들이 6·25 전에 이북으로 넘어간 여건과, 그 후의
10년간 여기에 남은 작가들이 해 놓은 업적과, 4월 이후에
오늘날 우리들이 놓여 있는 상황을 다시 한번 냉정하고
솔직하게 반성해 볼 필요가 있다.

우리들은 과연 그동안에 문학의 권위와 문학자의
존엄을 회수할 수 있었던가? 4월 이후는 어떠한가?
일전에도 또 술이 억병이 되어서 눈 위에 쓰러진 것을
지나가던 학생이 업어가지고 고반소에 데리고 갔다는데
나중에 여편네 말을 들으니 고반소의 순경을 보고 내가
천연스럽게 절을 하고 "내가 바로 공산주의자올시다." 하고
인사를 하였다고 한다. 나는 이튿날 사지가 떨어져 나갈
듯이 아픈 가운데에도 이 말을 듣고 겁이 났고 그렇게
겁을 내는 자신이 어찌나 화가 났던지 화풀이를 애꿎은
여편네한테다 다 하고 말았었다. 겁을 낸 자신이, 술을
마시고 '언론 자유'를 실천한 나 자신이 한량없이 미웠다.

요즈음 비트닉* 이야기가 저널리즘에서 소일거리가
되고 있는 모양이고 비트족을 자처하고 나서는 시인들도

있는 모양인데, 우리나라에서 그들처럼 다방에서 이유
없이 테이블을 치고 찻잔을 부숴 보라지. 큰일 나지. 아니
찻잔을 깨뜨리기는커녕 무수한 영웅들이 다방 안에서는
절간에 간 색시 모양으로 마담의 눈초리만 살피고 있는
것이 서울의 생태이다. 문화는 다방 마담의 독재에
사멸되어 가고 있다. 젊은 문학 동인지의 매니페스토**에
나올 것만 같은 이 말이 아직도 사실은 우리들의 정신
풍토를 대변하는 현실인 것을 어찌하랴. 그래서 서울에서
염증이 나면 시골로 뛰어가지만 시골도 마찬가지. 밤낮
도르래미타불이다, 개똥이다, 좆이다.

　내가 생각하는 시의 뉴 프런티어, 그것은 내가 생각하는
무한한 꿈이다. 계급문학을 주장하고 노동조합이나
협동조합의 문화센터 운동을 생경하게 부르짖을 만큼
필자는 유치하지 않다. 그러나 언론 자유의 '넘쳐흐르는'
보장과 사회제도의 어떠한 변화가 있어야 할 것이라는
것은 필자도 바보가 아닌 바에야 '상식적으로' 느끼고
있으며, 계급문학이니 앵그리문학이니 개똥문학이니
하기 전에 우선 작품이 되어야 한다고 나는 천만 번이라도
역설하고 싶다. 뉴 프런티어의 탐구의 전제와 동시에

---

* 　　비트 세대.
** 　개인이나 단체가 대중을 향해 주로 정치적 의도나 견해를 밝히는 것
　　으로, 연설이나 선언문의 형태를 띤다.

본질이 될 수 있는 것이 이것이라고 확신한다.

정귀영, 노영수, 김창직 씨의 《시와 시론》 제3집의
선언문을 환영한다. 근자에 필자가 본 유일한 뉴 프런티어
운동의 싹. 사실 우리나라의 문단은 당신들의 말처럼
24시간이 전부 통행금지 시간으로 되어 있다. 그러나
24시간 전부 통행시간이 될 필요도 없다. 그중의 단
한 시간이나 단 10분 만이라도 우리들에게 통행이
해제된다면 우리들은 우리들의 적들과 맞설 수 있다.
우리들이 우리들의 적들과 맞선다는 이 사실이 곧
우리들에게는 승리를 의미하는 것이다. 시인의 간략과
영광(소위 25시의 자랑)이 여기에 있다.

그리고 우리들의 적은 한국의 정당과 같은 섹트주의가
아니라 우리들 대 이여(爾餘) 전부이다. 혹은 나 대 전
세상이다.

우리들은 보다 더 유치하고 단순해질 필요가 있다.
'시의 무용'을 실감할 수 있을 때까지 우리들은 우리들을
무(無)로 만드는 운동을 해야 한다. 뉴 프런티어는 그 뒤에
온다. 쉽고도 어려운 일이 이것이다. 마치 이북과의 통일이
그러하듯이.

끝으로 나는 이북 작가들의 작품이 한국에서
출판되고 연구되어야 한다고 믿는다. 그리고 이러한
문화 사업이야말로 문교당국의 적극적인 후원이

없이는 아니 되고, 이러한 문화 활동은 한국 문화의
폭을 넓히는 것 이상의 커다란 성과를 가지고 오리라고
믿는다. 불온서적 운운의 옹졸한 문화 정책을 지양하고
명실공히 리버럴리즘을 실천해야 하며, 이 사업은 남북
서한 교환이나 인사 교류에 선행되어야 할 획기적인 뉴
프런티어 운동인 줄 안다. 아직도 필자가 보기에는 학문도
창작도 고루한 정치인들의 턱 아래서 놀고 있다. 안 된다.
적어도 해방 이후의 남북을 통합한 문학사에 대한 활발한
재구상쯤 있어야 할 것이 아니겠는가.

1961. 3.

'평론의 권위'에 대한 단견

비평의 권위를 운운하기 전에 우선 작품의 권위가 서야 할 줄로 안다. 그리고 작품의 권위를 세우는 것은 평론이나 평론가가 아니라 언제나 작가 자신이라는 것을 알아야 한다. 요즈음 젊은 평론가들 중에는 더러 유망한 사람들이 없지 않은데, 그런 비평가일수록 외국의 작품 수준만을 내세우고 우리나라 작가들을 대수롭게 생각하지 않는 슬픈 경향이 많다. 창작하는 사람들은 비록 이들이 원하는 세계적인 수준에까지는 다다르지 못할지언정 각자의 역량의 한도 내에서 양심적인 작품은 내주어야 할 터인데 그것이 잘 되지 않는 것 같으니, 이런 조야한 문단에서 평론만이 권위를 가지라고 원하는 것은 무리한 일인 것 같다.

소설가이고 시인이고 간에 자기 세계를 지키면서 닦아 가는 소수의 사람들은, 내가 알기에는 어느 나라를

막론하고 문단 저널리즘의 비평 같은 것은 애당초
무시하고 나온 사람들이요, 또 그래야만 할 것이다. 신문의
월평 같은 것을 통해서 일반 독자들이 현혹과 오해의
폐를 입을 우려가 있을 성싶지만, 사실에 있어서는 독자란
시간과 동일한 위치에 있는 것이고, 역사를 만드는 것이
그들이고 보면 그들의 현명도를 의심할 필요는 없다.

결국 편파적이거나 정실적인 평론가(라기보다는 문단의
트러블메이커)의 폐해는 그들 자신이 받는 손해와, 잡지사나
신문사의 종이값과 원고료 정도일 것이지만, 잡지사만
하더라도 점점 빈틈없이 되어 가는 세상에서 언제까지
그런 사이비 평론가들을 우대할 여유(와 취미)가 있을지
의심스럽다.

나의 생각 같아서는 아직까지도 우리나라에서는
창작하는 사람들과 평론하는 사람들(사이비 평론가가
아니면 아닐수록) 간의 상호 신임이 성립되어 있지 않고,
앞으로도 한참 동안은 이런 무권위의 혼돈 상태가 계속될
것 같다.

1962. 6. 25.

시인의 정신은 미지(未知)
── 나의 시의 정신과 방법

　시의 정신과 방법? 시 쓰는 사람이 어떻게 자기 시의
정신과 방법을 아는가? 그것은 장님이 코끼리를 만지는
식의 우를 범하는 일이다. 시인은 자기의 시에 대해서
장님이다. 그리고 이 장님이라는 것을 어느 의미에서는
자랑으로 삼고 있다.

　도대체가 시인은 자기의 시를 규정하고 정리할 필요가
없다. 그것이 그에게 눈곱자기만 한 플러스도 되지 않기
때문이다. 그는 언제나 시의 현 시점을 이탈하고 사는
사람이고 또 이탈하려고 애를 쓰는 사람이다.

　어제의 시나 오늘의 시는 그에게는 문제가 안 된다. 그의
모든 관심은 내일의 시에 있다. 그런데 이 내일의 시는
미지(未知)다. 그런 의미에서 시인의 정신은 언제나 미지다.
고기가 물에 들어가야지만 살 수 있듯이 시인의 미지는
시인의 바다다. 그가 속세에서 우인시(愚人視)되는 이유가

거기 있다. 기정사실은 그의 적이다. 기정사실의 정리도
그의 적이다.

그의 눈에는, 소설가란 생일을 잘 차려 먹기 위해서
이레를 굶는 무서운 금욕주의자다. 무서운 인내가다.
결과로서의 소설의 발언이 시의 발언과 일치되는 점도
있지만 피차의 과정이 너무나 현격하다. 그 결과를
수긍하다가도 그 과정을 생각하면 소름이 끼친다.
파스테르나크는, 현대의 상황을 대변하려면 시만
가지고는 모자란다 해서 소설을 쓰고 희곡까지 썼지만,
그의 희곡이라는 것이 따분하다. 『유리 지바고』도 그의
초기의 단편만 못하다. 그런데 그의 단편은 아시다시피
백일몽이다. "나의 『지바고』는 왕년의 모든 시보다도
나에게 귀중한 것이다."라고 한 노후의 그의 말을 나는
신용하지 않는다. 그보다는 죽는 날까지 시집만 내고
죽은 프로스트가 좀 더 순수하다. 파스테르나크의 초기
단편이나 딜런 토머스의 단편을 읽으면서 부러운 것은,
그들이 그런 잠꼬대를 써도 용납해 주는 사회다. 그런
사회의 문화다. 나는 여기서는 오해를 살까 보아 그런 일을
못하겠다. 여기에는 알지 못하겠는 글이 너무 많고, 그
알지 못하겠는 글이 모두 인찌끼*다. 알지 못하겠는 글이

---

*   인찌끼(いんちき): 사기, 협잡, 가짜를 뜻하는 일본어.

모두 인찌끼인 사회에서는 싫어도 아는 글을 써야 한다.
아는 글만을 써야 한다. 진정한 시인은 죽은 후에 나온다?
그것도 그럴싸한 말이다. 그러나 나에게는 그만한 인내가
없다. 나는 시작(詩作)의 출발부터 시인을 포기했다.
나에게서 시인이 없어졌을 때 나는 시를 쓰기 시작했다.
그러니까 나는 출발부터가 매우 순수하지 않다. 내가 무슨
말을 하고 있는지 모르겠다—나는 고백은 싫다.

   그렇지만 "시 1편"이라고 명기한 시 청탁서를 받을
때마다 나는 격노한다. 왜 내가 시밖에 못 쓰는 줄 아는가?
불쌍한 한국 문단아!

   요즈음 S잡지사의 권유로 '시 월평'이라는 걸 써
보았는데, 그 바람에 시는 통 못 썼다. 시인은 심판을 받는
편이 훨씬 행복하다. 시인이 심판을 하게 되면 불필요한
번민을 하게 된다.(남에게 얻어먹은 욕은 즉석에서 철회할 수
있지만, 남에게 한 욕은 철회하기가 매우 힘들다.) 또한 사기를
한다. 심판을 하자면 올가미를 씌워야 하는데 이 올가미에
자신까지 걸려들기는 싫다. 자기가 걸려드는 올가미는
시를 다칠까 보아 싫고 자기가 걸려들지 않는 올가미는
비평이 거짓말이 되니까 싫다. 나의 월평이 게재된 같은
잡지에 소설평을 담당한 H씨의 글에 이런 말이 나와 있다.
"……특히나 요새처럼 작가의 정치색을 가장 날카롭게
작품 속에 구상화시키는 것이 하나의 유행처럼 되어

있을 때 이러한 유행을 의식적으로 회피한다는 것은
어쩌면 성실한 작가의 자세라고 봐야 옳을 것인지도
모른다…….”라는 구절이 있다. 이 글을 읽고 나는 ‘앗차!’
했다. 지금 말한 것처럼 H씨의 소설평이 실린, 같은 잡지에
나의 시 월평이 그분의 글과 나란히 게재되어 있다.
이달뿐이 아니라 지난달 호에도 어깨를 나란히 해서 나는
시 월평을 쓰고 그분은 소설 월평을 썼다. 이달뿐이 아니라
다음 달 호에도 어깨를 나란히 해서 나는 시 월평을 쓰고
그는 소설 월평을 쓸 것이다. 그리고 나는 지난달에도
이달에도 시의 현실 참여를 주장해 왔고 내달에도 그것을
주장할 참이다. 그런데 아까와 같은 그분의 글을, 내가
쓴 글을 읽는 끝에 마을 가는 기분으로 읽던 중에 발견한
것이다. 그러지 않아도 나는 연 3회를 현실 참여의 월평을
써 온 끝이라 또 다음 호에도 똑같은 논지를 내세우는 것이
변화가 너무 없는 것 같아서 좀 의아한 생각을 품고 있던
참이었다. 그런데 그분이 재빨리 내 마음을 알아차린 듯이
그런 말을 암시해 놓았다. “……이러한 유행을 회피하는
것은 어쩌면 성실한 작가의 자세…….” 그렇다. 얼마 전에
에커만*의 『괴테와의 대화』를 읽으면서 나는 그런 다짐을

---

* 요한 페터 에커만(Johann Peter Eckermann): 독일의 문필가. 괴테의
비서로 일했으며 이때의 경험을 바탕으로 집필한 『괴테와의 대화』
는 괴테 연구의 중요한 문헌이 되고 있다.

비밀리에 하고 있었다. 그때가 벌써 S잡지사의 월평을
시작하고 있던 때였다. 나는 그러니까 그 비평을 시작할
때부터 내 비상구는 만들어 놓고 쓴 셈이다. 이번의 H씨의
글은 나의 사기를 재확인해 준 것이나 다름없다. 나는 이
밀고 앞에 꼼짝할 수 없게 되었다.

시인은 밤낮 달아나고 있어야 하는데 비평가는 필요에
따라서는 적어도 4, 5개월쯤은 제자리걸음을 하고 있어야
한다. 혹은 제자리걸음을 하고 있는 것같이 보여야 한다.

시인은 영원한 배반자. 촌초(寸秒)의 배반자다.
그 자신을 배반하고, 그 자신을 배반한 그 자신을
배반하고, 그 자신을 배반한 그 자신을 배반한 그 자신을
배반하고…… 이렇게 무한히 배반하는 배반자. 배반을
배반하는 배반자…… 이렇게 무한히 배반하는 배반자다.

시인의 정신과 방법? 나는 그대를 속이고 있다. 술을
마실 때도, 산보를 할 때도, 교섭을 할 때도 무엇을 속이고
있는지는 모르지만 하여간 속이고 있다. 이 글을 쓰는
이 순간에도 나는 그대를 속이고 있다. 그대가 영리한
사람인 경우에는 눈치를 챈다. 나를 신용하지 않는다.
그러나 영리한 그대는 내가 속이는 순간만 알고 있고, 내가
속이지 않는 순간이 있다는 것을 모른다. 그대는 내가
시인이라는 것을 모른다. 그러한 그대를 구출하는 길은
그대가 시인이 되는 길밖에는 없다. 시인은 모든 면에서

백치가 될 수 있지만, 단 하나 시인을 발견하는 일에서만은
백치가 아니다. 시인을 발견하는 것은 시인이다. 시인의
자격은 시인을 발견하는 데 있다. 그밖의 모든 책임을
시인으로부터 경감하라!

1964. 9.

연극하다가 시로 전향
—— 나의 처녀작

나는 아직도 나의 신변 얘기나 문학 경력 같은 지난날의
일을 써낼 만한 자신이 없다. 그러한 내력 얘기를 거침없이
쓰기에는, 나의 수치심도 수치심이려니와 세상은 나에게
있어서 아직도 암흑이다. 나의 처녀작 얘기를 쓰려면
해방 후의 혼란기로 소급해야 하는데 그 시대는 더욱이나
나에게 있어선 텐더 포인트*다. 당시의 나의 자세는 좌익도
아니고 우익도 아닌 그야말로 완전 중립이었지만, 우정
관계가 주로 작용해서, 그리고 그보다도 줏대가 약한
탓으로 본의 아닌 우경 좌경을 하게 되었다고 생각된다.
돌이켜 생각해 보면 지금도 그렇지만, 그때는 더한층
지독한 치욕의 시대였던 것 같다.

소위 처녀작이라는 것을 발표하게 된 것이 해방 후 2년쯤

*   tender point, 약점.

되어서일까? 아무튼 조연현이 주관한 《예술부락》이라는
동인지에 나온 「묘정의 노래」라는 것이, 인쇄되어 나온
나의 최초의 작품이다. 그때 나는 연극을 집어치우고 혼자
시를 쓰기 시작하고 있었지만 발표할 기회가 전혀 없었고,
《예술부락》에 작품을 내게 된 것도 그 동인지가 해방
후에 최초로 나온 문학 동인지였다는 것, 따라서 내가
붙잡을 수 있었던 최초의 발표 기회였었다는 것 이외에
별다른 의미가 없었던 것 같다. 그때 나는 연현에게 한
20편 가까운 시편을 주었고, 그것이 대체로 소위 모던한
작품들이었는데, 하필이면 고색창연한 「묘정의 노래」가
뽑혀서 실렸다. 이 작품은 동묘(東廟)에서 이미지를
따온 것이다. 동대문 밖에 있는 동묘는 내가 철이 나기
전부터 어른들을 따라서 명절 때마다 참묘를 다닌 나의
어린 시절의 성지였다. 그 무시무시한 얼굴을 한 거대한
관공(關公)의 입상(立像)은 나의 어린 영혼에 이상한
외경과 공포를 주었다. 나는 어린 마음에도 그 공포가 퍽
좋아서 어른들을 따라서 두 손을 높이 치켜들고 무수히
절을 했던 것 같다. 그러나 「묘정의 노래」는 어찌 된
셈인지 무슨 불길한 곡성 같은 것이 배음으로 흐르고
있다. 상당히 엑센트릭(eccentric)한 작품이라고 생각된다.
지금도 일부의 평은 나의 작품을 능변이라고 핀잔을
주고 있지만, 「묘정의 노래」야말로 내가 생각해도 얼굴이

뜨뜻해질 만큼 유창한 능변이다. 그 후 나는 이 작품을
나의 마음의 작품 목록에서 지워 버리고, 물론 보관해 둔
스크랩도 없기 때문에 망신을 위한 참고로도 내보일 수가
없지만, 좋게 생각하면 '의미가 없는' 시를 썼다는 증거는
될 것 같다.

그 후 이 작품이 게재된 《예술부락》의 창간호는
박인환이가 낸 '마리서사'라는, 해방 후 최초의 멋쟁이
서점의 진열장 안에서 푸대접을 받았고, 거기에 드나드는
모더니스트 시인들의 묵살의 대상이 되고, 역시
거기에 드나들게 된 나 자신의 자학의 재료가 되었다.
「묘정의 노래」와 같은 무렵에 쓴 내 딴으로의 모던한
작품들이 「묘정의 노래」보다 잘되었다고 생각하는
것은 아니지만, 「묘정의 노래」가 《예술부락》에 실리지만
않았더라도―「묘정의 노래」가 아닌 다른 작품이
《예술부락》에 실렸거나, 「묘정의 노래」가 《예술부락》이
아닌 다른 잡지에 실렸더라도―나는 그 당시에
인환으로부터 좀 더 '낡았다'는 수모는 덜 받았을 것이라고
생각되고, 나중에 생각하면 바보 같은 콤플렉스 때문에
시달림도 좀 덜 받을 수 있었으리라고 생각된다.

그 후 나는 '마리서사'를 통해서 박일영, 김병욱 같은
좋은 시우(詩友)를 만나게 되었고, 인환이 '마리서사'를
그만둔 후에 김경린, 임호권, 양병식 그리고 인환과

함께 『새로운 도시와 시민들의 합창』이라는 사화집을
내게 되어서 지금도 나의 처녀작이라면 이 사화집 속에
수록된 작품들이 나의 처녀작인 것 같은 인상을 주고
있지만, 내가 생각하는 실질적인 처녀작은 여기에 수록된
「아메리칸 타임지」와 「공자의 생활난」도 아니고 「묘정의
노래」도 아니다.

　『새로운 도시와 시민들의 합창』에 수록된 「아메리칸
타임지」와 「공자의 생활난」은 이 사화집에 수록하기
위해서 급작스럽게 조제남조(粗製濫造)한 히야까시* 같은
작품이고, 그 이전에 나는 「아메리칸 타임지」라는 같은
제목의 작품을 일본말로 쓴 것이 있었다. 그 당시에 우리
집은 충무로 4가에서 '유명옥(有名屋)'이라는 빈대떡집을
하고 있었는데, 치질 수술을 하고 중환자처럼 자리보전을
하고 가게 뒷방에 누워 있는 나는 벽지 위에다 「아메리칸
타임지」라는 일본말 시를 써 놓고 쳐다보고 있었다.
그때 자주 우리 집엘 찾아온 병욱이가 어느 날 찾아와서
이 시를 보고 놀라운 작품이라고 칭찬하면서 무라노
시로〔村野四郎〕에게 보내서 일본 시잡지에 발표하자는
말까지 해 주었다. 병욱이가 경상도 기질의 과찬벽이
있다는 것은 모르는 바 아니었지만, 나는 그의 말을 듣고

---

*　놀리다, 희롱하다를 뜻하는 일본 말이다.

눈물이 날 지경으로 감격했던 것 같다. 그 후 인환이가
『새로운 도시와 시민들의 합창』을 계획했을 때 병욱도
처음에는 한몫 낄 작정을 하고 있었는데, 경린이와의
헤게모니 다툼으로 병욱은 빠지게 되었다. 그러지
않아도 인환의 모더니즘을 벌써부터 불신하고 있던 나는
병욱이까지 빠지게 되었다는 말을 듣고, 나도 그만둘까
하다가 겨우 두 편을 내주었다. 병욱은 이때 내가 일본
말로 쓴 「아메리칸 타임지」를 우리말로 고쳐서 내주라고
했던 것 같다. 그래서 그에 대한 반발로 히야까시적인
내용의 작품을 히야까시 조로 내준 것 같다. 혹은
병욱이가 그런 말을 한 게 아니라, 내가 미리 병욱의
추측을 앞질러서 그의 허점을 찌르려고 황당무계한
내용에 「아메리칸 타임지」라는 같은 제목을 붙여서 내게
되었는지도 모르겠다. 좌우간 나는 이 사화집에 실린 두
편의 작품도 그 후 곧 나의 마음의 작품 목록으로부터
깨끗이 지워 버렸다.

　이 일본말로 쓴 「아메리칸 타임지」라는, 내 딴으로의
리얼리스틱한 우수한(?) 작품 이전에 또 하나의
리얼리스틱한 우수한 작품으로 「거리」라는 작품을 나는
썼다. 이것은 치질 앓기 전에 동대문 안에 있는 고모
집에 기식하고 있을 때 쓴 것이다. 이때 병욱은 대구에서
올라오기만 하면 나를 찾아왔고, 기식하고 있는 나의

또 기식자가 되었다. 그는 현대시를 쓰려면 우선 육체의
단련부터 필요하다고 하면서 나에게 권투를 가르쳐
주려고까지 했다. 지금 생각해 보면 상당히 어리석었던
시절이었고, 또한 상당히 즐겁고도 괴로운 시절이었다.
나는 현대시를 쓴다고 자처하고 있었지만 사실은 상당히
로맨틱한 생활을 하고 있었다. 「거리」도 그러한 로맨틱한
작품이다.

> 마차마(馬車馬)야 뻥긋거리고 웃어라
>
> 간지럽고 둥글고 안타까운 이 전체의 속에서
>
> 마치 힘처럼 소리치려는 깃발……
>
> 별별 여자가 지나다닌다
>
> 화려한 여자가 나는 좋구나
>
> 내일 아침에는 부부가 되자
>
> 집은 산 너머가 좋지 않으냐
>
> 오는 밤마다 두 사람같이
>
> 귀족처럼 이 거리 걸을 것이다
>
> 오오 거리는 모든 나의 설움이다

지금 겨우 기억하고 있는 것은 끝머리의 요 몇 줄
정도다.『달나라의 장난』이라는, 처녀 시집이라면 처녀
시집이라고 할 수 있는, 8년 전인가에 나온 시집에 이

작품과 「꽃」이라는 《민생보(民生報)》에 실렸던 작품을
넣고 싶었는데 기어코 게재지를 얻지 못해 넣지를 못했다.
「거리」는 나의 유일한 연애시이며 나의 마지막 낭만시이며
동시에 나의 실질적인 처녀작이다. 나는 남대문시장 앞을
걷다가 이 이미지를 얻었는데, 병욱은 이 시를 읽고 이런
작품을 열 편만 쓰면 시인으로서의 확고한 기반을 가질
수 있다고 격려해 주었다. 그러나 나는 병욱에 대해서는
애증동시병발증(愛憎同時倂發症)에 걸려 있었고, 이런 그의
말을 신용하면서도 경멸했기 때문에 앞서 말한 것과 같이
「아메리칸 타임지」를 통해서 반격 내지는 배반을 하게
되었던 것이다. 이 「거리」를, 병욱의 말을 듣고 기림은
여기에 나오는 '귀족'이란 말이 좋지 않다고 하면서 이것을
다른 말로 고치자고 했다. 나는 그 말을 듣고 며칠을 두고
고민한 끝에 기어코 고치지 않기로 결심을 했다. 지금도
나는 가끔 이 '귀족'이란 말을 고치지 않은 것이 나의 시적
자기증명에 어떤 의미를 갖는 것인가 하고 무심히 생각해
볼 때가 있다. 기림은 이것을 '영웅'으로 고치면 어떠냐고
했다. 나는 그의 말을 듣지 않았다. 영웅—나는 그가
말하는 영웅이 무슨 뜻인지를 알 수 있었다. 그러나 그
작품에서 '귀족'을 '영웅'으로 고칠 수는 없었다. 그것은
모독이었다. 앞으로 나의 운명이 바뀌면 바뀌었지 그 말은
고치기 싫다고 생각했다. 이러한 나의 체질과 고집이 내가

좌익이 되는 것을 방해했다.

그러고 보면 나의 시적 위치는 상당히 정통적이고
완고하기까지도 하다. 「거리」는 이러한 나의 장점과
단점이 정직하게 반영되어 있는 작품이고, 현대시는 못
되지만 「묘정의 노래」에 비해서 그 나름의 수준에는
도달한 작품이다.

그러나 현대시로서의 진정한 자질을 갖춘 처녀작이
무엇인가 하고 생각해 볼 때 나는 얼른 생각이 안 난다.
요즘 나는 라이오넬 트릴링의 「쾌락의 운명」이란 논문을
번역하면서, 트릴링의 수준으로 본다면 나의 현대시의
출발은 어디에서 시작되었나 하고 생각해 보기도 했다.
얼른 머리에 떠오르는 것이 십여 년 전에 쓴 「병풍」과
「폭포」다. 「병풍」은 죽음을 노래한 시이고, 「폭포」는
나태와 안정을 배격한 시다. 트릴링은 쾌락의 부르주아적
원칙을 배격하고 고통과 불쾌와 죽음을 현대성의 자각의
요인으로 들고 있으니까 그의 주장에 따른다면 나의
현대시의 출발은 「병풍」 정도에서 시작되었다고 볼 수
있고, 나의 진정한 시력(詩歷)은 불과 10년 정도밖에는
되지 않는다. 그러나 트릴링도 떠나서 다시 나대로 또 한번
생각해 보면, 나의 처녀작은 지난 6월 2일에 쓴 아직도
발표되지 않은 「미역국」이라는 최근작 같기도 하고, 또 좀
더 깊이 생각해 보면 아직도 나는 진정한 처녀작을 한 편도

쓰지 못한 것 같다. 야단이다.

1965. 9.

가장 아름다운 우리말 열 개

오늘은 하루 종일 아무 일도 안 하다가 저녁녘에 심심풀이로 초고 뭉치를 들춰 보다가, 재작년에 쓴 「거대한 뿌리」라는 시를 읽다가 평생 해 보지 않은 메모까지 두서너 줄 해 보았다.

지금의 과오도 좋고 앞으로의 과오는 더 좋다. 지금 저지른 나도 모르는 앞으로의 과오.

모든 과오는 좋다. 나는 시 속의 모든 과오를 사랑한다. 과오는 최고의 상상이다. 그리고 시간의 과오는 과오가 아니다. 그것은 감정적인 과오다. 수정될 과오. 그래서 최고의 상상인 과오가 일시적인 과오가 되어도 만족할 줄 안다.

졸작 「거대한 뿌리」라는 시 속에 "이 땅에 발을 붙이기

위해서는/ —제3인도교의 물속에 박는 철근 기둥도
내가 내 땅에 박는 거대한 뿌리에 비하면 좀벌레의
솜털/ 내가 내 땅에 박는 거대한 뿌리에 비하면……
"이란 대목이 있는데, 여기에 '제3인도교'라고 한 것은
사실은 제2인도교를 내가 잘못 쓴 것이었다. 재작년만
해도 천호동과 덕소를 연결하는 지점에 제3인도교가
가설된다는 것은 정설로 되어 있었는데 왜 이런 미스를
했는지 모른다. 심리적인 이유를 붙이려면 그런 이유가
없지도 않을 것 같지만(제2라기보다는 제3이 시체풍으로 멋있게
들린다는 등) 주인(主因)은 역시 나의 습성인 건망증이다.
그 후 그 미스를 발견하고 고칠까 말까 하고 여러 번
망설이다가 그대로 내버려 두었다. 그것을 오늘 다시 보니
새삼스러운 느낌이 든다. 아직까지도 제3인도교는 착공을
하는 기색이 보이지 않는다.(또 모르지, 내가 모르는 사이에
벌써 철근 기둥이 몇 군데 박혀 있는지도 모르지. 어찌 생각하면
시멘트 기둥이 하나나 둘쯤 박혀 있는 것을 본 기억이 있는 것도
같다.) 그래서 앞으로 생길 제3인도교를 생각하니 이것을
미스라고 하지 않는 것이 더 상상적이고 효과적으로
느껴진다. 이런 순간적인 느낌에서 좀처럼 쓰지 않는
메모까지 쓰게 되었다.

　　그런데 이번에는 나의 상상은 다시 비약해서 이 메모를

다음과 같은 언어론으로 고쳐 본다.

> 모든 언어는 과오다. 나는 시 속의 모든 과오인 언어를
> 사랑한다. 언어는 최고의 상상이다. 그리고 시간의
> 언어는 언어가 아니다. 그것은 잠정적인 과오다. 수정될
> 과오. 그래서 최고의 상상인 언어가 일시적인 언어가
> 되어도 만족할 줄 안다.

이런 즉흥적인 수정의 유희를 하는 끝에 첫머리의
것까지도 고쳐 보려면 이렇게 고칠 수가 있다.

> 지금의 언어도 좋고 앞으로의 언어도 좋다. 지금 나도
> 모르게 쓰는 앞으로의 언어.

이렇게 고쳐 놓고 보니 '언어는 최고의 상상이다.'란
말은 소크라테스나 플라톤의 말의 어디에 있는 것도
같다. 동양 사람 중에도 이런 뜻의 말을 한 사람이 있을
것 같다. 현대 사람 중에도 이 정도의 말을 한 평론가가
얼마든지 있을 것 같다. 다행한 일은 그런 말을 한 사람을
내가 모른다는 것—기억하고 있지 않는다는 것—뿐. 이런
건망증의 약점을 알고 있기 때문에 나는 일체 메모라는
것—사색적인 메모이든 비망록적인 메모이든 간에—을

하지 않는다.

또한 졸시 「거대한 뿌리」 속에는 이런 구절이 있다.

> ……그러나
> 요강, 망건, 장죽, 종묘상(種苗商), 장전, 구리개, 약방,
> 신전,
> 피혁점, 곰보, 애꾸, 애 못 낳는 여자, 무식쟁이,
> 이 모든 무수한 반동(反動)이 좋다…….

이 중에서 진짜 우리 조상들의 상상력으로 꾸며진
낱말을 골라 보면, '요강', '곰보', '애꾸', '못 낳는', '모든',
'좋다', '이', '—이'다. 이 중에서 이름씨인 요강, 곰보,
애꾸를 생각해 보면 이런 낱말들은 사회학적으로
사멸되어 가는 말들이다. 요강도 그 사용도가
실생활상으로 줄어들어 가고, 곰보나 애꾸도 의학상으로
발생도가 줄어들어 가는 말들이다. 이런 부류에 속하는
말로는, 쌈지, 반닫이, 함, 소박데기, 언청이, 민며느리,
댕기, 시앗 등이 있다. 언뜻 생각나는 말이 이 정도이지
이밖에도 수많은 말들이 죽어 갔고 수많은 말들이 죽어
가고 있다. 그리고 이밖에도 순전한 언어 감각상으로
쇠퇴해 가는 말들이 많다. 예를 들자면 '허발창이 났다'*,
'양태가 다 된', '거덜이 난', '지다위질을 한다',** '녹초가 다

되었다' 같은 종류의 말들이다. 색주가집이나 은근짜 같은
용어는 실생활적인 면에서 없어져 가는 종류의 말들일
것이다. 요즘 대학을 나온 학생들은 '을씨년스럽다'는 말을
쓰지 않고, '음산하다'는 말도 쓰지 않을 것이다. 그들에게
'각을 뜬다'***는 말이 무엇이냐고 물어보면 대답할 수
있는 사람이 열에 하나 있을지 모르겠다. 8·15 후에 문단에
나온 우리들의 세대만 해도 이런 말을 알고는 있지만
좀처럼 써 볼 기회는 없다. '눈이 맞다', '배가 맞다', '구색을
채운다', '막무가내' 같은 말은 아직도 우리들의 하나
앞세대나 장바닥 같은 데에서 쓰고 있는 말이지만 역시
사양권에 속하는 말 같다.

결국 이렇게 따지고 보면 순수한 우리말은 소생하는
말보다는 없어져 가는 말이 더 많다. '좀이 쑤신다',
'오금에 바람이 들었다' 같은 말은 물론이고, '남사스럽다',
'사위스럽다', '부정 탄다', 심지어는 '고단하다'는
말에서조차도 오늘의 세대는 어떤 아득한 향수를 느낀다.
나는 지금도 음식점에서 왕성하게 쓰이고 있는 '맛배기'란
말이 좋은데, 어찌된 셈인지 이 말은 우리말 사전에는
없다. '해장'이란 말은 지금도 한창 쓰이고 있고 사전에도

---

*　만신창이가 되다.
**　자기 허물을 남에게 덮어씌우다.
***　잡은 짐승을 머리, 다리 따위로 나누다.

있는 말이니, 이것은 향수의 검속(檢束)에서 벗어난 억세고 아름다운 생어(生語)라고 할 수 있다. 이밖에도 없어질 것 같으면서 없어지지 않고 있는 말로는, '도마', '부엌', '엿', '몸살' 같은 것들이 있다.

이런 언어의 로테이션은 어느 시대이고 있는 일이지만, 다만 오늘의 시대는 박자가 빠른 시대라 그에 따라서 그 회전도가 갑자기 빨라져서 눈에 뜨일 따름이고, 때에 따라서는 비명까지도 날 정도인 것이다. 그런데 우리말의 경우에는 일제 시대의 저해로 회전을 하지 못하고 있던 낱말들이 요즘에 와서 새로 발동을 시작하고 있는 것들이 있어서 이것들의 처리가 힘이 들 때가 많다. 국민학교 아이들의 교과서나 자연학습도감 같은 데에 나오는, 동물, 식물, 광물 이름 같은 것 중에 그런 것이 많다. 이를테면 '바랭이풀' 같은 것도 보기는 많이 본 풀인데도 일단 글 속에 써 보려고 하면 어쩐지 서먹서먹하다. '개똥지빠귀'란 새 이름도 그렇다. 그러나 나는 이런 실감이 안 나는 생경한 낱말들을 의식적으로 써 볼 때가 간혹 있다. '제3인도교'의 '과오'를 저지르는 식의 억지를 해 보는 것이다. 이것은 구태여 말하자면 진공(眞空)의 언어다. 이런 진공의 언어 속에 어떤 순수한 현대성을 찾아볼 수 없을까? 양자가 부합되는 교차점에서 시의 본질인 냉혹한 영원성을 구출해 낼 수 없을까?

　　좌우간 나로 말하자면 매우 엉거주춤한 입장에 있다.
'얄밉다', '야속하다', '섭섭하다', '방정맞다' 정도의 낱말이
퇴색한 말로 생각되고 선뜻 쓰여지지 않는 반면에, '쉼표',
'숨표', '마침표', '다슬기', '망초', '메꽃' 같은 말들을 실감
있게 쓸 수 없는 어중간한 비극적인 세대가 우리의 세대다.
혹은 이런 고민을 느끼는 것은 내가 도회지산(產)이고,
게다가 무식한 탓에 그렇게 되는지도 모른다. 그러나
내가 보기에는 우리 시단에는 아직도 이런 언어의 교체의
어지러운 마찰을 극복하고 나온 작품이 눈에 띄지 않는다.
　　내가 아름답다고 생각하는 말들은 아무래도 내가
어렸을 때에 들은 말들이다. 우리 아버지는 상인이라 나는
어려서 서울의 아래대의 장사꾼의 말들을 자연히 많이
배웠다. '마수걸이',* '에누리', '색주가', '은근짜', '군것질',
'총채' 같은 낱말 속에는 하나하나 어린 시절의 역사가 스며
있고 신화가 담겨 있다. 또한 '글방', '서산대',** '벼룻돌',
'부싯돌' 등도 그렇다.
　　그러나 이런 향수에 어린 말들은, 현대에 있어서
'아름다운 것'의 정의—즉, 쾌락의 정의—가 바뀌어지듯이
진정한 아름다운 말이라고는 할 수 없다. 그런 것을 아무리

---

　*　맨 처음으로 물건을 파는 일.
　**　책을 읽을 때 글줄을 짚는 막대기.

많이 열거해 보았대야 개인적인 취미나 감상밖에는 되지
않고, 보편적인 언어미가 아닌 회고 미학에 떨어지고 마는
것이 고작이다.

그러면 진정한 아름다운 우리말의 낱말은? 진정한
시의 테두리 속에서 살아 있는 낱말들이다. 그리고 그런
말들이 반드시 순수한 우리의 고유의 낱말만이 아닌 것은
물론이다. 이 점에서 보아도 민족주의의 시대는 지났다.
요즘의 정치 풍조나 저널리즘에서 강조하는 민족주의는
이것과는 다르다. 그것은 미국과 소련의 세력에 대한
대칭어에 지나지 않는다.

우리들의 실생활이나 문화의 밑바닥을
정밀경(精密鏡)으로 보면 민족주의는 문화에 적용되어서는
아니 된다. 언어의 변화는 생활의 변화요, 그 생활은
민중의 생활을 말하는 것이다. 민중의 생활이 바뀌면
자연히 언어가 바뀐다. 전자가 주(主)요, 후자가 종(從)이다.
민족주의를 문화에 독단적으로 적용하려고 드는 것은
종을 가지고 주를 바꾸어 보려는 우둔한 소행이다. 주를
바꾸려면 더 큰 주로 발동해야 한다.

언어에 있어서 더 큰 주는 시다. 언어는 원래가 최고의
상상력이지만 언어가 이 주권을 잃을 때는 시가 나서서 그
시대의 언어의 주권을 회수해 주어야 한다. 그런 의미에서
모든 시간의 언어는 언어가 아니다. 그것은 잠정적인

과오다. 수정될 과오. 이 수정의 작업을 시인이 해야 하는
것이다. 그래서 최고의 상상인 언어가 일시적인 언어가
되어서 만족할 수 있게 해야 한다. 아름다운 낱말들, 오오
침묵이여, 침묵이여.

1966.

시여, 침을 뱉어라*
─ 힘으로서의 시의 존재

　나의 시에 대한 사유는 아직도 그것을 공개할 만한
명확한 것이 못 된다. 그리고 그것을 조금도 부끄럽게
생각하고 있지 않다. 이러한 나의 모호성은 시작(詩作)을
위한 나의 정신 구조의 상부 중에서도 가장 첨단의 부분을
차지하고 있는 것이고, 이것이 없이는 무한대의 혼돈에의
접근을 위한 유일한 도구를 상실하는 것이 되기 때문이다.
가령 교회당의 뾰족탑을 생각해 볼 때, 시의 탐침은 그
끝에 달린 십자가의 십자의 상반부의 창끝이고, 십자가의
하반부에서부터 까마아득한 주춧돌 밑까지의 건축의
실체의 부분이 우리들의 의식에서 아무리 정연하게
정비되어 있다 하더라도, 시작상(詩作上)으로는 그러한

＊　1968년 4월 부산에서 펜클럽 주최로 행한 문학 세미나에서 발표한
　　원고이다.

명석의 개진은 아무런 보탬이 못 되고 오히려 방해가 되는 것이다. 시인은 시를 쓰는 사람이지 시를 논하는 사람이 아니며, 막상 시를 논하게 되는 때에도 그는 시를 쓰듯이 논해야 할 것이다.

그러면 시를 쓴다는 것은 무엇인가. 그리고 시를 논한다는 것은 무엇인가. 그러나 이에 대한 답변을 하기 전에 이 물음이 포괄하고 있는 원주가 바로 우리들의 오늘의 세미나의 논제인, 시에 있어서의 형식과 내용의 문제와 동심원을 이루고 있다는 것을 우리들은 쉽사리 짐작할 수 있는 것이다. 따라서 시를 쓴다는 것―즉, 노래―이 시의 형식으로서의 예술성과 동의어가 되고, 시를 논한다는 것이 시의 내용으로서의 현실성과 동의어가 된다는 것도 쉽사리 짐작할 수 있는 것이다.

사실은 나는 20여 년의 시작 생활을 경험하고 나서도 아직도 시를 쓴다는 것이 무엇인지를 잘 모른다. 똑같은 말을 되풀이하는 것이 되지만, 시를 쓴다는 것이 무엇인지를 알면 다음 시를 못 쓰게 된다. 다음 시를 쓰기 위해서는 여태까지의 시에 대한 사변을 모조리 파산을 시켜야 한다. 혹은 파산을 시켰다고 생각해야 한다. 말을 바꾸어 하자면, 시작(詩作)은 '머리'로 하는 것이 아니고 '심장'으로 하는 것도 아니고 '몸'으로 하는 것이다. '온몸'으로 밀고 나가는 것이다. 정확하게 말하자면,

온몸으로 동시에 밀고 나가는 것이다.

그러면 온몸으로 동시에 무엇을 밀고 나가는가. 그러니 ─ 나의 모호성을 용서해 준다면 ─ '무엇을'의 대답은 '동시에'의 안에 이미 포함되어 있다고 생각된다. 즉, 온몸으로 동시에 온몸을 밀고 나가는 것이 되고, 이 말은 곧 온몸으로 바로 온몸을 밀고 나가는 것이 된다. 그런데 시의 사변에서 볼 때, 이러한 온몸에 의한 온몸의 이행이 사랑이라는 것을 알게 되고, 그것이 바로 시의 형식이라는 것을 알게 된다.

그러면 이번에는 시를 논한다는 것이 무엇인가를 생각해 보자. 나는 이미 '시를 쓴다'는 것이 시의 형식을 대표한다고 시사한 것만큼, '시를 논한다'는 것이 시의 내용을 가리키는 것이라는 전제를 한 폭이 된다. 내가 시를 논하게 된 것은 ─ 속칭 '시평'이나 '시론'을 쓰게 된 것은 ─ 극히 최근에 속하는 일이고, 이런 의미의 '시를 논한다'는 것이 시의 내용으로서 '시를 논한다'는 본질적인 의미에 속할 수 없다는 것을 알면서도, 구태여 그것을 제1의적인 본질적인 의미 속에 포함시켜 생각해 보려고 하는 것은 논지의 진행상의 편의 이상의 어떤 의미가 있을 것 같기 때문이다. 구태여 말하자면 그것은 산문의 의미이고 모험의 의미이다.

시에 있어서의 모험이란 말은 세계의 개진, 하이데거가

말한 '대지의 은폐'의 반대되는 말이다. 엘리엇의 문맥 속에서는 그것은 의미 대 음악으로 되어 있다. 그리고 엘리엇도 그의 온건하고 주밀한 논문 「시의 음악」의 끝머리에서 "시는 언제나 끊임없는 모험 앞에 서 있다."라는 말로 '의미'의 토를 달고 있다. 나의 시론이나 시평이 전부가 모험이라는 말은 아니지만, 나는 그것들을 통해서 상당한 부분에서 모험의 의미를 연습을 해 보았다. 이러한 탐구의 결과로 나는 시단의 일부의 사람들로부터 참여시의 옹호자라는 달갑지 않은, 분에 넘치는 호칭을 받고 있다.

산문이란, 세계의 개진이다. 이 말은 사랑의 유보로서의 '노래'의 매력만큼 매력적인 말이다. 시에 있어서의 산문의 확대작업은 '노래'의 유보성에 대해서는 침공(侵攻)적이고 의식적이다. 우리들은 시에 있어서의 내용과 형식의 관계를 생각할 때, 내용과 형식의 동일성을 공간적으로 상상해서, 내용이 반, 형식이 반이라는 식으로 도식화해서 생각해서는 아니 된다. '노래'의 유보성, 즉 예술성이 무의식적이고 은성적(隱性的)이기는 하지만 그것은 반이 아니다. 예술성의 편에서는 하나의 시 작품은 자기의 전부이고, 산문의 편, 즉 현실성의 편에서도 하나의 작품은 자기의 전부이다. 시의 본질은 이러한 개진과 은폐의, 세계와 대지의 양극의 긴장 위에 서 있는 것이다.

   그런데 여기에서 중요한 것은 시의 예술성이 무의식적이라는 것이다. 시인은 자기가 시인이라는 것을 모른다. 자기가 시의 기교에 정통하고 있다는 것을 모른다. 그리고 그것은 시의 기교라는 것이 그것을 의식할 때는 진정한 기교가 못 되기 때문에 그렇게 되는 것이다. 시인이 자기의 시인성을 깨닫지 못하는 것은, 거울이 아닌 자기의 육안으로 사람이 자기의 전신을 바라볼 수 없는 거나 마찬가지이다. 그가 보는 것은 남들이고, 소재이고, 현실이고, 신문이다. 그것이 그의 의식이다. 현대시에 있어서는 이 의식이 더욱더 정예화(精銳化)— 때에 따라서는 신경질적으로까지 —되어 있다. 이러한 의식이 없거나 혹은 지극히 우발적이거나 수면(睡眠) 중에 있는 시인이 우리들의 주변에는 허다하게 있지만 이런 사람들을 나는 현대적인 시인이라고 부를 수는 없다.

   현대에 있어서는 시뿐만이 아니라 소설까지도 모험의 발견으로서 자기 형성의 차원에서 그의 '새로움'을 제시하는 것이 문학자의 의무로 되어 있다. 지극히 오해를 받을 우려가 있는 말이지만 나는 소설을 쓰는 마음으로 시를 쓰고 있다. 그만큼 많은 산문을 도입하고 있고 내용의 면에서 완전한 자유를 누리고 있다. 그러면서도 자유가 없다. 너무나 많은 자유가 있고, 너무나 많은 자유가 없다. 그런데 여기에서 또 똑같은 말을 되풀이하게 되지만,

'내용의 면에서 완전한 자유를 누리고 있다'는 말은 사실은 '내용'이 하는 말이 아니라 '형식'이 하는 혼잣말이다. 이 말은 밖에 대고 해서는 아니 될 말이다. '내용'은 언제나 밖에다 대고 '너무나 많은 자유가 없다'는 말을 해야 한다. 그래야지만 '너무나 많은 자유가 있다'는 '형식'을 정복할 수 있고, 그때에 비로소 하나의 작품이 간신히 성립된다. '내용'은 언제나 밖에다 대고 '너무나 많은 자유가 없다'는 말을 계속해서 지껄여야 한다. 이것을 계속해서 지껄이는 것이 이를테면 38선을 뚫는 길인 것이다. 낙숫물로 바위를 뚫을 수 있듯이, 이런 시인의 헛소리가 헛소리가 아닐 때가 온다. 헛소리다! 헛소리다! 헛소리다! 하고 외우다 보니 헛소리가 참말이 될 때의 경이. 그것이 나무아미타불의 기적이고 시의 기적이다. 이런 기적이 한 편의 시를 이루고, 그러한 시의 축적이 진정한 민족의 역사의 기점이 된다. 나는 그런 의미에서는 참여시의 효용성을 신용하는 사람의 한 사람이다.

　나는 아까 서두에서 시에 대한 나의 사유가 아직도 명확한 것이 못 되고, 그러한 모호성은 무한대의 혼돈에의 접근을 위한 도구로서 유용한 것이기 때문에 조금도 부끄러울 것이 없다는 말을 했다. 그리고 이러한 모호성의 탐색이 급기야는 참여시의 효용성의 주장에까지 다다르고 말았다. 그러나 나는 아직도 '여태껏 없었던 세계가

펼쳐지는 충격'을 못 주고 있다. 이 시론은 아직도 시로서의
충격을 못 주고 있는 것이다. 그 이유는 여태까지의 자유의
서술이 자유의 서술로 그치고 자유의 이행을 하지 못한
데에 있다. 모험은 자유의 서술도 자유의 주장도 아닌
자유의 이행이다. 자유의 이행에는 전후좌우의 설명이
필요없다. 그것은 원군(援軍)이다. 원군은 비겁하다. 자유는
고독한 것이다. 그처럼 시는 고독하고 장엄한 것이다.
내가 지금—바로 지금 이 순간에 해야 할 일은 이 지루한
횡설수설을 그치고, 당신의, 당신의, 당신의 얼굴에
침을 뱉는 일이다. 당신이, 당신이, 당신이 내 얼굴에
침을 뱉기 전에—. 자아 보아라, 당신도, 당신도, 당신도,
나도 새로운 문학에의 용기가 없다. 이러고서도 정치적
금기에만 다치지 않는 한 얼마든지 '새로운' 문학을 할 수
있다는 말을 할 수 있겠는가. 정치적 자유를 인정하지
않는 사회에서는 개인의 자유도 인정하지 않는다.
'내용'을 인정하지 않는 사회에서는 '형식'도 인정하지
않는 것이다. 이러한 문학의 성립의 사회 조건의 중요성을
로버트 그레이브스는 다음과 같은 평범한 말로 강조하고
있다. "사회생활이 지나치게 주밀하게 조직되어서 시인의
존재를 허용하지 않게 되는 날이 오게 되면, 그때는 이미
중대한 일이 모두 다 종식되는 때다. 개미나 벌이나, 혹은
흰개미들이라도 지구의 지배권을 물려받는 편이 낫다.

국민들이 그들의 '과격파'를 처형하거나 추방하는 것은
나쁜 일이고, 또한 국민들이 그들의 '보수파'를 처형하거나
추방하는 것은 마찬가지로 나쁜 일이다. 하지만 사람이
고립된 단독의 자신이 되는 자유에 도달할 수 있는
간극이나 구멍을 사회 기구 속에 남겨 놓지 않는다는
것은 더욱더 나쁜 일이다. 설사 그 사람이 다만 기인이나
집시나 범죄자나, 바보 얼간이에 지나지 않는다 하더라도."
이 인용문에 나오는 기인이나 집시나 바보 멍텅구리는
'내용'과 '형식'을 논한 나의 문맥 속에서는 물론 후자
즉, '형식'에 속한다. 그리고 나의 판단으로는, 아무리
너그럽게 보아도 우리의 주변에서는 기인이나 바보
얼간이들이 자유당 때고만 비교해 보더라도 완전히
소탕되어 있다. 부산은 어떤지 모르지만 서울의 내가
다니는 주점은 문인들이 많이 모이기로 이름난 집인데도
벌써 주정꾼다운 주정꾼 구경을 못한 지가 까마득하게
오래된다. 주정은커녕 막걸리를 먹으러 나오는 글쓰는
친구들의 얼굴이 메콩 강변의 진주를 발견하기보다도 더
힘이 든다. 이러한 '근대화'의 해독은 문학 주점에만 한한
일이 아니다.

그레이브스는 오늘날의 '서방측의 자유세계'에 진정한
의미의 자유가 없는 것을 개탄하면서, 계속해서 이렇게
말하고 있다. "그(서방측 자유세계의) 시민들의 대부분은

군거하고, 인습에 사로잡혀 있고, 순종하고, 그 때문에 자기의 장래에 대해 책임을 질 것을 싫어하고, 만약에 노예 제도가 아직도 성행한다면 기꺼이 노예가 되는 것도 싫어하지 않을 정도다. 하지만 종교적, 정치적, 혹은 지적 일치를 시민들에게 강요하지 않는 의미에서, 이 세계가 자유를 보유하는 한 거기에 따르는 혼란은 허용되어야 한다." 이 인용문에서 우리들이 명심해야 할 점은 '혼란은 허용되어야 한다'는 것이다. 나는 자유당 때의 무기력과 무능을 누구보다도 저주한 사람 중의 한 사람이지만, 요즘 가만히 생각해 보면 그 당시에도 자유는 없었지만 '혼란'은 지금처럼 이렇게 철저하게 압제를 받지 않은 것이 신통한 것 같다. 그러고 보면 '혼란'이 없는 시멘트 회사나 발전소의 건설은, 시멘트 회사나 발전소가 없는 혼란보다 조금도 나을 게 없는 것 같은 생각이 든다. 이러한 자유와 사랑의 동의어로서의 '혼란'의 향수가 문화의 세계에서 싹트고 있다는 것은, 그것이 아무리 미미한 징조에 불과한 것이라 하더라도 지극히 중대한 일이다. 그리고 이러한 문화의 본질적 근원을 발효시키는 누룩의 역할을 하는 것이 진정한 시의 임무인 것이다.

시는 온몸으로 바로 온몸을 밀고 나가는 것이다. 그것은 그림자를 의식하지 않는다. 그림자에조차도 의지하지 않는다. 시의 형식은 내용에 의지하지 않고 그 내용은 형식에 의지하지 않는다. 시는 그림자에조차도 의지하지 않는다. 시는 문화를 염두에 두지 않고, 민족을 염두에 두지 않고, 인류를 염두에 두지 않는다. 그러면서도 그것은 문화와 민족과 인류에 공헌하고 평화에 공헌한다. 바로 그처럼 형식은 내용이 되고 내용은 형식이 된다. 시는 온몸으로 바로 온몸을 밀고 나가는 것이다.

　이 시론도 이제 온몸으로 밀고 나갈 수 있는 순간에 와 있다. '막상 시를 논하게 되는 때에도' 시인은 '시를 쓰듯이 논해야 할 것'이라는 나의 명제의 이행이 여기 있다. 시도 시인도 시작하는 것이다. 나도 여러분도 시작하는 것이다. 자유의 과잉을, 혼돈을 시작하는 것이다. 모깃소리보다도 더 작은 목소리로 시작하는 것이다. 모깃소리보다도 더 작은 목소리로 아무도 하지 못한 말을 시작하는 것이다. 아무도 하지 못한 말을. 그것을—.

　　　　　　　　　　　　　　　　　1968. 4.

시작 노트 1

폭포

폭포는 곧은 절벽을 무서운 기색도 없이 떨어진다

규정할 수 없는 물결이
무엇을 향하여 떨어진다는 의미도 없이
계절과 주야를 가리지 않고
고매한 정신처럼 쉴 사이 없이 떨어진다

금잔화도 인가도 보이지 않는 밤이 되면
폭포는 곧은 소리를 내며 떨어진다

곧은 소리는 소리이다
곧은 소리는 곧은

소리를 부른다
번개와 같이 떨어지는 물방울은
취할 순간조차 마음에 주지 않고
나타와 안정을 뒤집어놓은 듯이
높이도 폭도 없이
떨어진다

  살아가기 어려운 세월들이 부닥쳐 올 때마다 나는
피곤과 권태에 지쳐서 허술한 술집이나 기웃거렸다.
  거기서 나눈 우정이며 현대의 정서며 그런 것들이
후일의 나의 노트에 담겨져 시가 되었다고 한다면 나의
시는 너무나 불우한 메타포의 단편들에 불과하다.
  우리에게 있어서 정말 그리운 건 평화이고 온 세계의
하늘과 항구마다 평화의 나팔 소리가 빛날 날을 가슴
졸이며 기다리는 우리들의 오늘과 내일을 위하여 시는
과연 얼마만한 믿음과 힘을 돋우어 줄 것인가.

1957.

시작 노트 2

시 행동을 위한 밑받침. 행동까지의 운산(運算)이며 상승.
7할의 고민과 3할의 시의 총화가 행동이다. 한 편의 시가
완성될 때, 그때는 3할의 비약이 기적적으로 이루어질
때인 동시에 회의의 구름이 가시고 태양처럼 해답이
나오고 행동이 나온다. 시는 미지의 정확성이며 후퇴 없는
영광이다.

과학이 우주 정복을 진행하고 있다고 해도 시인은
조금도 놀라지 않는다. 그는 오히려 그의 주변의
쇄사(瑣事)에 만족하고 있을 수 있다. 따라서 시의 제재만
하더라도 세계적이거나 우주적인 것을 탐내지 않아도
될 듯하다. 우리나라의 국내적인 제 사건이 이미 충분히
세계성을 띠고 있기 때문이다. 요즈음 보라. 신문 독자들은
우선 국내 기사부터 보고 그다음에 해외 기사는 매우
요긴치 않은 표정으로 훑어보고 있지 않는가. 이런 새

현상은 4·19를 분수령으로 해서 휙 달라졌고 5·16 후에 더 자심해졌다. 시의 서정면도 동일. 우선 우리나라가 가지고 있는 서정을 찾아보자는 경향이 자연히 짙어지고 8·15 후까지도 농후하던 보헤미안적인 기분은 많이 탈피되었다. 이제 우리나라의 시는 어떻게 하면 멋진 세계의 촌부가 되는가 하는 일이다.

시의 형식 나는 시의 형식 문제에 대해서 지극히 등한하다. 나의 경험으로 비춰 볼 때 형식은 '투신'만 하면 간단히 해결될 수 있는 것이기 때문이다. 형식상의 모방도 있을 수 있는 일인데, 한 가지 주의할 점은 심각하게 모방하면 실패하지만 유쾌하게 모방하면 성공할 수 있다는 것을 알아야 한다. 이와 유사한 소리를 엘리엇이 한 것 같고 또 실천하고 있다고 보는데 엘리엇의 고시(古詩)로부터의 인용은 훨씬 의식적인 것이라고 생각된다. 사람마다 모양을 내는 법이 각각 다르지만 나의 취미로서는 모양을 전혀 안 내는 것이 가장 모양을 잘 내는 법이라고 생각된다. 물론 5·16 이전의 우리 사회의 통속성에 대한 반발도 있었겠지만 나는 거지꼴을 하고 다니는 것이 퍽 좋았던 것만은 사실인데, 실은 일반 사회가 건전하고 소박해야지만 시인도 색깔 고운 수건쯤 꽂고 싶은 생각이 들 것이다.

시의 내용 종교적이거나 사상적인 도그마를 시 속에
직수입하고 싶은 충동을 느껴 본 일은 없다. 시의 어머니는
어디까지나 언어. 따라서 나는 시의 내용에 대해서 고심해
본 일이 없고, 나의 가슴은 언제나 무. 이 무 위에서 파괴와
창조가 동시에 이루어진다. 앞으로 남은 문제는 어떻게
하면 생활을 더 심화시키는가 하는 것. 그러나 다음
작품에 대한 기대는 언제나 어그러진다. 이러한 기대가
어그러질수록 작품의 질은 더 좋아질 수 있는 것이 아닐까.
그렇게 속으면서도 기대는 본능적으로 생겨나게 마련이고
창조를 위해서는 이 기대란 놈은 우주 로켓이 벗어 버리는
투겁과 흡사하다.

시어 내가 써 온 시어는 지극히 평범한 일상어뿐이다.
혹은 서적어와 속어의 중간쯤 되는 말들이라고 보아도 될
것이다. 고어도 연구해 본 일이 없고 시조에 대한 취미도
없다. 어느 서구 시인이 시어는 15세까지 배운 말이
시어가 될 것이라고 한 말을 기억하고 있는데, 나의 시어는
어머니한테서 배운 말과 신문에서 배운 시사어의 범위

안에 제한되고 있다.

스승 없다. 국내의 선배 시인한테 사숙한 일도 없고 해외
시인 중에서 특별히 영향을 받은 시인도 없다. 시집이고
일반 서적이고 읽고 나면 반드시 잊어버리는 습관이
있어서 퍽 편리하다. 시인이라는, 혹은 시를 쓰고 있다는
의식을 가지고 있는 것처럼 큰 부담이 없다. 그런 의식이
적으면 적을수록 사물을 보는 눈은 더 순수하고 명석하고
자유로워진다. 그런데 이 의식을 없애는 노력이란 똥구멍이
빠질 정도로 무척 힘이 드는 노력이다.

환경 시의 환경을 만들려고 노력하는 친구도 있는 모양
같은데 나는 오히려 그런 친구들을 경멸한다. 시를 쓸 때는
색색이 잉크를 사용하거나 사치스러운 원고지를 쓰거나
해서 기분을 내는 사람도 옛날에는 있었다고 하지만
나는 그런 장난은 해 본 일이 없다. 나의 기벽이라면 나는
절대로 원고지에 시의 초고를 쓰지 않는다는 것이다.
대체로 휴지에 가까운 종이에 쓰는 것이 편하고 거의
습관처럼 되어 있다. 한마디로 말해서 나의 환경은 지극히
평범하다. 평범한 남편이요, 평범한 아버지요, 평범한

국민이요, 평범한 경제 상태요, 평범한 옷차림이요, 평범한
인인(隣人)이다.

독자 시의 독자. 가장 곤란한 존재는 필리스틴들이다.
소위 대학교육이나 받았다는 친구들, 시를 쓴다는
친구들, 시를 사모한다는 친구들, 글줄이나 쓴다는
친구들, 이들이 시를 교살하고 있다. 신문사의 문화부,
라디오의 시 감상 시간, 하물며 문학지의 편집인들이나
대학의 문학과 선생님들까지. 그리고 시의 월평. 시를
가장 이해한다는 축들이 사실은 밤낮으로 어떻게
하면 시를 가장 합법적으로 독살시킬 수 있을까 하고
구수회의(鳩首會議)를 열고 있다. 그렇지만 그들은 나를 볼
때에는 누구보다도 자기가 가장 많이 시에 대한 이해력을
가지고 있는 것 같은 은근한 추파를 던진다. 나도 모르는
나의 시에 대해서까지도.

비평 나는 여지껏 나의 작품에 대해서 정확한 판단을
내린 비평을 본 일이 없다. 거기다가 우리나라의 소위
월평이라는 것이 전부가 한결같이 심미적인 것뿐이다.
우리나라의 비평가들처럼 사회성을 과도히 주장하고 있는

사람들도 없지만 우리나라처럼 심미적인 시평이 산적한
나라도 세계에 그 유례가 없을 것이다. 그런데 이들이
실천하는 심미주의가 어떠한 것이냐 하는 문제……. 좌우간
시단 월평이라는 것이 10년 동안만 신문이나 잡지에서
완전히 자취를 감춘다면, 나의 생각 같아서는 시의 질이
에누리 없이 한 백년은 진보할 것 같다.

시 아아, 행동에의 계시. 문갑을 닫을 때 뚜껑이
들어맞는 딸각 소리가 그대가 만드는 시 속에서 들렸다면
그 작품은 급제한 것이라는 의미의 말을 나는 어느
해외 사화집에서 읽은 일이 있는데, 나의 딸각 소리는
역시 행동에의 계시다. 들어맞지 않던 행동의 열쇠가
열릴 때 나의 시는 완료되고 나의 시가 끝나는 순간은
행동의 계시를 완료한 순간이다. 이와 같은 나의 전진은
세계사의 전진과 보조를 같이한다. 내가 움직일 때 세계는
같이 움직인다. 이 얼마나 큰 영광이며 희열 이상의
광희(狂喜)이냐!

예언 시의 예언성. 나는 사후 백년 후에 남을 시를 쓰려고
노력할 수는 없지만, 작품이 끝난 후 반년 정도의 앞을

예언할 만한 시는 쓰고 싶다. 반년 정도의 예언이지만 여기에도 피해가 많다. 원래가 예언자란 들어맞을 때는 상을 안 주고 안 들어맞을 때는 화형을 받는다. 아냐, 그는 들어맞을 때도 안 들어맞을 때도 한결같이 화형을 당하게 마련이다.

장시 장시 같은 것은 써 보려고 한 일도 없다. 시는 되도록 짧을수록 좋다는 것이 나의 지론이고, 장시를 써낼 만한 역량도 제재도 없다. 장시를 쓸 바에야 희곡을 쓰고 싶다. 희곡에는 고료가 정해져 있지만 장시에는 지정된 고료가 없으니 우선 이것부터 불편하다. 또 우리나라에는 몇 매 이상이 장시라는 상식조차도 없다. 엘리엇이 우리나라에서 「황무지」를 발표하였다면 원고료는 역시 잘해야 3000환밖에는 못 받았을 것이고, 그것도 매우 떳떳하지 못하게 받았을 것이다. 나의 동료 중에는 시의 고료는 일체 받지 않기로 작정하고 있는 드문 미덕을 가진 분도 있어서 나도 한번쯤은 흉내를 내 본다 내 본다 하면서 아직까지도 실행을 해 본 일은 한번도 없다.

시를 쓰는 시간 일정하지 않다. 성북동에 셋방살이를

할 때 그 집 주인이 이은상 씨와 동경에서 같은 하숙에
있었다고 하면서 씨의 미담을 많이 들려주었는데, 씨는 꼭
밤을 파 가면서 시작(詩作)을 하였다고 해서 나도 흉내를
내 볼까 했는데 한번도 성공해 본 일은 없다. 이유는
내가 씨보다 몸이 약한 탓이라고 생각하고 있다. 나의
버릇으로는 술을 마시고 난 이튿날 시를 쓰는 기회가
비교적 많았다. 물론 시를 써 보려는 불순한 동기로 술을
마신 일은 한번도 없었고 나는 시보다도 술을 더 좋아한다.
술은 우리 집 내력이라 아버지는 소주로 돌아갔고
증조할아버지는 마나님이 술을 못 마시게 하느라고 옷을
감추어 놓았더니 마나님의 베속곳을 입고 나가서 술을
마셔서 별명이 '베바지'였다고 한다. 나한테는 무슨 별명이
붙을지 모르겠다.

1961. 6. 14.

시작 노트 3

후란넬 저고리

낮잠을 자고 나서 들어 보면
후란넬 저고리도 훨씬 무거워졌다
거지의 누더기가 될락 말락 한
저놈은 어제 비를 맞았다
저놈은 나의 노동의 상징
호주머니 속의 소눈깔만한 호주머니에 들은
물뿌리와 담배 부스러기의 오랜 친근
윗호주머니나 혹은 속호주머니에 들은
치부책 노릇을 하는 종이쪽
그러나 돈은 없다
— 돈이 없다는 것도 오랜 친근이다
— 그리고 그 무게는 돈이 없는 무게이기도 하다

또 무엇이 있나 나의 호주머니에는?

연필쪽!

옛날 추억이 들은 그러나 일년 내내 한번도 펴 본 일이 없는

죽은 기억의 휴지

아무것도 집어넣어 본 일이 없는 왼쪽 안호주머니

—— 여기에는 혹시 휴식의 갈망이 들어 있는지도 모른다

—— 휴식의 갈망도 나의 오랜 친근한 친구이다……

내 시는 '인찌끼'*다. 이 「후란넬 저고리」는 특히 '인찌끼'다. 이 시에는 결구가 없다. "낮잠을 자고 나서 들어 보면 후란넬 저고리도 훨씬 무거워졌다"에 기간적(基幹的)인 이미지가 걸려 있기는 하지만 이것이 과연 결구를 무시한 흠점을 커버해 줄 만한 강력한 투영을 가졌는지 의심스럽다. 나는 이 시의 후반은 완전히 절단해 버렸고 총 40여 행의 초고가 청서를 하고 났을 때는 19행으로 줄어 버렸다. 너무 짧아진 것이 아깝고 분해서 고민을 한 끝에 한 행씩 떼 가면서 청서를 할까 하다가 너무 장난이 심한 것 같아서 그만두었다.

* 멍텅구리낚시.

402

다음에는 '친근'이란 말이 세 번 나오는데 이것이 두 번이
아니고 세 번 나오는 게 도무지 불만스럽다. 세 번째의
"나의 오랜 친근한 친구이다……"는 완전한 타성이다.
도대체 친구면 친근한 것인데 구태여 '친근한 친구'라고
불필요한 토를 박은 것이 싱겁다. 이것도 궁여지책으로
'친구'를 고딕체로 할까 하다가 비겁한 것 같아서
그만두었다.

그러면 이 시의 기간적인 이미지인 벽두의 제1, 2행
자체는 완전한 것이란 말인가? 그러나 그것도 장담할 수
없다. 맨 처음에는 "낮잠을 자고 나서 들어보니/ 후란넬
저고리도 무겁다"로 되어 있던 것이, '보니'가 '보면'이
되고, '무겁다'가 '무거워졌다'라는 과거로 변하고, 게다가
'훨씬'이라는 강조의 부사까지 붙게 되었다. 그러고 보니 이
이미지의 OK 교정이 나왔을 때는 이것은 교정이 아니라
자살이 되고 말았고, 본래의 '이데아'인 노동의 찬미는
자살의 찬미로 화해 버렸다. 그래서 나는 에스키스의
윗난에다 아래와 같은 낙서를 했다.

$$갱생 = 변모 = \frac{'자기 개조'}{생리의 변경} = 력(力) = 생 = \frac{자의식의}{괴멸} = 애정$$

그러나 내 시가 그래도 '인찌끼'인 줄 모르는 '인찌끼'
독자들에게 참고로 몇 마디 더 해 둘 말이 있다. 나의

후란넬 저고리는—정확하게 말해서 후란넬이라는
양복지는—색이 변하지 않는다. 적어도 6년 이상을
입어서 팔뒤꿈치가 허발창이 났는데도 색만은 여전히
푸르다. 그리고 여전히 가볍고 여전히 보드럽다. 당신들의
구미에 맞게 속시원히 말하자면 후란넬 저고리는 결코
노동복다운 노동복이 못 된다. 부끄러운 노동복이다.
그러면 그런 고급 양복을—아무리 누더기가 다 된
것일망정—노동복으로 걸치고 무슨 변변한 노동을
하겠느냐고 당신들이 나를 나무랄 것이 뻔하다. 그러나
당신들의 그러한 모든 힐난 이상으로 소중한 것이 나의
고독—이 고독이다.

1963.

시작 노트 4

적

제일 피곤할 때 적에 대한다
바위의 아량이다
날이 흐릴 때 정신의 집중이 생긴다
신의 아량이다

그는 사지의 관절에 힘이 빠져서
특히 무릎하고 대퇴골에 힘이 빠져서
사람들과
특히 그가 가장 사랑하는 사람과의 관련을 해체시킨다

시는 쨍쨍한 날씨에 청랑한 들에
환락의 개울가에 바늘 돋친 숲에

버려진 우산

망각의 상기다

성인(聖人)은 처를 적으로 삼았다

이 한국에서도 눈이 뒤집힌 사람들

틈에 끼여 사는 처와 처들을 본다

오 결별의 신호여

이조 시대의 장안에 깔린 기왓장 수만큼

나는 많은 것을 버렸다

그리고 가장 피로할 때 가장 귀한

것을 버린다

흐린 날에는 연극은 없다

모든 게 쉰다

쉬지 않는 것은 처와 처들뿐이다

혹은 버림받은 애인뿐이다

버림받으려는 애인뿐이다

넝마뿐이다

제일 피곤할 때 적에 대한다

날이 흐릴 때면 너와 대한다

가장 가까운 적에 대한다

가장 사랑하는 적에 대한다
우연한 싸움에 이겨 보려고

절망

풍경이 풍경을 반성하지 않는 것처럼
곰팡이 곰팡을 반성하지 않는 것처럼
여름이 여름을 반성하지 않는 것처럼
속도가 속도를 반성하지 않는 것처럼
졸렬과 수치가 그들 자신을 반성하지 않는 것처럼
바람은 딴 데에서 오고
구원은 예기치 않은 순간에 오고
절망은 끝까지 그 자신을 반성하지 않는다

적

우리는 무슨 적이든 적을 갖고 있다
적에는 가벼운 적도 무거운 적도 없다
지금의 적이 제일 무거운 것 같고 무서울 것 같지만
이 적이 없으면 또 다른 적 — 내일

내일의 적은 오늘의 적보다 약할지 몰라도
오늘의 적도 내일의 적처럼 생각하면 되고
오늘의 적도 내일의 적처럼 생각하면 되고

오늘의 적으로 내일의 적을 쫓으면 되고
내일의 적으로 오늘의 적을 쫓을 수도 있다
이래서 우리들은 태평으로 지낸다

　세계 여행을 하는 꿈을 꾸었다. 김포 비행장에서
떠날 때 눈을 감고 떠나서, 동경, 뉴욕, 런던, 파리를
거쳐서(꿈속에서도 동구라파와 러시아와 중공은 보지 못하게 되어
있었기 때문에 착륙하지 못했다.) 홍콩을 다녀서, 다시 김포에
내릴 때까지 눈을 뜨지 않았다. 눈을 뜬 것은 비행기와
기차와 자동차를 오르내렸을 때뿐, 그리고 호텔의
카운터에서 돈을 지불할 때뿐 그 이외에는 일절 눈을 뜨지
않았다. 말하자면 나는 한국에서도 볼 수 있는 것만은
보았지만 그 이외의 것은 일절 보지 않았다.
　꿈에서 깨어서, 김포에서 내려서 집에 올 때까지의
일을 생각해 보았다. 꿈에서와는 달리 나는 여간 마음이
흐뭇하지 않았다. 요컨대 나는 이런 속물이다. 역설의
속물이다.
　시에서도 이런 치기가 아직 가시지 않고 있다. 여편네를

욕하는 것은 좋으나, 여편네를 욕함으로써 자기만 잘난
체하고 생색을 내려는 것은 치기다. 시에서 욕을 하는
것이 정말 욕이 되는 것은 아니지만, 하여간 문학의 악의
언턱거리*로 여편네를 이용한다는 것은 좀 졸렬한 것 같은
감이 없지 않다. 이불 속에서 활개를 치거나 아낙군수**
노릇을 하기는 싫다. 대개 밖에서 주정을 하는 사람이
집에 들어오면 얌전하고, 밖에서는 샌님 같은 사람이 집
안에 들어오면 호랑이가 되는 수는 많다고 하는데 내가 그
짝이 아닌지 모르겠다.

　아무튼 요즘은 집에 들어앉아 있는 시간이 많고, 자연히
신변잡사에서 취재한 것이 많이 나오게 된다. 그래서 그
반동으로 '우리'라는 말을 써 보려고 했는데 하나도 성공한
것이 없는 것 같다. 이에 대한 자극을 준 것은 C. 데이
루이스의 시론이고,《시문학》9월호에 발표된「미역국」
이후에 두어 편가량 시도해 보았는데, 이것은 '나'지
진정한 '우리'가 아닌 것 같다. 엘리엇이 '나'도 여러 가지
'나'가 있다는 말을 어디에서 한 것을 읽은 일이 있는데,
지금의 나의 경우에는 그런 말은 호도지책(糊塗之策)도
되지 못한다. 진정한 해답은 좀 더 시간을 두고 기다려

---

*　억지로 떼를 쓸 만한 핑계.
**　늘 집 안에만 있는 사람.

봐야겠다. 그런 의미에서는 「잔인의 초」(《한양》에 발표)가
작위(作爲)가 없이 자연스럽게 나온 것 같지만 역시
소품이다.

아직도 한 1, 2년 침묵을 지키고 준비를 갖출 만한
환경도 안 되어 있고 용기도 부족하다. 한 달이나, 기껏해야
두 달의 간격을 두고 쓰는 것이 큰 작품이 나올 수가 없다.
나는 보통 한 달이나 보름에 한 편은 쓰는 꼴인데, 어쩌다
한 달이 못 되어서 나오는 작품이 있고, 이런 작품은 후에
보아도 그 무게가 드러난다.

요즘 시론으로는 조르주 바타유의 『문학의 악』과
모리스 블랑쇼의 『불꽃의 문학』을 일본 번역책으로
읽었는데, 너무 마음에 들어서 읽고 나자마자 즉시
팔아 버렸다. 너무 좋은 책은 집에 두고 싶지 않다. 집의
서가에는 고본옥에서도 사지 않는 책만 꽂아 두면 된다.
이왕 속물근성을 발휘하려면 이류의 책이나 꽂아 두라.

나는 한국말이 서투른 탓도 있고 신경질이 심해서 원고
한 장을 쓰려면 한글 사전을 최소한 두서너 번은 들추어
보는데, 그동안에 생각을 가다듬는 이득도 있지만 생각이
새어 나가는 손실도 많다. 그러나 시인은 이득보다도
손실을 사랑한다. 이것은 역설이 아니라 발악이다.

노상 느끼고 있는 일이지만 배우도 그렇고, 불란서
놈들은 멋있는 놈들이다. 영국 사람들은 거기에 비하면

촌뜨기다. 바타유를 보고 새삼스럽게 그것을 느낀다.

그러나 당분간은 영미의 시론을 좀 더 연구해 보기로 하자.

1965.

일기

11월 24일

청춘사에 원고료를 받으러 갔다가 《신태양》에
게재된 최태응의 「태양의 수고」를 여기저기 읽어 본다.
산만하기 짝이 없는 소설이지만 평범하게 매만진 무난한
소설에서보다 오히려 자극을 주는 것이 있다. 이것을 읽고
무엇인지 모르게 유쾌한 것을 느낀다. 나의 안에서 자라고
있는 소설에의 사상(?)이 눈에 보이는 것같이 성장한 것
같은, 그리고 그것을 들여다볼 수 있는 기회를 얻었다고나
할까─이상한 나 자신의 성장감을 의식하는 데서 오는
희열.─최고의 희열이다!

청춘사에서 울다시피 하여 겨우 700환을 받아 가지고
나와서 로 선생을 찾아갔다. 장사에 분주한 그 여자를 볼
때마다 나는 설워진다. 도대체 미도파 백화점에 들어서자
그 휘황한 불빛부터가 나는 비위에 맞지 않는다. 침이라도

뱉고 싶은 것을 억지로 참고 나와서, 로 선생의 말대로
'상원'에 가서 기다렸으나 그는 오지 않았다.

　그를 기다리는 동안 출입문을 등지고(서쪽을 향하고
앉아서) Hemingway (헤밍웨이)의 *The Snows of
Kilimanjaro*(킬리만자로의 눈)를 읽었다. 순수한 시간이었다.
애인은 오지 않았지만, 애인을 만나고자 기다리는 순수한
시간을 맛보았다는 것만으로 나는 만족할 수 있다.

　누가 무엇이라고 비웃든 나는 나의 길을 가야 한다.
애인이, 벗들이 무엇이라고 비웃고 백안시하든 그것이
문제일 까닭이 없다.

　이 산만한 눈앞의 현실을 어떻게 형상화하고, "미-라"와
같은 나의 생활 위에 살과 피가 한데 뭉친 거대한 걸작을
만들 수 있느냐?

　나는 이 이상 더 눈앞의 현실을 연구할 필요가 없다.
이것들을 어떻게 '담느냐?'가 문제이다.

　오늘은 나의 생일날이다. 수환에게 만년필을 고치라고
100환을 주고 나머지 200환을 어머니에게 내놓았다.

11월 28일

중국인 소학교 운동장에 있는 '이런 운동기구'에
매어달리어서 아이들이 째째거리며 놀고 있는 것이 보인다.
우윳빛 황혼 유리창 문 앞을 스쳐 가고 이 초겨울 메마른
운동장에는 어느덧 아이들의 자체가 없어지고 만다.
운동장 저편에는 서울의 유수한 빌딩들이 두부 조각같이
서 있고 그 아래 고깃점같이 깔려 있는 벽돌집에는
전깃불이 금가락지 같은 테를 두르고 비치고 있다.

식은 이 한 점 전깃불을 보려고 시선을 모은다. 그러나
그가 두 번째 생각하던 고개를 고쳐서 들어 볼 때 그

불은 꺼져 버리고, 소학교 마당에는 다시 아이들의 검은 그림자가 어정댄다. 어느 놈은 연회색 시멘트 층계 위에 드러누워 있는 놈도 있고 어느 놈은 층계를 올라서서 학교 교사 안으로 들어간다. 모두 열닷을 넘지 못한 어린아이들이로구나 생각하며, 식은 눈에 짚이는 대로 그의 나이를 점쳐 본다.

암만 보고 있어도 이 평범한 풍경이 싫지가 않다. 오늘은 일요일이다.

식의 생각도 저 풍경들과 같이 특색이 없으며 구스한 것뿐이다.

'어디 시골 학교에 교원 노릇이나 하러 갈까?'

이렇게 자문하여 보았으나 이런 장래에의 계획도 오래 계속되지 못한다.

열흘이고 한 달이고 이렇게 한정 없이 앉아서 저 풍경 속에 빨려 들어가 보고 싶은 의욕밖에는 없는 것 같았다.

사람이라든가, 그들의 움직임이라든가, 그들의 주고받는 말 같은 것도 그러하였다.

식은 그냥 그것을 보고 듣고만 있고 싶은 것이다. 그러면 그 안에서 무한한 향기가 풍겨 나오는 것 같다고 그는 느끼는 것이었다.

오늘은 일요일이다.

11월 30일

　결론은 적극적인 정신이 필요한 것이다. 설움과 고뇌와
노여움과 증오를 넘어서 적극적인 정신을 가짐으로 (차라리
획득함으로) 봉사가 가능하고, 창조가 이루어질 수 있는
것이다.

　산다는 것 전체가 봉사가 아닌가 생각한다.

　여기에서 비로소 생활이 발견되고 사랑이 완성된다.

　비록 초 끝에 묻어 나오는 그을음같이 연약한
것일지라도 이것을 잡는 자만이 천국을 바라볼 수 있는
것같이 느껴진다.

　아름다운 마음에는 모-든 것이 아름답게 비치는 것이다.

　비참과 오욕과 눈물을 밟고 가는 길이지만, 나는
오늘이야말로 똑바로 세상을 보고 걸어갈 수 있다는
자부심을 의식하게 되었다. 말론 쉽고 평범한 것이지만

여기까지 오기에도 무한한 고통과 남모르는 노력이 숨어
있었던 것이 아니냐. 그러나 지금 나는 지나간 일을 헤아릴
틈이 없다. 앞길이 바쁘기 때문이다.

　아직도 기지(旣知)의 ‘나'보다는 미지(未知)의 ‘나'가
더 많이 남아 있다는 것을 깨달을수록 더한층 앞길이
바쁘다는 초조감에 빠지는 것이다.

　나무를 보더라도 검은 진창을 넘다가도 바람이
뺨을 스치고 가는 것에 눈이 뜨이듯이 모-든 것이
감사하다는 생각에 온몸이 떨린다. 이러한 감정이 일시적
감상(sentiment)이 되지 않기를 원할 따름이다.

　희망은 구태여 찾을 것이 아니지만, 다가오는 희망을
애를 쓰고 버릴 필요는 없다.

　자기에게 희망이 없다고 생각하던 자에게 처음 희망의
의식이 돌아올 때에 그것은 가을의 새벽 햇빛보다도 맑고,
부드럽고, 산뜻하고 반가운 것이다.

　희망을 의식한다는 것은 ‘사는 권리'를 얻었다는 의미가
되고, 삶을 찾아야겠다는 의무감을 준다.

　창밖에서는 늦은 가을 궂은비가 덧없이 내리지만, 지금
나의 가슴속에는 봄의 새싹이 터오르는 것 같다. 나는
지금 희망의 지평선 위에 두 다리를 버티고 크게 서서 두
손을 훨씬 치키면서 기지개라도 켜고 있는 셈이다.

　생활을 찾아가자. 나의 길 앞에 원자탄보다 더 무서운

장애물이 있으면 대수이냐! 지금이야말로 아깃자깃한,
애처로운, 그리고 따스하고, 몸부림치고 싶은, 코에서는
유황 냄새 같은 것이 맡아 오는, 와사등 밑에 반사되는
물체처럼 아련하고도 표독한 생활을 찾아가자. 자유는
나의 가슴에 붙은 흰 단추와 같다.

　아름다운 여자와 신(神)을 꿈꿀 필요는 없다.
　너의 앞에는 깊은 너의 업이 있나니 너의 온몸을 문대고
나가야 할 억센 업이 있나니
　작고 속되다고 남을 비웃기 전에 너 자신의 작음을
부끄러워하고
　도달하지 못할 우주의 미개지를 향하여 사람의 무기가
아니고 무슨 신(神)의 무기처럼 날아가거라.

　너의 모-든 말이 없어질 때, 너의 소설이 시작한다.

　소아과 병실에서 일하는 여의사는 어떠한 생활을 하고
있는가? 그들의 너무나 말쑥하게 보이는 생활. 저것을
해부하고 저것을 로마네스크화하는 방법은?

　흡사 원숭이같이 생긴 갓난아이가 간호원의 팔에 안겨
있는 것을 보았다. 살빛도 짐승같이 까무잡잡하고 얼굴이

앙상하게 뼈만 남은 데다가 쌍꺼풀이 진 큰 눈이 도무지 사람의 눈같이 보이지 않는다. 그래도 그 조그마한 생물은 살아 있었다. 살아 있어서는 아니 될 것이 살아 있는 것만 같아서 자꾸 눈이 가더라.

그의 부모는 어떠한 사람일까? 역시 이 어린아이와 같이 그렇게 뼈만 남은 해골같이 생긴 사람일까?

장사하는 사람일까?

어디 회사의 중역일까?

군인일까? 혹은 부모가 없는 아이인가?

아침을 먹다가 목에 가시가 걸렸다. 국 말아 뜨던 숟가락을 멈추고 맨밥을 떠서 눈을 꾹 감고 먹어 보았으나 도무지 효력이 없다. 목에 가시가 걸린 지도 참 오래간만이라고 생각하면서 밥 덩어리를 입속에 넣고 침을 발라서 흙덩어리 삼키듯이 몇 번 고생하여 넘겨 보았지만 가시는 영 깐작깐작 목에 걸려 넘어가려 들지 않는다.

하루 종일 집에 붙어 앉아서 일을 하려던 것이 이렇게 되면 불가부득 또 거리로 나가야 한다.

차라리 속에 가시나 걸렸으면 다행이지만 그렇지 않고 다른 고장이라도 생겼으면 큰일 날 노릇이다.

부랴사랴 옷을 갈아입고 수도육군병원을 찾아갔다. 이 병원에 친구가 군의관으로 근무를 하고 있는 것이다.

    문화동에서부터 광화문 네거리까지 버스를 타고
가면서 나는 속으로 몇 번이고 싱거운 웃음을 짓지 않으면
아니 되었다. 목구멍에 걸린 가시 하나 때문에 이렇게 먼
길을 수고를 하고 와야 할 생각을 하니 나 자신이 무슨
희극배우 모양으로 여간 우습게 생각이 들지 않는다.

    광화문 네거리에서 자동차를 내려서 중앙청 앞까지
다다랐을 때 소설가 H씨 부인을 우연히 만났다. 어디를
가시느냐고 묻는 말에 부인은 어저께 저녁에 어린아이가
자동차에 치여서 지금 세브란스병원에 입원 중이라는
난데없는 소식을 고하면서 눈자위가 붉어지면서 눈물까지
글성글성하여진다.

    "……하마터면 죽는 줄 알았어요!"

    하면서 부인은 호소하는 듯이 놀란 나의 얼굴을
치어다본다.

    "어서 가 보세요. 저도 이따가 가 보지요."

    하고 나는 우선 나의 목의 가시부터 빼야 할 생각으로
부지런히 경복궁 앞을 지나 수도육군병원을 찾아
들어갔다.

    수술 중이라는 C 중위를 나는 복도 위에서 20분
동안이나 기다렸다. 오래간만에 병원에 와 보니 어깨의
기운이 탁 풀리고 기분 좋은 한숨까지 나오는 것이
방정맞은 소리지만 고향에 돌아온 것 같은 친애감이

드는 것이다. 이것은 나만이 혼자만 느낄 수 있는 감정이
아니리라.

C 중위는 내 손을 붙잡고 아니 무슨 바람이 불어서
여기까지 산보를 왔느냐고 너털웃음을 웃는다.

"아냐 목구멍에 가시가 박혔어! 이것 좀 빼 주게!"

C 중위는 한번 더 너털웃음을 웃고 나를 데리고
2층으로 올라간다. 층계를 올라가다가 C는 나를 돌아보고

"H씨 어린아이가 자동차에 다쳤네."

하고 그는 내가 모르는 줄 알고 말하는 것이다.

"나도 알어, 지금 막 요 앞에서 H씨 부인을 만났어."

하면서 무표정으로 그의 뒤를 따라서 이비인후과를
찾아가 보니 당번 군의는 보이지 않았다.

기어코 나는 나의 목적은 달성하지 못하고 C와 같이
병원을 나왔다. 둘이서 같이 세브란스병원으로 가자는 데
우리는 의견이 일치하였다.

병원을 나오다가 병원차가 개천 한복판에 빠져 있는
것을 보고 C도 나도 웃었다.

빠진 자동차를 건져 내기 위하여 군인 둘이 출동하여
삽과 곡괭이를 들고 방축에 치켜 쌓은 돌벽을 뭉개고
있었다.

침을 연거푸 삼켜 보았으나 여전히 가시는 목에
걸린 채 좀체로 내려가지 않았다. 그것도 눈물이

나오도록 뜨끔뜨끔하게 아픈 것이 아니라 어떻게 침을 삼키면 아무렇지도 않다가 또 어떻게 침을 삼키면 딱작딱작거리는 것이 기분이 상하기 똑 알맞을 정도이어서, 이렇게 감질을 내면서 걸려 있는 놈의 가시가 더 괘씸한 생각이 든다.

그래도 나는 이것을 참고 C의 뒤를 따라 하이야를 타지 않으면 아니 되었다.

세브란스병원 앞에서 차를 내리자 궂은비가 내리기 시작한다.

가시 때문에 이렇게 고생을 하는 생각을 하니 귀찮다는 생각보다는 차라리 웃음이 나온다.

세브란스병원에는 소아과가 4층에 있었다. 우리는 4층의 8호실을 찾아갔다. H씨와 아주머니가 아이가 누워 있는 침대 옆에 섰다가 우리를 보고 반색을 하여 맞아 준다.

나는 나의 목의 가시를 다행히도 세브란스병원 아래층에 있는 이비인후과에서 빼게 되었으나 이 가시를 빼기까지 나는 근 한 시간 반이나 기다리지 않으면 아니 되었다.

그동안에 C와 H씨와 같이 역 앞에 다방에 가서 차를 마시고 들어왔으며, C는 H씨의 일로 의사들을 찾아다니며 여러 가지 일을 보아 주었다.

그러나 이 가시를 빼는 데 상당한 힘이 들었다.(미완)

(하략)

1955년 1월 2일(일) 밤

乘夜圖

어둠을 일주하고 돌아왔다
나는 죽음을 걸고 청춘을 지켜야 한다
어둠을 일주하고 돌아왔다는 것은 어둠이 끝이 났다는
의미는 아니다
속된 마음이란 남과 나의 관계를 생각하기에 타락하여
버린 마음이다
죽음을 일주하고 돌아왔다는 말을 차마 쓰지 못하고
어둠을 일주하고 돌아온 것으로 영원히 내가 오인을
받더라도 나는 가만히 이대로 있어야 할 것이다

나의 가슴에 청춘이 있으면
청춘과 죽음이 입을 맞추고 있으면 그만이다?

"여보게 나도 한몫 끼우세. '첼로'를 옆의 약방집에서 빌려 가지고 왔으니 밤이 늦었더라도 나와 같이 삼중주를 하여 보세. 어서어서 열어 주게." 하고 영원이라는 놈이 문을 두드리면서 야단법석이다.

"당신은 여기에 들어올 자격이 없어요. 당신은 바른쪽 어깨가 성하니까 문을 두드릴 힘이 있겠지만 우리는 둘이 다 왼쪽 발과 궁둥이가 없으니 당신에게 문을 열어 주러 나갈 수가 없어요." 하고 청춘 여사는 한층 더 힘 있게 죽음을 껴안는다.

"조금만 더 기다려 보게. 비행기가 날아와서 자네의 어깨를 떼어 갈 걸세. 적어도 평명까지는 그렇게 될 것이야. 그때가 되면 어떻게 해서든지 문을 열어 주지." 하는 죽음의 말에

"평명이 무엇인가?" 하고 영원이 물어보니

"평명이란 평할 평 자에 밝을 명 자이지. 그리고 그 뜻은……."

평명에 대한 해석은 죽음이 한 대답이 아니라 하늘이 돌멩이 던지듯이 가벼웁게 던져 준 말이었으며

그 뜻은 바늘이라는 것이라나.

1월 5일(수)

감기가 가서 이틀 동안을 누워 있다가 시 한 편을 써 가지고 동아일보를 찾아갔다.

새해에는 번역 일을 아니하려고 하나 어찌 될 것인지.

희망사 사장에게 20환을 선불을 받아 가지고 '오-레오-마이신'을 사고 《하퍼스》와 《애틀랜틱》을 사 가지고 다방 '행초'에 와서 앉는다.

그저께 밤에 쓴 시 「나비의 무덤」이 안 호주머니에 그저 들어 있다.

앉으나 서나 글을 쓰고 싶은 마음이 용솟음친다. 좋은 단편이여, 나오너라.

방 안에 있을 때의 막다른(절박한) 생각과 밖에 나와 보고 느끼는 세계는 너무나 딴판이다.

세상은 겉도는 것이다.

이런 그림이 아니다.

무슨 기계의 치차 같은 것이 나의 몸 위에서 돌아간다.

문학은 나의 복부와 이 기계와의 사이에 있다고
생각한다.

기침이 나고 넓적다리가 차고 시리다.

문학을 위하여서는 의식적으로 몸에 병을 만들어도
상관이 없으리라고 생각한다.

1960년 6월 16일

'4월 26일' 후의 나의 정신의 변이 혹은 발전이 있다면, 그것은 강인한 고독의 감득과 인식이다. 이 고독이 이제로부터의 나의 창조의 원동력이 되리라는 것을 나는 너무나 뚜렷하게 느낀다. 혁명도 이 위대한 고독이 없이는 되지 않는다. 두말할 나위도 없이 혁명이란 위대한 창조적 추진력의 복본(複本, counterpart)이니까. 요즈음의 나의 심경은 외향적 명랑성과 내향적 침잠 혹은 섬세성을 완전히 일치시키는 데 성공하고 있다. 졸시 「푸른 하늘을」이 약간의 비관미를 띠고 있는 것은 역시 격려의 의미에서 오는 것이리라.

그리고 또 하나의 변이―.

시의 운산(運算)에 과거처럼 집착함이 없다. 전혀 거울을 아니 들여다보는 것은 아니지만 놀라울 만치 적어진 것이 사실이다. 기쁜 일이다. 투박해졌는지? 확실히 투박해졌다. 아니 완전한(혹은 완전에 가까운) 스데미*이다.
그 대신 어디까지나 조심해야 할 것은 스데미를 빙자로 한
안이성이나 혹은 무책임성!

---

*   포기, 자포자기를 뜻하는 일본말이다.

6월 17일

　말하자면 혁명은 상대적 완전을, 그러나 시는 절대적 완전을 수행하는 게 아닌가.

　그러면 현대에 있어서 혁명을 방조 혹은 동조하는 시는 무엇인가. 그것은 상대적 완전을 수행하는 혁명을 절대적 완전에까지 승화시키는 혹은 승화시켜 보이는 역할을 하는 것이 아닌가.

　여하튼 혁명가와 시인은 구제를 받을지 모르지만, 혁명은 없다.

　—하나의 현대적 상식. 그러나 좀 더 조사해 볼 문제.

6월 21일

다음은 빈곤과 무지로부터의 해방.

9월 13일

　일을 하자. 번역이라도 부지런히 해서 '과학 서적'과 기타 '진지한 서적'을 사서 읽자.

　그리고 읽은 책은 그전처럼 서푼에 팔아서 술을 마셔 버리는 일을 하지 말자. 알았다. 이제는 책을 사야 한다고. 피로서 읽어야 한다고. 무기로서 쌓아 두어야 한다고. 책을 쌓아 두어도 조금도 양심의 가책을 느끼지 않고 오히려 떳떳이 앉아 있을 수 있다고.

　불어도 배우자. 부지런히 배우자. 불란서 잡지를 주문해서 참고로 하자. 오늘뿐만 아니라 내일의 참고로도 하자.

　힘이 생긴다. 힘이 생길수록 시계 속처럼 규격이 째인 나의 머리와 생활은 점점 정밀하여만 간다. 그것은 동시에 나의 생활만이 아니기 때문에 널리 세상 사람을 고려에 넣어 보아도 그 시계는 더 정밀해진다. 진정한 힘이란 이런 것인가 보다. 오오 창조.

일하자. 일하자. 두말 말고 일하자.

어서어서 일하자. 아폴리네르의

교훈처럼 개미처럼 일하자.

일하자. 일하자. 일하자. 민첩하게

민첩하게 일하자.

미완성 소설

.

이 작품은 김수영이 1953년경에 쓰다가 묵혀 뒀던 장편소설의
앞부분으로 미완성작이다.

의용군

그들은 이튿날 아침에 의정부에 도착하였다. 길가의 건물들은 벌써 공습으로 태반이 파괴되어 있는 것이다. 몇십 년 전에 무너진 폐허처럼 보이는 것도 있으며 연방 연기가 나는 곳도 있다. 그들은 비행기를 피하여 ○○정미소라고 쓴 간판이 붙은 길에서 훨씬 들어간 빈 창고 안에서 아침을 먹었다. 물론 주먹밥이다. 재수가 좋아야 양은 대접의 국이 한 그릇 차례가 왔다.

순오는 마룻방에서 밥만 한 덩이 얻어먹었다. 순오 건너편 벽에 기대어 양다리를 쭉 뻗고 앉은 사나이의 얼굴을 보고 순오는 자기가 존경하고 있는 시인 임동은 같다고 생각하였다. 좁으면서도 양편이 모가 진 이마, 호수같이 고요하고 검은 눈동자, 이쁘게 닫혀진 입, 그 얼굴 모습이 쌍둥이라 하여도 좋을 만큼 비슷하였다. 순오는 자기도 모르게 자꾸 임동은과 비슷한 얼굴의 사나이에게로 시선이 간다. 어쩔 수 없는 일이었다.

순오가 동경에서 학병(學兵)을 피하여 학교에는 휴학계만
내놓고 서울의 집으로 돌아와 연극 운동을 해보겠다고
극단을 따라다닐 때에 윤이라는 연출가를 알았다. 그
윤이라는 연출가를 통하여 부민관(府民館) 무대 위에서
순오는 임동은을 안 것인데 임동은이가 좌익 시인이라는
것을 안 것은 8·15 때이었다. 만주에서 소인극단을
조직하여 가지고 이리저리 지방을 순회하여 다니던
순오는 해방이 되자 서울로 돌아왔다. 임동은은 순오를
○○○동맹에 소개하였다. 순오는 전평 선전부에서 외신
번역을 맡아보기도 하였고 동대문 밖 어느 세포에 적을
놓고 정치강의 같은 회합에는 빠짐없이 출석하였다.

그러다가 임동은은 어느덧 이북으로 소리도 없이
사라지고 말았다. 윤이라는 연출가도 임동은이가
없어진 후에 순오와 서대문 안 어느 조그마한 다방에서
차이코프스키의 「비창」을 마지막으로 듣고 나서 그 후
서글프게 종적을 감추었다. 순오가 아는 김모, 최모,
심모 같은 유명한 배우들도 하나둘 닭의 털 뽑히듯이
눈에 볼 수 없게 되었다. 순오는 그것을 섧고 용감하다
생각하면서도 자기는 차마 이북으로 건너갈 용기가 나지
않았다.

6·25가 터지자 임동은은 서울에 나타났다. 옛날의

임동은이 아니었다. 그는 좌익 문화인들의 지도자적
역할을 맡아보고 있었다. 순오는 임동은을 만나 보니
부끄러워 얼굴이 들어지지 않았다. 월북도 하지 않고
그렇다고 이남에 남아 그동안에 혁혁한 투쟁도 한 것이
없는 순오는 의용군에 나옴으로써 자기의 미약한 과거를
사죄하는 수밖에 없다고 생각하였다. 임동은은 순오가
의용군에 나오기 일주일 전에 대전 전선으로 중대한
사명을 띠고 내려갔다.

순오는 바지 호주머니에서 담배를 꺼내 피워 물고
임동은과 쌍둥이 같은 사람이 이야기하는 것을 듣고 있다.

"나는 작은마누라 집에서 자고 나오는 길에 창경원 앞을
지나오다가 걸렸어! 어떡해? 안 나가겠다고 하는 도리가
있어야지? 이대로 돈 한푼 못 가지고 끌려 나왔는데……
허, 큰일났어! 인제 할 수 없이 고생줄에 든 거지!" 그는
이렇게 수다를 떨고 있다.

그는 간사한 웃음을 지으며 이야기를 하는데 순오는 그
웃는 얼굴이 싫었다. 제발 웃지 말고 저렇게 너무 떠들지도
말고 가만히 아래만 보고 점잖게 앉아 있어 주었으면
하였다. 그렇게 점잖게 앉아 있어야만 그의 얼굴은 순오의
우상인 임동은의 얼굴에 가장 접근할 수 있었기 때문이다.

순오와 같이 앉아서 밥을 먹고 있는, 스무 명가량이나
앉아 있는 널찌막한 방에는 저명한 소설가 박성집이도

앉아 있었으며 그는 행길이 보이는 높은 창 아래에 턱을
받치고 다리를 꼬고 앉아서 싱글싱글 남의 이야기에 웃고
있다. 박성집이는 비행기가 요란한 폭음을 뿌리고 지나갈
적마다 일어나서 발돋움을 하여 창밖을 내다보며,

"구라망*이로군! (9자 생략) 에이, 째째째째……" 하고 혀를
찬다.

비행기가 저공비행을 하여 국도 위를 따라서 지나갈
때마다 양철 지붕이 드르륵드르륵 울린다.

순오의 일대가 의정부를 떠나서 군가를 부르며 전곡에
도착할 때까지 구라망기는 악마의 그림자같이 그들의 머리
위에서 떠나지 않았다.

"정찰이야, 정찰! (3자 생략) 우리들을 따라오는 거지!"

"저희들이 쏘지는 못 할걸!"

"야이, 이 자식아! 쏠 테면 쏘아 봐라!"

이러한 욕설이 대열 중에서 쏟아져 나오기도 하였다.

벌써 다리가 아파 오기 시작하는 순오는 어젯밤에 밤을
새서 걸어온 피로가 새벽이 되자 새로운 용기로 바뀌는
느낌은 있었으나 그 대신 눈꺼풀이 유난히 뻣뻣하다.

그는 눈을 꿈적꿈적하며 모두들 놀리고 있는 비행기를

---

*　　제2차 세계대전 중후반의 미 해군 주력 함상 전투기 F6F를 이르는
　　말이다. 일명 헬켓(Hellcat). 일본인들은 이 비행기 제조사 이름 그루
　　먼(Grumman)을 따서 구라망이라고 불렀다.

쳐다본다. 순오는 이 비행기가 퍽이나 아름다워 보였다.
그러나 지금은 그 아름다운 비행기도 순오에게는
소용이 없다. 아침해를 쌍익(雙翼)에 받으며 불을 마신
은붕어 모양으로 반짝거리는, 미국이 자랑하는 최신식
전투기도 지금의 순오의 눈에는 가을을 만난 모기와
같은 존재밖에는 되지 않았다. 자기가 걸어가는 방향과는
정반대의 방향으로 (2자 생략) 군대는 진격하고 있는
것이다. 오늘 새벽은 또 어디를 해방시켰을까? 이런 생각을
할 때마다 자기가 의용군에 나온 것을 조금도 후회하지
않았다. 오히려 누구보다도 자기가 장한 것 같은 생각이
들었다.

(9행 96자 생략)

순오는 신이 난다. 다리가 아픈 것도 잊어버리고 발을
꽝꽝 구르며 장단을 맞춰 걷는다. 순오의 앞에서 날쌘
걸음걸이로 걸어가는 소대장을 보니 요까짓 걸음에
다리가 아파지는 자기가 부끄럽다.

「빨치산의 노래」를 ○○○동맹 2층에서 처음 가르쳐 준
것도 이 소대장이다. 순오는 이 소대장의 뒤를 따라 소대의
최전열에 서서 삼팔선을 넘었다.

"야, 이것이 삼팔선이로구나!" 하고 반겨하는 소리가
이곳저곳에서 솟아나왔다.

딴은 어마어마한 토치카가 이곳저곳에 박혀 있다.

보기만 하여도 무시무시하다. 신비스러운 감조차 든다.
먹〔墨〕을 먹은 것 같은 토치카 속은 한없이 고요할
따름이었다. 그 속에는 아무도 사람은 없을 것이라고
순오는 단정하였다. 모두 다 진격을 하러 전선에 나가 있는
것이라고. 순오의 일대는 고요한 삼팔선을 유유히 넘어서
북의 땅으로 들어갔다. 어째서 빨리 넘어오지 않았을까?
임동은이 없어졌을 무렵에 자기도 넘어왔더라면 이번 6·25
통에 좀 더 지금과는 달리 되었을걸 하는 한탄이 순오에게
든다. 그래도 아직 기회는 있다. (4자 생략) 임동은이같이
훌륭하게 될 기회는 이북땅 어딘가에서 필시 자기를
기다리고 있는 것이라고 굳게 믿었다. 그렇게 믿으면서
자꾸자꾸 걸었다. 한없이 걸었다. 다리가 아픈 것도 배가
고픈 것도 참아라 참아라 타이르면서 자꾸 걸어가기만
하면 되었다.

해가 푸른 서산에 비스듬히 기울어질 무렵에 순오의
일대는 임진강을 넘었다. 무슨 역사의 한 구절을 장식할
수 있는 영웅의 부대처럼. 순오는 집에서 새로 신고
나온 지카타비*를 벗어서 발바닥을 맞추어 한쪽 손에
쥐고, 아랫바지를 벗고 건널까 말까 잠시 망설거리다가

---

* 엄지와 집게발가락 사이가 갈라진 일본 전통 버선 모양에 고무 밑창
을 댄 신발.

귀찮은 생각이 들어 그냥 입은 채 물속으로 들어갔다.
물속에 들어가 보니 짐작한 것보다 훨씬 물살이 세다.
강 한복판으로 들어갈수록 물은 깊어져서 순오의 큰
키의 젖가슴까지 차랑차랑 차오른다. 다른 데도 그렇게
깊은가 하고 고개를 돌려 보니 역시 자기가 들어온 곳이
제일 깊다. 얕은 곳을 택하여 자리를 옮기려고 상류 쪽을
향하여 더듬어 올라가려 하니 물살이 온몸을 껴안고 있는
것같이 거세서 좀체로 위로는 올라가기 어렵다. 할 수
없이 물결에 쓸려 내려가는 듯이 몸을 맡기고 나룻배가
강을 건너는 식으로 비스듬히 하류를 향하여 발을
옮긴다. 물이 더 깊어질 것만 같아 금방이라도 아악 하고
비명이 터져 나올 것 같다. 그래도 끝끝내 소리를 지르지
않고 강을 건넜다. 순오는 스스로 가슴이 흐뭇해졌다.
알프스를 토파한 영웅적인 등산가나 남극의 탐험가
모양으로 자기가 생각되는 것이다. '강해져야겠다.' 이것이
순오의 의용군을 지원할 때부터의 신념이었다. 그렇게
생각함으로써 자기가 공산주의를 잘 인식하고 파악하고
있는 한 사람이라는 자랑도 생기었다. 강을 무사히
넘어서 순오는 뒤를 돌아다보았다. 공연히 누구 빠진
사람이나 없나 하는 생각이 순오의 머리에 무의식중에
떠올랐던 것이다. 그러나 강 위에는 순오의 뒤에 건너오는
사람이라고는 아무도 없다. 순오는 뒤를 돌아다본 자기가

별안간에 부끄러워진다. 모두들 벌써 모래사장을 걸어서
제가끔 대열이 모인 데로 개미처럼 몰려들고 있었다.

'여기는 삼팔 이북이¹ㅣ끼 이남과는 틀리다. 이남
의용군이 어떠한 것인지 이북 사람들은 우리의 행동
하나하나에 대하여 소홀히 여기지 않을 것이다. 이남
의용군이 얼마나 모범적이며 늠름하고 용감한 것인지 보여
주어야 한다.' 이런 생각이 누구의 가슴에도 아침 새암처럼
솟아오르는 것이다. 대원들의 얼굴에는 누구의 얼굴에도
이상한 긴장이 떠돌았다.

모래사장이 끝난 곳에 엉성한 소나무 숲이 조그마한
언덕을 이루고 있고 양쪽 소나무 숲 사이에 길이 뚫려
있다. 그 길 입구에 지붕을 한 우물이 보인다. 그런데 그
길을 흰 뻥끼칠을 한 작대기로 막아 놓았기 때문에 옆에
있는 우물집이 보초막처럼 보인다. 백색 군복 상의를
입은 보초는 우물이 있는 쪽과는 반대편에 서 있었다.
순오에게는 이 국경 아닌 국경 풍경이 러시아식 목장을
연상시키었다. 멀리서 보아도 길을 얼마나 깨끗하게 치우고
쓸고 하였는지 알 수 있었다. 길 옆에는 일자로 색색이
깃발을 든 소년들이 서 있었으며 이 소년의 일대들이
자기들을 환영하러 나온 것이라고는 상상하기 어려울
만큼 그 표정이 엄숙한 나머지 무표정하였기 때문에
작대기가 가로막힌 길 앞까지 걸어가서 깃발과 플래카드에

적어 놓은 글씨를 보기까지는 대원들은 아무도 이 행렬이 자기들을 위하여 서 있는 것이라는 것을 알 길이 없었던 것이다.

박성집이가 일중대 일소대 일분대 최전열에 가슴을 펴고 앞을 쏘아보고 서 있다. 순오는 박성집의 열에서 세 줄 뒤에 자리를 잡고 섰다. 의정부를 떠날 때와는 모두 위치가 바뀌었다. 적어도 다섯 번은 편성이 변경되었기 때문이다. 순오는 무엇 때문에 이렇게 행군 중에서까지 대열 편성이 시시로 바뀌는지 그 이유를 알 수 없었다. 그러나 그런 것을 구태여 규명해 보자는 마음도 아니 났다. 지금 순오가 생각하고 있는 것은 자기가 소설가 박성집이 서 있는 열에서 세 줄 떨어진 뒤에 서 있다는 사실에 대해서이다. 여태껏 이남땅에서 행군하고 올 때는 누구보다도 앞에 서서 크게 군가를 부르며 온 순오는 지금 이북땅을 눈앞에 두고 보고 박성집이처럼 최전열에 서 있을 마음이 아니 난다.

순오가 ○○○동맹에서 하고 싶었던 초지는 남으로 가는 문화공작대이다. 싸움지로 나가는, 그리하여 직접 전투에 참가하는 의용군은 아니었다. 순오는 자기가 억센 전투에 목숨을 걸고 싸울 만한 강한 체질을 가지고 있지 못하니까 자기는 문화공작대에 참가하여 후방 계몽 사업 같은 것에 착수하는 것이 제일 타당하고, 자기의 역량을 발휘할 수도 있을 것이라고 믿었기 때문이다. '나도 시인 임동은이같이 되어야 한다.' 이것이 그때도 그의 머릿속에 굳게 뿌리박고 있었기 때문에.

그리고 ○○○동맹 사무국에서 동원 관계를 취급하는 책임자로 있던 이정규가 하는 말이, 지원자는 어디든지 마음먹은 고장으로 문화공작사업을 하기 위하여 보내 줄 것이라고 하였기 때문에 순오는 지원 용지의 목적지라고 기입된 난에다 안성이라고 써넣었던 것이다.

그래서 문화사업을 하러 안성으로 가게 될 줄만 알았던 것이 이렇게 뜻하지 않게 북으로 오게 된 것이다. 순오는 할 수 없는 일이라 생각하면서 그래도 반드시 무슨 특별 대우가 있을 것이라는 믿음을 가지고 있었다. 이왕 문화공작대가 아니고 의용군이 된 바에야 전선에 나가 싸움을 시킬 것인데 그러지 않고 전선과는 달리 북으로 데리고 오는 것이 의아한 마음도 들었지만 오히려 믿음직한 마음이 훨씬 많았던 것은 사실이다.

행군을 해 오면서 땀이 나고 목이 마르고 다리가 아프고 하여 기분이 우울해지거나 하면 '전선에 나갔더면 이 연약한 몸으로 어떻게 싸웠을까 보냐?' 하는 다행한 마음조차 들어 그러한 괴로움에 대치되는 만족감이 구세주를 만난 것 같았다. 그럴 때면 남달리 큰소리로 「빨치산의 노래」를 신이 나라고 불렀다.

그러나 그러한 행복이나 만족도 일시적인 것이었다. 순오에게 부닥치는 공산주의의 현실이 모두 새롭고 신기하고 흥분에 찬 것이었다면 그러한 의미에서 삼팔 이북을 앞에 두고 느끼는 순오의 마음도 또한 새로울 것이었다.

순오의 가슴에는 이제 생명의 안도감 대신 새로운 공포의 싹이 솟아나오고 있었다. '싸움터에 끌려 나가는 위험은 제거되었지만 다른 사람과는 달리 특별 취급을 받겠다는 가망은 있을 수 없는 것이 아닌가?' 이런 의문이 생기었다.

막대기는 철도 연선(沿線)에 있는 것처럼 위로 들릴 줄 알았는데 그렇지가 않고 옆에 선 내무성 군인이 이남 의용군 일동의 경례를 받더니 인솔자와 두서너 마디 무슨 말을 하고 나서는 두 손으로 번쩍 들어서 길 옆으로 치워 놓는다. 그 작대기에는 양옆에 나지막하고 묵직한 발이 달려 있었던 것이다.

일대가, 환영차 나온 소년들의 앞을 지나려니 소년들은 비 오듯이 창가를 한다. 이북의 국가였다. 용감한 의용군의 일대도 이에 보답한다는 의미에서 노래를 부른다. 여태까지 행군하여 오던 어느 때보다도 장엄하고 씩씩하고 우렁차게. 대원들은 본능적으로 가슴이 뜨거워졌다.

황혼 속에 가라앉은 전곡 시가(市街)는 조그마하면서
물에 씻은 듯이 깨끗하고 아름다웠다. 기와지붕 문간에
'전곡인민위원회'라는 간판이 걸려 있고 길가에는
'강북식당'이라고 쓴 냉면집도 보였다. 우편소와
소비조합이 있는 네거리에는 '진주 해방'이라고 그 전날의
전과를 알리는 벽보가 게시판에 붙어 있다. 일대는
네거리를 지나서 전곡 시가지에서 좀 떨어진 언덕 위의
전곡인민학교에 집결되었다. 인민학교의 교사(校舍)는
일본식으로 지은 목재 건축이었다. 교정에는 조그마한
철봉틀이 하나 있고 삼면은 버드나무가 심어져 있었으며
그 버드나무 밑으로 연달아서 방공호가 있다. 이 방공호
속에만 '김일성', '스탈린'의 초상화가 붙어 있지 않았다.
교사 중앙에는 물론 교원실 안에도 물론 각 교실마다
'김일성', '스탈린'의 초상화가 붙어 있다. 일동은 인솔자의
주의를 받고 열 명씩 각각 반을 짜서 저녁을 먹으러 거리로
내려갔다. 순오의 일행은 냉면집으로 배치되었다.

이 냉면집에도 가게와 방 안의 것까지 합하여 '김일성'과
'스탈린'의 초상화가 여섯 개나 붙어 있었다. 밥이 나왔다.
주인, 심부름꾼, 동네집 아낙네까지 와서 일을 하고 있다.

순오는 피로한 몸을 온돌방 벽에다 배암같이 철썩
붙이고 바깥 모양을 하염없이 바라다보고 있었다.
오래간만에 인가에 들어와서 그들의 풍습에 접하는 것

같다. 집을 나온 지 며칠이 되었나 하고 손을 꼽아 보니
닷새째다.

오이짠지가 반찬으로 들어왔다. 일행은 와악 하고
함성을 지른다. 호박국이 큰 양푼에 하나 가득 들어왔다.
또 함성인지 감탄인지 신음인지 구별하기 어려운 소리가
와악 일어났다. 순오는 밥을 먹으면서 전곡 시가지가
꿈같이 혹은 그림같이 아름답게 보인 것은 배가 고파
허기가 진 까닭이라고 생각하였다.

이튿날 아침 교사의 마룻바닥 위에서 자고 일어난
일행은 처음 공습을 받았다. 구라망은 교정에 모여 있는
대원에게 기총 사격을 시작하였다. 다르륵 다르륵……
다르륵 다르륵……. 아침 하늘에 울리는 기총 소리는
유달리 잘 울리었다. 총성은 임진강 남쪽의 울창한 산맥에
부닥쳐서 다시 돌아온다. 비행기는 좀처럼 떠나가려 하지
않았다. 학교 상공을 선회하며 연달아 쏘고 있다.

대원들은 제각각 방공호 속으로 대피하였다. 어느
대원은 나무 그늘에 앉아서 하늘을 보고 있다. 버드나무
아래 낭떠러지 풀숲에 재빠르게 의장(擬裝)을 하고
드러누운 사람도 있다.

순오는 방공호 입구의 흙으로 다져 놓은 층계에 서서
비행기를 따라 하늘을 보고 있다. 자기 몸이 죽는 것보다

집에 두고 온 가족 생각이 번개처럼 그의 가슴을 흔드는
것이다.

'어떻게 되었나? 피난을 나갔나? 그대로 서울에 남아
있나? 혹은 지금쯤은 저런 비행기에 맞아서 죽지나
않았는가?'

'에이! 차라리 모두 죽어 버렸으면…….'
하는 생각도 든다.

'그리고 나도 죽어 버렸으면…….'

그러자 어디선지 "들어가!" 하는, 순오가 머리를 밖으로
내어놓고 있는 것을 호령하는 소리가 들린다.

순오는 꿈찔하고 컴컴한 방공호 속으로 들어가 땅바닥
위에 턱을 고이고 드러눠 버렸다.

행진은 미친 듯이 계속되었다. 철도 둑을 따라가면
공습이 위험하다고 논두렁과 산그늘을 이용하여 가는데
비행기는 이남땅을 걸어올 때와는 다르다. 군복을
입은 것이 하나라도 보이면 독수리가 병아리 노리듯
따라다닌다.

그래서 대원들은 같은 방향으로 가는 군인이 옆을
걸어가거나 하면 하늘을 치어다보고 비행기가 보이지
않아도 일부러 천천히 걸음을 늦구어 가거나 논 속으로
훨씬 들어가 앉아 있다가 군인이 보이지 않게 된

후에야 다시 나와서 걸음을 계속하였다. 대열은 자연히
지리멸렬의 상태이다. 순오에게는 비행기는 무서웠지만
그 때문에 대열이 질서정연하게 발을 맞춰 가는 것보다
이렇게 각자가 자유스럽게 뿔뿔이 헤어져서 허정허정
걸어가는 것은 고마운 일이었다.

　마음 맞는 길동무와 이야기도 할 수 있었으며 마음대로
공상에도 잠길 수 있었다. 집 생각이 그의 머리에서는
잠시도 떠나지 않았고 그중에도 Y국민학교에 있을 때 담
밑으로 몰래 먹을 것을 들여 주던 아내의 마지막 얼굴이 눈
위에 붙은 사마귀 모양으로 거추장스럽고 귀찮을 정도로
떠올랐다.

　대학교수라 하는, 개똥모자를 깊숙이 쓰고 흰 전대를
원족(遠足)*을 가는 학교 아이 모양으로 어깨에 멘
사나이가 순오와 앞서거라 뒤서거라 하고 어정어정
걸어간다. 그 이외에도 학교 교원이나 회사원이나
학생같이 보이는 도수가 높은 안경을 쓴 퇴물들이
허다하게 침묵을 지키며 걸어가고 있었으나 순오는 자기도
침묵을 지키기 좋아하는 족속이면서 그러한 사람들과는
이야기를 나누고 싶지 않아서 순오의 말동무란
모시적삼을 입은 장돌뱅이 같은 사나이였다. 이름도

---

　　*　소풍.

모른다. 무식하면서도 재미있는 이야기를 곧잘 한다.
그리고 불평도 잘한다. 무식하니까 마음에 먹은 대로
노골적으로 불평도 할 수 있을 것이다. 그렇다! 순오가
좋아하는 것은 이러한 경우에서 불평을 기탄없이 하는
동무였을 것이다. '이 시대의 영웅은 스탈린도 김일성도
아니고 가장 불평을 잘하는 사람이다.' 이런 실없는 생각도
든다.

"이거 대체 어디까지 가는 거야? 에이, 이놈아데는
자동차도 없는 모양이로군! 다리가 인제는 지게작대기
같어!"

모시적삼을 입은 길동무의 말이다.

이런 하잘것없는 말이 순오에게는 어머니의 사랑처럼
따뜻하게 들린다. 또 이런 불평이야 여태껏 걸어오면서
수없이 되풀이된 것이다. 그러면서도 배가 고프고
발이 아픈 것을 잊어버리기 위해서는 이러한 말이라도
필요하였을는지 모른다.

"글쎄 알 수 있나! 시베리아까지 데리고 간다는 말이
있던데." 하고 순오가 대답하니,

"시베리아가 어디요?" 하고 순오의 거짓말을 곧이듣고
모시적삼은 눈이 휘둥그레진다.

"시베리아는 죄인들만 가는 데야. 우리는 남이 다
나간 후에 맨 꼬래비로 의용군을 지원했다고 그 벌로

시베리아에 데리고 가서 단단히 훈련을 시킨대." 하고
순오는 절망한 얼굴에 미소를 띠우며 모시적삼을
치어다본다.

모시적삼은 새삼스럽게 눈살을 찌푸리며,

"될 대로 되라지! 나는 밥만 좀 실컷 먹었으면 좋겠어!"
하고 바지춤을 치켜올리고 이마의 땀을 씻는다.

전곡에서 연천까지 가는 길가에는 누우런 벼가 고개를
늘어뜨리고 바람에 날리며 호화스럽게 춤을 추고 있다.
그러나 그러한 찬란한 황금빛 벌판의 거창한 춤도
순오들에게는 아무 매력이 없었다. 그저 시원한 바람만이
좀 더 자주 불어왔으면 하고, 이남땅에서나 이북땅에서나
세계 어느 곳에서든지 시원하게 느낄 수 있는 바람만, 그
바람만 한 가닥이라도 더 많이 불어왔으면 하고 고대되는
것이었다.

"벼를 벨 사람이 없는 모양이지?" 하고 순오가 물어보니
모시적삼은 "여자래도 있겠지요." 하면서

"정말 어디로 가는지 이거 발이 아파 탈났군! 기차를
태워 준다더니 기차는 안 태워 주나요?" 하고 또 짜증이다.

"기찬들 군대 운반이 바빠서 우리들 타는 몫은 없는
거지." 하고 순오가 한숨을 타악 쉬니,

"머 철원에서 우리들 탈 차가 기다리고 있다던데." 하고
흘러내리는 바지춤을 치켜올리고 손등으로 땀을 씻으며

혼잣말 비슷하게 중얼거린다.

"그런데 이거 봐! 어디 새로 지은 문화주택이 있나? 이북에는 8·15 후에 새로 진 멋진 집이 즐비하다더니 맨 헌 집뿐일세." 하고 순오의 물어보는 말을 들은 모시적삼은 그것이 무슨 의미인지 모르는 모양이다.

"이 동네는 모두 부촌이에요! 나오는 사람들 보구료! 모두 얼굴이 번질번질하지 않은가?"

순오는 공산주의에도 부촌이 있고 빈촌이 있는 것인가 잠시 생각해 보았으나 순오가 책에서 본 공산주의의 지식으로는 판단하기 어려웠다. 책에서 읽은 지식 이외의 이곳 실정에는 무슨 알지 못하는 신비한 점이 가득 차 있는 것같이 서먹서먹하고, 보는 것 듣는 것마다 무서운 감이 자꾸 든다. 이남에서 공산주의의 투사들을 생각할 때에는 어디인지 멋진 데가 있다고 동경하고 무한한 동정을 그들에게 보냈으며, 순오가 알고 있는 배우들이나 연출가들이 이곳을 향하여 월북할 때에도 이제는 이남 연극계도 완전히 망했다고 생각하고 그 좋아하는 무대생활도 자기도 모르는 사이에 열이 식어서 아침부터 저녁까지 으슥한 술집을 찾아다니며 술만 마시고 해를 보냈던 것이다.

그것이 이북에 발을 실제 들여놓고 보니 모오든 것이 틀리다.

'여기는 너무나 질서가 잡혀 있다!' 이런 결론이 순오의 머리에 대뜸 떠오른다. '질서가 너무 난잡한 것도 보기 싫지만 질서가 이처럼 너무 잡혀 있어도 거북하지 않은가?' 이런 의문이 물방아처럼 그의 머릿속에서 돌기 시작하는 것이다. 그러나 사람이 생각하는 머리는 하나요 걸어가는 발은 둘이다. 그러한 일 대 이의 세력으로 순오의 발은 북으로 북으로 향하여 자꾸 들어만 갔던 것이다.

해 질 무렵에 일동은 연천에 도착하였다. 시가지를 본다는 것은 자기 집을 들어가는 것처럼 반가운 일이었다. 시가지는 무조건하고 고달픈 행군을 그치고 휴식을 하고 무엇보다도 밥을 먹을 수 있는 희열의 신호이기도 했기 때문이다.

점호도 귀찮았다. 나중에 떨어져 오는 낙오자를 기다려서 인원이 다 차지 않으면 해산을 시키지 않았기 때문에 먼저 와서 서 있는 대원들이 뒤떨어진 사람들을 기다리며 서서 있는 고생이란 이루 말할 수 없다. 단 1분이 10년같이 길게 생각되는 법이다.

"어이! 이 새끼야 빨리 와!"

"저런! 저게 왜 저렇게 우물쭈물하고 있어 바보같이……."
하는 욕설들이 빗발치듯 쩔룩거리고 뛰어오는 낙오자들에게 집중된다.

　대열은 2열 횡대로 서게 되어 순오는 우연히 박성집의
뒤에 서게 되었다. 박성집은 어떻게 걸어왔는지 옷에 흙
하나 안 묻고 신빌도 발짱한 것이 옆 동네에 잠깐 나들이
온 것처럼 옷맵시가 서울을 떠날 때와 조금도 변함이
없다. 그러나 그의 얼굴에는 상당한 피로와 권태가
얼크러져 있다는 것을 잠잠히 아래만 보고 있는 그의 머리
뒷모습만으로 순오는 어렵지 않게 짐작할 수 있었다.

　그러나 낙오자가 다 따라와서 열에 선 후에 인원 점검이
끝이 나도 해산은 아니 되었다. 남에서부터 데리고
온 괴뢰군 인솔자가 대열 앞에 나와 자기의 임무는
여기서 끝이 났으니 이제부터는 대원 중에서 인솔자를
선출하라는 훈시와 여기서 장질부사* 예방주사가
시행되니 빠짐없이 맞으라는 말을 30분이나 걸려서 몇
번씩 되풀이하여 연설하고 나서 대열 앞에 우뚝 서 있는
붉은 벽돌집으로 꿈같이 서글프게 들어가 버린다.

　인솔자가 들어간 문에는 '연천국립병원'이라는 먹으로
쓴 간판이 붙어 있었다.

　"여기서 기차를 타게 되는 거야."

　이런 말이 대내에서 들려왔다.

　"아니 기차를 타고 어디까지 가는 거야?"

---

*　　장티푸스.

이런 질문이 또 나왔다.

"내일 아침차를 타게 된다지요."

"아냐, 오늘 밤차로 간다는데?"

이런 출처 불명한 이야기도 나왔다.

"빨리 어디든지 가서 자리를 잡아야지, 이런 고생이 어디 있어? 이게 무어야. 도대체 이남 사람 대접을 이렇게 해야 옳아!" 하고 박성집이가 별안간 순오를 돌아다보고 넋두리를 한다.

순오가 잠자코 대답이 없이 아래만 보고 있는 것을 보고 담배를 하나 꺼내어 주면서

"대관절 인솔자란 뭐야? 이남 의용군 대장을 정한단 말인가?" 하고 성냥을 꺼내서 붙여 주며 "당신 한번 해 보지?" 하고 빙그레 웃는다.

이런 분대장이나 소대장이나 중대장 같은 선출이 있을 때마다 박성집은 긴장하는 표정이 얼굴에 역력히 나타났다. 그것은 자기를 뽑아 주었으면 하고 원하고 있는 사람의 긴장이 아니었다. 자기는 그러한 종류의 간부 추천에는 항상 초월할 수 있다는 너무나 많은 여유를 마음속에 가지고 있는 사람이 지불할 수 있는 긴장이다. 자칫하면 거만한 것처럼 보일 수 있었으나 그것은 거만은 아니었다. 순오가 이러한 때에 언제나 취해 온 태도는 그러한 것과는 달랐다. 사십이 가까운 박성집보다

순오가 나이가 어린 탓도 있었지만 순오의 표정은 확실히
무관심을 넘어서 경멸에 가까운 것이었다. 그는 손을 바지
호주머니에 꽂고 대열에서 빙그르 뒤로 돌아서서 돌부리를
차거나 큰 눈을 디굴디굴 굴리며 입을 따악 벌리고 서 있는
것이었다. 그것은 곡마단에 나와서 손님을 웃기기 위한
희극배우의 얼굴—꼭 그것이었다. 어찌되었든 박성집도
순오도 이러한 간부 선출 같은 벅차고 악착스러운 자리를
맡아보기에는 부적당한 인물이고 대원들도 아예 계산에
넣으려고도 하지 않았고. '박성집은 너무 점잖은 까닭에,
나는 못나게 보이는 까닭에' 하고 싶어도 못하는 것이다.
그러나 '사회주의 사회도 저렇게 보기 싫은 놈들이 날뛰고
득세하고 잘난 체하는 사회라면 어떻게 하나?' 하는
진심에서 나오는 걱정이 순오에게 불같이 치밀어 올랐다.

한 시간가량이나 걸려서 이남 의용군 대표가
선출되었다. 순오에게도 낯이 익은 치다. 광대뼈가 나오고
콧날이 오뚝 서고 앞머리가 까진, 행군을 해 오면서 노래를
가르치던 어느 중학교 교원이라고 하는 대단히 거만한
치였다. 새로 뽑힌 대장은 대열을 정돈시키고 차돌로 만든
풀잔디 위의 칠판 앞에 나가서 취임 인사를 한다.

무슨 말인지 하나도 들리지 않았다. 칠판이 있는 곳과
대열이 서 있는 곳이 너무 멀기도 하였고 취임 인사 같은
것이 순오의 귀에 들리기에는 그는 너무 배가 고팠다.

"언제 떠납니까?"

"여기서 기차를 탑니까?"

"상부와 타협을 해 봅시다!"

하는 소리가 이곳저곳에서 새로운 대장에게 연발된다.

대장은 두 손을 들어 떠들지 말라고 제지시키며 알아보겠다고만 하고 우물쭈물하더니 단을 내려갔다.

저녁이 끝난 후에 기차가 올지도 모르니 식사 전에 모였던 병원 앞으로 모이라는 명령이 전달되었다. 바깥의 외등이야 물론 꺼져 있었지만 공습경보가 나서 방 안의 남폿불까지 다 끄고 나니 지척을 분간할 수도 없어 앞에 앉은 사람의 얼굴도 아니 보이는 시골집 토방 안에서 대원들은 놋숟가락을 치면서 좋아하였다. 캄캄한 속에서도 그들의 좋아하는 얼굴이 순오에게는 눈에 보이는 듯했다. 한 집 속에 배치된 다른 방의 대원들도 웅성웅성하고 떠들고 있는 것이 들렸다. '인제는 되었다! 인제는 제대로 대우를 받는가 보다!' 모두들 이렇게 생각하였다.

그것은 단지 기차를 타게 되었다는 즐거움뿐이 아니었다. 더 큰 즐거움이었다. 기차를 타게 됨으로 하여 제대로 대우를 받게 되고 제대로 대우를 받음으로 하여 더 큰 앞으로의 희망이 막연하나마 약속되는 것 같은 생각이

들었다. 그리고 여태껏 행군과 기아와 학대와 강압과
공포에서 받은 자기들의 고생은, 마루 안에 켤 전등의
스위치를 잘못 누른 까닭에 변소의 전등이 켜지는 수가
있는 것 같은 뜻하지 않은 간단한 실수나 착오에서 나온
것이라고 사과할 수 있는 그러한 좀 더 광명에 찬 장래가
올 것 같은 생각이 들었다.

공습경보가 해제되고 다시 남폿불이 켜지고, 도수가
높은 안경을 쓴 대학생은 웃목 구석에서 낡은 궤짝에
기대어 눈살을 찌푸리고 틈만 있으면 언제나 호주머니에서
꺼내어 거울 보듯이 보는 『로서아어(露西兒語) 학습서』를
또 꺼내서 보기 시작하는 것이었다.

한 시간만 있으면 온다던 기차가 두 시간이 되어도 아니
오고 세 시간이 되어도 아니 온다. 기적 소리가 날 때마다
길가에 앉아서 기다리는 대원들은 일제히 그쪽으로
고개를 돌린다. 수많은 차가 올라가고 내려가고 엇갈리고
하였으나 모두가 객차는 없고 기관차뿐이다. 천오백
명가량 되는 대원들이 기차가 올 때마다 좌로 우로 고개를
돌리고 있는 모양이란 운동장에서 축구를 구경하고
있는 관객들이 고개를 움직이는 모습과 흡사하게 보이는
것이었지만 그들의 마음속은 그것과는 너무나 거리가
있는 것이었다. 졸린 눈을 까뒤집으며 어디로 갈는지는

모르지만 우선 기차를 타야겠다고, 처량한 방울 소리를
떨치며 어둠을 차고 소구루마를 끌고 가는 노인이나 머리
위에 짐을 이고 어디로인지 쏜살같이 달음질쳐 가는
부인네밖에는 아무것도 아니 보이는, 절벽이 끊어진 시골
길모퉁이에 쭈그리고 앉은 그들의 마음은 용해로보다도
더 뜨거웠고 땅 위에 잡아 놓은 물고기보다도 더
팔닥거렸으며 끊어진 연줄보다도 더한층 안타까웠던
것이다.

　기차가 아니 오니 병원으로 다시 돌쳐 가라는 전달이
온 것은 대원들이 기진맥진하여 어느 사람은 앞에 있는
사람의 등에 업드려 자고 어느 사람은 길 위에 그냥 네
활개를 벌리고 코를 골기 시작한 때이었다. 자고 일어난
눈을 부비면서 술 먹은 사람처럼 비틀거리며 다시 온 길을
찾아 병원에까지 가 보니, 병원 뜰은 새로 이남에서 건너온
의용군들이 막 도착하여 발 하나 들여놓을 틈이 없이 차
있기 때문에 들일 수가 없으니 달리 방도를 강구하라는
것이다.

　이 소리를 들으니 몽둥이로 이마빡을 맞은 것같이
얼얼하다. 그러나 병원 마당도 땅바닥이요, 행길도
땅바닥이지 무엇이 다를 것이 있겠느냐고, 하룻밤을
기차를 기다리던 길모퉁이까지 되돌아와서 밝히었다.
내일 아침 몇 시에 차가 들어오느냐고 물어보니 그것도

내일 아침이 되어 봐야지만 알겠다는 매정한 역 사람들의
대답이다. 그날 밤을 울다시피 하고 새운 것은 약한 체질을
가진 순오 한 사람뿐이 아니었을 것이다.

새벽녘 날이 훤해질 무렵에 순오는 깜빡 잠이 들었고
잠이 들자마자 꿈을 꾸었다. 잠인지 꿈인지 분간할 수 없는
것이 새벽잠이다. 짧은 새벽잠은 그 전부가 꿈이라고 해도
좋았고 그것이 으레 뒤숭숭한 꿈인 경우가 많은데 순오는
그러한 꿈 중에도 더한층 비참하고 불길한 꿈을 꾸었다.
눈이 뜨여서 보니 어젯밤에는 보이지 않던 썩은 초가집이
깎아진 낭떠러지 위에 오뚝 서 있다. 바람을 받기 위하여
일부러 지은 것같이 생각되는 낭떠러지 위에 홀로 서
있는 집이었다. 그런데 막 지금 꾸고 난 순오의 꿈속에서
어머니가 울고 있던 집이 꼭 그 낭떠러지 위에 선 집과
조금도 다름이 없는 것처럼 순오에게는 생각이 들었다.
때가 묻어 까맣게 결은 쪽마루 위에 앉아서 어머니는
맥을 놓고 울고 있다. 순오가 들어가서 거지같이 갈갈이
찢어진 등신만 남은 옷에서 뼈다귀만 앙상해진 손으로
어머니를 붙잡으며 왜 우시느냐고 물어보니 동생들이
모두 없어졌다고 하면서 모두가 돈이 없는 탓이라고
순오를 보더니 더한층 엉엉 소리를 높여서 운다. 누가
나갔느냐고 물으니 순칠이와 순영이 둘이 다 자원을 하여
갔다고 하며, 이것이 모두 돈이 없는 탓이라고, 밤낮 하는

말이지만 뇌까리며 뇌까리며 원망을 하고 있는 것이,
오늘은 둑이 무너지자 흘러내리는 물처럼 순오에게도
한없이 서러웠다. ……꿈을 여기까지 다시 상기하고 있을
때다. 기차가 조금 있으면 들어오니 대열을 집합하라는
구령이 내리었다. 순오는 바지의 먼지를 털고 일어서며
꿈의 계속을 생각하려고 애를 썼으나 그 나중은 안개가
끼인 듯 깨어 있는 현실에 깨져 어느덧 벌써 희미해졌다.
울고 있던 어머니가 별안간, 순오의 뼈만 남은 팔로 쥐는
것이 아프다고 뿌리친 것까지도 생각이 났고 순오가
어머니의 그 말이 야속하여 화를 내고 문 밖으로 나와 버린
것만도 전보의 부호처럼 생각이 나는데 어머니가 어떻게
죽었는지 그것이 알 수 없었다.

　순오는 머리를 설레설레 흔든다. 개꿈이라고 웃어 버리며
대열이 서 있는 쪽으로 걸음을 옮기었다. 그러나 복사뼈
있는 데가 꾸부러지지 않아, 다리를 쇠갈쿠레기 모양 질질
끌고 갈 수밖에 없었다. 발톱 끝에서부터 혓바닥 끝까지
안 아픈 데가 없다. 아침 날씨는 구지지하게 흐려 있었으며
먼 산 위를 바라보니 긴 하늘은 잠뿍 비를 담고 있는 것이
벌써 오수수하고 소름이 돋친 살갗에 느껴지는 습기가
있다.

　기차가 또 시간에 안 올 것 같으니 아주 아침을 먹고
기다리고 있는 것이 어떠냐는 의견도 나왔으나 아침을

먹으러 연천 시내까지 갔다가 그동안에 차가 들어오면
곤란하니 배가 고파도 그냥 기다리고 있자는 의견이 옳은
것 같아서 일대는 어제부터 앉았던 자리에서 어제와
똑같은 초조한 마음으로 기다리고 있는 것이었으나 역시
어젯밤 모양으로 홀애비 같은 기관차만 아무 목적도 없이
오르락내리락할 뿐이었다.

　할 수 없이 주먹밥을 시내에서 시켜다가 먹기로 되었다.
뿌우연 하늘에는 구름이 아직도 가실 줄을 모르고 바람도
없는 날씨이다. 그래도 하늘 한가운데, 바로 일대가 앉은
머리 위에는 구름을 훤하게 적시고 있는 태양의 번진
윤광이 보였다. 시골 마나님들이 자배기에 주먹밥을 이고
궁둥이를 흔들며 왔고 바께쓰에다는 국을 넣어 가지고
대여섯 명의 일꾼들이 날라 왔다.

　지긋지긋한 공포와 조직과 억압의 도시 연천을 떠난
것은 오후 세 시도 훨씬 넘어서였다. 일동이 탄 것은
객차—내부를 보니 그것도 옛날에 일본 사람들이 남기고
간 그대로다.

　순오는 대체 사회주의 사회의 발달이란 어떤 곳에
제일 잘 나타나 있는지 아직 모르지만 기차 안 구조로
보아 이것이 사회주의 사회의 진보의 진상이라면 침을
뱉고 싶었다. 일제 시대라면 누구보다도 제일 먼저

저주하고 일본을 제국주의라고 욕하는 그들이 어찌하여
이러한 것에는 무관심한 것인가? 예술을 좋아하고 르
코르뷔지에의 새로운 양식의 건축을 좋아하고 불란서
초현실주의 시인의 작품을 탐독하던 시절도 있었고,
초현실주의도 낡은 것이라고 술만 퍼먹고 다니던 순오의
날카로운 심미안에서 판단하여 볼진대 객차 속에 남아
있는 구태의연한 일본식 구조 이것은, 라이프 잡지 같은
것을 통하여 본 미국의 문명보다도 훨씬 더 앞서 있을
것이라고 꿈꾸고 있었던 사회주의 사회의 문명이라고는
도저히 생각할 수 없을 만큼 빈약한 것이었다. 이 전쟁
전에는, 아니 불과 서너 달 전까지 우상같이 생각하고
행복스러울 것이라고 동경하고 있었던 이북 인민들이 타고
다니던 차는 이런 차가 아니고 따로 더 훌륭하고 멋진
장비를 갖춘 차이었을 것이며, 지금 달리고 있는 레일이
아닌 다른 레일이 반드시 또 어디 있어서 그 호화 차는
그 철로 위를 지금 이 시간에 이 기차와 똑같은 방향으로
달리고 있을 것이라고밖에는 생각이 들지 않았다. 창가에
끼여 앉아 창 언저리에 턱을 고이고 순오가 유리창 안에
흘러가는 풍경 속에서까지 재빠르게 무엇을 찾아내려고
정신을 잃고 바라다보고 있을 때, 창 안의 나무살창을
내려서 유리창을 가리라는 전달이 소대장을 통하여
들어왔다. 순오는 시키는 대로 나무살창을 고이 내리었다.

　날은 금방 어두워지고 다시 암흑의 세계는 닥쳐왔다.
기차 안에는 공습 때문에 물론 불을 켜지 않는 것이다.
성냥도 손으로 가리고 켜거나 걸상 아래에 감추고 켜지
않으면 아니 되었다. 기차가 가는 중에도, 대원들은
마음을 긴장하고 비행기 떠오는 소리에 귀를 기울이라는
억지 같은 명령이 내린다. 순오도 그것이 되는 일인가 하고
몇 번이나 시험을 해 보았지만 폭포 같은 기관차 달려가는
소리 속에 비행기 떠 오는 소리란 모깃소리보다도 더
가늘은 것이었다.

김수영 연보

김수영, 총명하고 아픈 아이

1921년   11월 27일(음력 10월 28일) 서울 종로2가 58-1에서
아버지 김태욱(金泰旭)과 어머니 안형순(安亨順)
사이의 8남매 중 장남으로 태어났다. 증조부
김정흡(金貞洽)은 종4품 무관으로 용양위(龍驤衛)
부사과(副司果)를 지냈으며 할아버지
김희종(金喜鍾)은 정3품 통정대부(通政大夫)
중추의관(中樞議官)을 지냈다. 당시만 해도 집안은
부유했던 편으로 경기도의 파주, 문산, 김포와
강원도의 홍천 등지에 상당한 토지를 소유하고
있어서 연 500석 이상의 추수를 했다. 그러나
김수영(金洙暎)이 태어났을 때는 일제가 조선 지배
정책의 일환으로 실시한 조선 토지조사 사업의
여파로 인해 가세가 급격히 기울어지기 시작하여
종로6가 116번지로 이사한다. 김수영의 아버지는
그곳에서 지전상(紙廛商)을 경영한다.

1924년	조양(朝陽) 유치원에 들어간다.
1926년	이웃에 사는 고광호(高光浩)와 함께 계명서당(啓明書堂)에 다닌다.
1928년	어의동(於義洞) 공립보통학교(현 효제초등학교)에 들어간다.
1934년	보통학교 6년 동안 줄곧 성적이 뛰어났으나 9월, 가을 운동회를 마치고 난 뒤 장질부사에 걸린다. 폐렴과 뇌막염까지 앓게 되었고, 이로 인해 서너 달 동안 등교하지 못함은 물론 졸업식에도 참석하지 못하고 진학 시험도 치르지 못한다. 1년여 요양 생활을 계속한다. 그사이 집안은 다시 용두동(龍頭洞)으로 이사한다.
1935년	간신히 건강을 회복하여 경기도립상고보(京畿道立商高普)에 아버지의 강권으로 응시하나 불합격한다. 2차로 선린상업학교(善隣商業學校)에 응시하나 역시 불합격한다. 결국 선린상업학교 전수부(專修部, 야간)에 들어간다.
1938년	선린상업학교 전수부를 졸업하고 본과(주간) 2학년으로 진학한다.
1940년	용두동의 집을 줄여 다시 현저동(峴底洞)으로 이사한다.

전쟁과 유학, 연극과 문학을 만나다

1941년	12월 일본의 진주만 공격으로 태평양전쟁 발발. 영어와 주산, 상업미술 등에서 우수한 성적을 거두며

선린상업학교를 졸업한다.

1942년 일본 유학 차 도쿄로 건너간다. 선린상업학교
선배였던 이종구(李鍾求: 영문학자)와 함께 도쿄
나카노(中野區街吉町54)에서 하숙하며 대학입시
준비를 위해 조후쿠[城北] 고등예비학교에 들어간다.
진학 공부보다는 문학과 예술 서적을 폭넓게
섭렵하며 연극에 많은 관심을 기울였다.

1943년 태평양전쟁으로 서울 시민의 생활이 극도로
어려워지자 집안이 만주 길림성(吉林省)으로
이주한다.

1944년 2월 초, 김수영은 조선학병(朝鮮學兵) 징집을 피해
귀국, 가족이 있는 만주로 가지 않고 종로6가
고모집에서 머물면서 연극 활동에 몰두한다. 함세덕
원작 「낙화암」의 조연출을 맡는 등 연극에 열정을
쏟아붙는다.

1945년 겨울날 부민관의 연극 무대 뒤에서 졸도를 한 뒤
가족들이 있는 만주 길림성으로 간다. 그곳에서
길림극예술연구회 회원으로 있던 임헌태, 오해석
등과 만난다. 6월, 길림 공회당에서 「춘수(春水)와
함께」라는 3막극을 상연한다. 김수영은 이 작품에서
권 신부 역을 맡는다. 8월 15일 광복. 9월, 김수영
가족은 길림역에서 무개차를 타고 압록강을 건너
평안북도 개천까지, 개천에서 트럭을 타고 평양으로,
평양에서 열차를 타고 서울에 도착하여 종로6가의
고모집으로 간다. 서너 달 뒤 충무로 4가로 집을 구해
옮겨 간다. 아버지의 병세가 악화되어 어머니가 집안
살림을 도맡기 시작한다. 11월 연희전문 영문과에 편입.

연극을 사랑하던 청년, 시를 쓰다

1946년   시 「묘정(廟庭)의 노래」를 《예술부락(藝術部落)》
                 (1946. 3. 1.)에 발표하면서 시작 활동을 시작한다.
                 6월 연세대 영문과를 자퇴하고 이종구와 함께
                 성북영어학원에서 강사, 박일영과 함께 간판 그리기,
                 ECA통역 등을 잠깐씩 한다.

1949년   김현경(金顯敬)과 결혼, 돈암동에 신혼살림을 차린다.
                 김경린, 박인환, 임호권, 양병식 등의 신시론 동인에
                 합류, 동인지 『새로운 도시와 시민들의 합창』을
                 발간하며 ‘명백한 노래’라는 소제목 아래 「아메리카
                 타임지」 「공자의 생활난」 두 편의 시를 발표한다.

포로수용소에서 생활하다

1950년   서울대 의대 부속 간호학교에 영어 강사로 출강한다.
                 6월 25일, 한국전쟁 발발. 28일, 서울이 이미
                 점령되고, 월북했던 임화, 김남천, 안회남 등이
                 서울로 돌아와 종로2가 한청 빌딩에 조선문학가동맹
                 사무실을 연다. 김수영은 김병욱의 권유로
                 문학가동맹에 나갔고 8월 3일 의용군에 강제
                 동원되어 평남 개천군 북원리의 훈련소로 끌려가
                 1개월간 군사 훈련을 받는다. 9월 28일 훈련소를
                 탈출했으나 중서면에서 체포, 10월 11일 다시 탈출,
                 순천에서 미군 통행증을 받아 걸어서 평양을 거쳐
                 신막까지 내려와 미군 트럭을 타고 개성을 거쳐
                 서울 서대문에 10월 28일 오후 여섯 시경 도착.

서울 충무로의 집 근처까지 걸어갔으나 경찰에
체포당해 부산의 거제리 포로수용소에 11월 11일
수용된다. 거제리 14 야전병원에서 브라우닝 대위와
임 간호사를 만나 마음의 안식을 얻는다. 거제도
포로수용소에로 얼마간 이송되었으나 다시 거제리로
돌아온다. 12월 26일, 가족들은 경기도 화성군
조암리(朝巖里)로 피난한다. 12월 28일, 피난지에서
장남 준(儁)이 태어난다.

1951~1952년   이때 미 군의관 피스위치와 가깝게 지냈으며,
그에게서 《타임》, 《라이프》지 등을 받아보게 된다.
1952년 11월 28일 충남 온양의 국립구호병원에서
200여 명의 민간인 억류자의 한 명으로 석방.

1953년   부산으로 간다. 가서 박인환, 조병화, 김규동,
박연희, 김중희, 김종문, 김종삼, 박태진 등과 재회.
《자유세계》 편집장이었던 박연희의 청탁으로
「조국에 돌아오신 상병(傷病) 포로동지들에게」를
썼으나 발표하지 않는다. 박태진의 주선으로 미 8군
수송관의 통역관으로 취직하지만 곧 그만두고 모교인
선린상업학교 영어 교사를 잠시 지낸다.

첫 시집을 내기까지

1954년   서울로 돌아온다. 주간 《태평양》에 근무. 신당동에서
다른 가족과 함께 살다가 피난지에서 아내가
돌아오자 성북동에 분가를 해 나간다.

1955~1956년   《평화신문사》 문화부 차장으로 6개월가량 근무.
1955년 6월, 마포 구수동(舊水洞)으로 이사, 번역일을

하며 집에서 양계를 한다. 한강이 내려다보이고
채마밭으로 둘러싸인 구수동 집은 전쟁을 겪으면서
지친 김수영의 몸과 마음에 큰 안정을 가져다준다.
「여름뜰」, 「여름아침」, 「눈」 등은 그런 배경 속에서
쓰였다. 안수길, 김이석, 유정, 김중희, 최정희 등과
가까이 지낸다.

1957년 　김종문, 이인석, 김춘수, 김경린, 김규동 등과 묶은
앤솔로지 『평화에의 증언』에 「폭포」 등 5편의 시를
발표한다. 12월, 제1회 <한국시인협회상> 수상.

1958년 　6월 12일, 차남 우(瑀)가 태어난다.

1959년 　그간 발표했던 작품들을 모아 첫 시집 『달나라의
장난』을 춘조사(春潮社)에서 출간한다(시인 장만영이
경영했던 춘조사에서 <오늘의 시인 선집> 제1권으로 기획한
것이다).

참여시와 참여시인

1960년 　4월 19일, 4·19혁명이 일어난다. 김수영은 「하……
그림자가 없다」, 「우선 그놈의 사진을 떼어서
밑씻개로 하자」, 「기도」, 「육법전서와 혁명」, 「푸른
하늘은」, 「만시지탄(晩時之歎)은 있지만」, 「나는
아리조나 카보이야」, 「거미잡이」, 「가다오 나가다오」,
「중용에 대하여」, 「허튼소리」, 「피곤한 하루의 나머지
시간」, 「그 방을 생각하며」, 「나가타 겐지로」 등을
열정적으로 쓰고 발표한다. 활화산처럼 터져나오는
혁명의 열기와 보폭을 같이하면서 규범적 의미의
시를 부정하고 시를 넘어서 자유에 이르고자 했다.

1961년	5·16군사 쿠데타 발발. 김춘수, 박경리, 이어령, 유종호 등과 함께 현암사에서 간행한 계간 문학지 《한국문학》에 참여하고 동지에 시와 시작(詩作) 노트를 계속 발표한다. 이 무렵 김수영은 일본 이와나미 문고에서 나온 하이데거의 『횔덜린의 시와 본질』을 읽었던 듯하다.
1965년	6·3한일협정 반대시위에 동조하여 박두진, 조지훈, 안수길, 박남수, 박경리 등과 함께 성명서에 서명한다. 신동문과 친교.
1968년	《사상계》 1월호에 발표했던 평론 「지식인의 사회참여」를 발단으로, 《조선일보》 지상을 통하여 이어령과 뜨거운 논쟁을 3회에 걸쳐 주고받는다. 이 논쟁은 문학계에 큰 반향을 불러일으킨다. 4월, 부산에서 열린 펜클럽 주최 문학세미나에서 「시여, 침을 뱉어라」라는 제목으로 주제 발표. 서울로 돌아오는 길에 경주에 들러 청마 유치환의 시비를 찾는다.

가장 들끓던 지식인, 쓰기를 멈추지 않던 시인에게 찾아온 죽음

	6월 15일, 밤 11시 10분경 귀가하던 길에 구수동 집 근처에서 버스에 부딪힌다. 서대문에 있는 적십자병원에 이송되어 응급치료를 받았으나 의식을 회복하지 못하고 다음 날 아침 8시 50분에 숨을 거둔다. 6월 18일, 예총회관 광장에서 문인장(文人葬)으로 장례를 치르고, 서울 도봉동에 있는 선영(先塋)에 안장된다.
1969년	6월, 사망 1주기를 맞아 문우와 친지들에 의해 묘

앞에 시비(詩碑)가 세워진다.

1974년	9월, 시선집 『거대한 뿌리』 출간(민음사).
1975년	6월, 산문선집 『시여, 침을 뱉어라』 출간(민음사).
1976년	8월, 시선집 『달의 행로를 밟을지라도』 출간(민음사). 산문선집 『퓨리턴의 초상』 출간(민음사).
1981년	6월, 『김수영 시선』 출간(지식산업사). 9월, 『김수영 전집 1 — 시』, 『김수영 전집 2 — 산문』 출간(민음사). 전집 출간을 계기로 <김수영 문학상>을 제정하고, 김수영이 태어난 날인 11월 27일에 제1회 <김수영 문학상> 시상식을 갖는다.
1988년	6월, 시선집 『사랑의 변주곡』 출간(창작과비평사).
1991년	4월, 시비를 도봉산 국립공원 안 도봉서원 앞으로 옮긴다.
2001년	9월, 최하림이 쓴 『김수영 평전』 출간(실천문학사). 10월 20일, <금관 문화훈장>을 추서받는다.
2003년	『김수영 전집 1, 2』 개정판 출간(민음사).
2009년	『김수영 육필시고 전집』 출간(민음사). 일본어 역 『김수영 전시집』 출간(채류사).
2012년	『김수영 사전』 출간(서정시학사).
2013년	11월, 김수영문학관 개관.
2016년	김수영 시선집 『꽃잎』 출간(민음사).
2018년	2월, 『김수영 전집 1, 2』 사후 50년 기념 결정판 출간(민음사). 5월, 『달나라의 장난』 사후 50년 기념 초판 복간본 출간(민음사). 8월 31일, 입학 73년 만에 연세대학교 명예 졸업장을 받는다.

디 에센셜

김수영

1판 1쇄 펴냄	2022년 2월 11일
2판 1쇄 펴냄	2023년 3월 10일
2판 3쇄 펴냄	2024년 8월 13일

지은이   김수영
발행인   박근섭, 박상준
펴낸곳   (주)민음사

출판등록 1966. 5. 19.(제16-490호)
주소   (우편번호 06027) 서울특별시 강남구 도산대로1길 62(신사동)
          강남출판문화센터 5층
          대표전화 02-515-2000 | 팩시밀리 02-515-2007

홈페이지 www.minumsa.com
ⓒ 김수명, 2023. Printed in Seoul, Korea

ISBN 978-89-374-4298-8 03810

＊잘못 만들어진 책은 구입처에서 교환해 드립니다.

# #

소설x에세이로 만나는
'디 에센셜' 시리즈